btb

Jonetta sehnt sich nach Gleichgewicht. Das Gleichgewicht, das sie spürt, wenn sie im Teich schwimmt oder wenn sie in der Außendusche den Wassertank öffnet und sich vom lauwarmen Wasser umspülen lässt. Sie sehnt sich nach der Ruhe beim Kreuzworträtsel, während im Hintergrund das Radio läuft. Das einfache Leben, in dem der Morgenkaffee so lange dauern kann, wie er will. Sie hat all das in ihrem Häuschen, aber sie hat dort auch Ragnar. Ein erwachsener Sohn ohne Job, mit Stapeln ungeöffneter Rechnungen im Kinderzimmer. Ein erwachsener Sohn, der mit seiner Mutter in den Urlaub fährt, sich das beste Schlafzimmer nimmt, entscheidet, was im Fernsehen läuft, einsilbig antwortet und seiner Mutter schmutzige Laken hinterlässt. Während ein paar Ferienwochen lassen dramatische Ereignisse allen Groll hochkommen. Und die Frage: Wann reicht es?

ANNE B. RAGDE wurde 1957 im westnorwegischen Hardanger geboren. Sie ist eine der beliebtesten und erfolgreichsten Autorinnen Norwegens und wurde mehrfach ausgezeichnet. Zuletzt mit dem Norwegian Language Prize und dem Norwegischen Buchhandelspreis. Mit ihrem Roman »Das Lügenhaus« schrieb sie sich in die Herzen der Leserinnen und Leser, ihre Romane erreichten in Norwegen eine Millionenauflage. Die Autorin lebt heute in Trondheim.

Anne B. Ragde

Herzensbrecher

Roman

Aus dem Norwegischen von
Gabriele Haefs

btb

Die norwegische Originalausgabe erschien 2021 unter dem Titel
»Hjerteknuseren« bei Strawberry Publishing, Oslo.

Der Verlag behält sich die Verwertung der urheberrechtlich
geschützten Inhalte dieses Werkes für Zwecke des Text- und
Data-Minings nach § 44 b UrhG ausdrücklich vor.
Jegliche unbefugte Nutzung ist hiermit ausgeschlossen.

Penguin Random House Verlagsgruppe FSC® N001967

1. Auflage
Deutsche Erstveröffentlichung Januar 2024,
btb Verlag in der Penguin Random House Verlagsgruppe GmbH,
Neumarkter Straße 28, 81673 München
Copyright © 2021 by Anne B. Ragde
Copyright © der Originalausgabe 2021 by Forlaget Oktober AS, Oslo
Published by Agreement with Oslo Literary Agency
Covergestaltung: Semper Smile nach einem Entwurf und
unter Verwendung eines Motivs von Henriette Mørk
Satz: Uhl + Massopust, Aalen
Druck und Einband: GGP Media GmbH, Pößneck
SL · Herstellung: sc
Printed in Germany
ISBN 978-3-442-77384-8

www.btb-verlag.de
www.facebook.com/penguinbuecher

Nachher

Da kam der Arzt, jetzt kam er, da war er, er musste es sein, in weißem Kittel und weißen Plastikholzschuhen, *Crocs,* so hießen die doch, und er hatte keine Blutflecken auf dem Kittel, das musste doch ein gutes Zeichen sein, oder vielleicht nicht, sie hatten ihren Jungen wohl noch nicht operieren können, *so* viel Zeit war noch nicht vergangen. Außerdem hatten sie ja keine Möglichkeit, eine solche Operation durchzuführen, hier auf dem Dorf.

»Großer Gott, großer Gott, großer Gott«, flüsterte sie.

Sie hatten sich nicht einmal die Mühe gemacht, ihr zuzuhören, als sie gerufen hatte, sie müssten einen Hubschrauber kommen lassen, sie hatten sie einfach nur hin und her geschoben, hatten auf einen Stuhl gezeigt und waren wieder verschwunden. Der Arzt hielt so eine Platte in der Hand, mit einer Art Metallklammer oben, unter dieser Klammer waren mehrere Formulare befestigt.

Der Arzt starrte die Papiere an, runzelte energisch die Stirn, sodass sich in der Mitte eine tiefe Furche bildete, vielleicht brauchte er eine Brille, vom Alter her könnte das stimmen, vielleicht hatte er seine Brille irgendwo vergessen und sich nicht die Zeit zum Suchen genommen, bevor er zu ihr kam, der nächsten Angehörigen. Ihm war sicher klar, dass es eilte, er konnte nicht lange nach einer schnöden Brille suchen, ehe er sie darüber informierte, dass …

»Jonetta Hågsnes?«

Er schaute kurz hoch, dann fiel sein Blick wieder auf die Papiere.

»Ja …«, flüsterte sie.

Sie war vom Stuhl aufgesprungen, der durch die Wucht ihrer Absätze nach hinten gestoßen wurde, sodass sie im Bruchteil einer Sekunde begriff, weit hinter allen anderen Gedanken: Wenn sie wieder auf den Stuhl zurücksinken müsste, wenn der Arzt ihr jetzt den Tod mitteilte, ja, dann müsste sie versuchen, die Armlehnen hinter sich zu fassen zu bekommen, damit sie sich zurücksinken lassen könnte, und alles wäre vorbei, denn nichts würde danach mehr gehen, dann würde sie fallen, endgültig.

»Sie sind seine Mutter?«, fragte er. »Die Mutter von Ragnar Hågsnes?«

»Ja.«

Der Arzt war jetzt stehen geblieben, sein Körper federte auf und ab, er nickte und starrte einen Moment den Boden vor ihr an, holte Luft, sehr langsam, deshalb schrie sie laut, ganz plötzlich, ein schriller Tierschrei, und dabei fiel sie auf die Knie. Die Schmerzen jagten die Waden hoch und in die Oberschenkel und fühlten sich an wie ein Flammenring, der immer wieder um ihre Knie wirbelte, und sie musste sich aufrichten und an den Stuhl klammern, auf dem sie eben noch gesessen hatte. Jetzt würde er es sagen, aber er schreckte davor zurück, natürlich tat er das; obwohl sie professionell waren, waren sie ja auch nur Menschen, deshalb hatte er *so* langsam Luft geholt.

»Sagen Sie es schon. SAGEN SIE'S!«, schrie sie.

Warum dauerte alles so lange? Warum musste sie hier so vieles wahrnehmen, warum konnte er nicht einfach …?

»Was … was meinen Sie?«

6

Er hob langsam den Kopf und starrte sie an, jetzt überraschend interessiert.

»Was ist mit meinem Sohn? Er hatte einen Schlaganfall, oder nicht? Eine Hirnblutung oder so etwas.«

»Nein, er …«

Sie schaffte es kaum, auf die Antwort zu warten. Ragnar, ihr einziges Kind, ihr Sohn, war tot. Sie zog sich auf den Stuhl, seitlich, und kniff dabei die Augen ganz fest zu.

»Er hatte drei Komma eins Promille, aber Sie können ihn jetzt mit nach Hause nehmen«, sagte der Arzt.

Es gelang ihr, die Augen zu öffnen, sie zwang sich, den Blick des Arztes zu erwidern, und schluckte.

»*Promille?*«

»Ja, es war gut, dass Sie ihn hergebracht haben, damit wir ihm den Magen auspumpen konnten, aber natürlich war schon einiges in seinem Blut. Wir brauchen ihn jedenfalls nicht über Nacht hierzubehalten, er sitzt draußen und wartet auf Sie.«

Vorher

»Jetzt greif doch zu«, sagte sie, müde an ihren Teller gerichtet, während sie ein Stück Möhre und einen Fetzen Fischauflauf aufspießte.

Sie rechnete nicht mit einer Antwort.

Sie saßen einander gegenüber an dem Klapptisch in der kleinen Küche der Ferienhütte. Zwischen ihnen stand ein Topf mit geschälten Kartoffeln und Möhren. Daneben, auf einem Korkuntersetzer, eine Aluminiumschale mit Fischauflauf aus der Tiefkühltruhe. Sie hatte ein bisschen zusätzlichen Käse darüber gerieben, ehe sie die Form in den alten Backofen schob, der früher bei ihnen zu Hause gestanden hatte. Der winzig kleine Topf mit der zerlassenen Butter stand auf einem an der Ecke angesengten Topflappen. Die Butter war von einer Schaumschicht bedeckt. Schnittlauch hatte sie vergessen zu kaufen.

Früher einmal hatte sie ein großes Büschel Schnittlauch gehabt, das auf der Sonnenseite der Hütte wuchs, aber das war nun von irgendetwas anderem überwuchert, sie hatte keine Ahnung, wie das hieß. auch wenn um den Hochsommer herum hin und wieder kleine Schnittlauchbüschel auftauchten. Sie hatte eigentlich kein besonderes Interesse an Schnittlauch, abgesehen davon, dass sie die lila Blüten erkannte, die gegen Mittsommer auftauchten, und dass sie einen Topf kaufte, wenn sie gerade daran dachte. Wenn sie alles abgeschnitten hatte, stopfte sie den kleinen Wurzelballen mitten in das namenlose Gewächs, in der Hoffnung, dass es sich um einen besonders kräftigen Schnittlauchtyp handelte, der gedeihen und alles Unwillkommene verdrängen, der breit und stark heranwachsen würde.

Die Teller und Gläser auf dem Tisch passten nicht zueinander, eigentlich passte hier in der Hütte nichts zueinander.

Er war eben aus seinem Zimmer gekommen und hatte sich auf die Holzbank vor der Wand gesetzt, mit Boje auf den Fersen. Es war schon eine Weile her, dass sie gerufen hatte, das Essen sei fertig, deshalb war es jetzt wahrscheinlich auch nur noch lauwarm, und das Wasser im Glas vermutlich ebenso. Sie selbst war fast fertig mit ihrer Portion, nach dem Beerenpflücken war sie wunderbar hungrig gewesen.

Sie war viel weiter gegangen als sonst, oben über Langbuåsen und dann nach Norden, und ihre Arme waren müde, weil sie den Eimer getragen hatte. Dass sie auch nie lernte, einen Rucksack mitzunehmen, und mehrere kleinere Dosen für die Beeren, damit sich die nicht gegenseitig zerquetschten. Moltebeeren waren eine weiche, verletzliche Last. Aber sie wusste ja nie, wie viele sie finden würde. Boje hatte sie zu Hause gelassen, bei ihm im Zimmer, der Hund war alt, fast dreizehn Jahre alt. Ziemlich taub und träge und nicht mehr imstande zu langen Touren. Aber er hatte keine Schmerzen, und Appetit hatte er auch, deshalb durfte er leben.

Nach dem Essen wollte sie duschen. Draußen, vor der fensterlosen Wand; sie hatte den kleinen Wassertank so angebracht, dass die Sonne das Wasser wärmte. Am Vormittag hatte die Sonne ein bisschen geschienen, ganz hundekalt wäre das Wasser also wohl nicht, außerdem hatte es draußen mindestens zwanzig Grad.

9

Plötzlich fiel die Nachmittagssonne durch das kleine Fenster und blendete sie, sie musste die Augen zukneifen. Es tat gut, auf diese Weise von der Sonne gestört zu werden. Sie freute sich so ungeheuer auf die Dusche, darauf, danach in Pantoffeln und Bademantel zu schlüpfen und sich das Kreuzworträtsel aus der Zeitung vorzunehmen, das Einsendedatum war sicher längst überschritten, aber sie fand es beruhigend, mit einem Kreuzworträtsel dazusitzen, auszuradieren und ganz vorsichtig zu schreiben, wenn sie unsicher war, ein bisschen fester, wenn sie glaubte, das richtige Wort zu wissen. Und dass das möglich war! Einfach nach einer Dusche am Nachmittag den Bademantel anzuziehen. Dass es möglich war, das zu tun, so zu leben, das war so schön. Und dann redeten die Leute über Millionen von Kronen und alles, was man damit machen könnte, das sah sie im Fernsehen, sie las auch darüber, und dabei reichte es doch, einen guten Fischauflauf im Magen, Beeren im Eimer und ein Kreuzworträtsel vor der Nase zu haben, nach dem Duschen.

»Ich habe jede Menge Moltebeeren gefunden«, sagte sie, angestrengt enthusiastisch, obwohl sie ihn nicht ansah. »Ich hab sie ins Moor gelegt, und morgen kann ich sie dann im Laden in die Tiefkühltruhe stecken.«

Die Leute in dem alten Supermarkt, Coop, wie der jetzt wohl hieß, waren so hilfsbereit, sie konnte ihre Beeren dort im Kühlraum lagern, wenn das nötig war. Sie hätte sich natürlich eine kleine Tiefkühltruhe für die Hütte kaufen können, aber wo hätte die stehen sollen? Vielleicht draußen auf dem Gang, unter den Kleiderhaken, es spielte doch keine Rolle, wenn die Jacken über den Deckel schleiften. Das dachte sie jeden Herbst zur Beerenzeit, jeden einzelnen Herbst, aber sie kaufte keine.

Sie rechnete auch jetzt nicht mit einer Antwort von ihm. Ihm waren die Moltebeeren sicher so was von egal. Fünfundzwanzig Jahre alt, arbeitslos, wohnte zu Hause. Was interessierten den schon Moltebeeren?

Sie schaute ihn rasch an, ohne dass er es merkte. Er schien bis jetzt geschlafen zu haben, jedenfalls hatte er im Bett gelegen, das verrieten seine Haare. Jetzt saß er nur da und starrte seinen leeren Teller an, machte keine Anstalten, zuzugreifen. Sie warf einen raschen Blick auf die Uhr an der Wand. Halb vier. Vielleicht sollte sie das Radio einschalten, es war so still hier drinnen, sie konnte nur ihre eigenen Kiefer hören, die mühelos gekochte Kartoffeln und Fischstücke zermahlten.

»Schalt doch mal das Radio ein«, sagte sie. »Du sitzt näher dran.«

Sie sah, wie er den Kopf drehte und lange das Radio anschaute, ehe er sich wieder seinem leeren Teller zuwandte. Sie kaute. Dass er das aushielt. Aber sie hatten ja Ferien, alle beide. Dennoch. Dass er das aushielt! Sich einfach zu nichts aufzuraffen … Er hätte doch mit ihr kommen können, um ein paar Beeren zu pflücken. Sie hatte ihn sogar ganz automatisch gefragt, bevor sie gegangen war, hatte leise an seine Tür geklopft. »Ragnar! Kommst du mit Beeren pflücken?«

Aber dann war sie einfach aufgebrochen, konnte nicht darauf warten, dass er doch nicht antwortete. Sie wusste, dass nicht einmal Boje sie gehört hatte, sie schaffte es einfach nicht mehr, darauf zu warten, dass er nicht antwortete, sie wollte in ihrem eigenen lichten Universum sein. Ein teilweise sonniger Augusttag mit Moltebeeren, die wie orange Flecken unter zwitschernden Vögeln und trägen Mücken im Moor leuchteten, und ihre eigenen Finger, die saftige Beeren pflückten, eine nach der anderen. Sie hatte auch jede Menge Pilze gesehen, und wie immer ärgerte sie sich, weil sie die einzelnen Arten nicht unterscheiden konnte. Da standen sie und waren Gra-

11

tiskost, aber sie traute sich nicht, irgendwelche Pilze zu sammeln, sie wagte nicht einmal, sie zu berühren. Sie müsste sich vielleicht zu einem Kurs anmelden, jetzt, da bald der Herbst beginnen würde. Jeden Herbst dachte sie dasselbe.

»Das Radio«, wiederholte sie. »Schalt das ein. Und greif jetzt endlich zu, ehe alles kalt wird und gerinnt.«

»Bäumchen, Bäumchen, wechsel dich. Die Glock hat zwölf geschlagen. Der Kaiser schickt seine Soldaten hinaus, so weiß wie Schnee, so schwarz wie ...«

Sie fuhr zusammen, ihre Gabel fiel mit einem scheußlichen Klirren auf den Teller, sie hörte auf zu kauen, wagte kaum zu atmen, starrte ihn nur an.

»Wie ein ... *Feuer!* Morgenrot, Morgenrot, leuchtest mir zum frühen *Tooood* ...«

Er grinste und schaute ihr ins Gesicht, sie sprang auf und ging die wenigen Schritte zur Anrichte, verschränkte die Arme vor der Brust und drehte sich um, war bereit, nachsichtig zu lächeln, wenn das hier ein plötzlicher Einfall von ihm wäre.

Dann sang er weiter. Mit einer Melodie. Er sang laut, und jedes Wort war fast angestrengt deutlich. Dabei starrte er ihr in die Augen. Starrte ihr geradewegs in die Augen. Das tat ausgerechnet *er*. Er, der immer wegschaute, wenn sie ihm in die Augen blickte, er schaute ihr nie in die Augen, das kam einfach nicht vor, bisher nie, und sein Blick war wütende Leere.

Wütend und leer.

»Wer zuletzt kommt, kommt in den schwarzen Tohohopf!« Offenbar lief in seinem Gehirn etwas falsch.

»Hör auf!«, schrie sie. »Jetzt hör gefälligst auf!«

12

Etwas früher

»Komm, jetzt komm doch her, Ragnar. Du musst kommen, setz dich ins Auto, mein Junge.«

»Und eins für Vater und eins für Mutter und eins für Brüderchen und *zwei* für …«

Natürlich stimmte mit seinem Gehirn etwas nicht, da blutete etwas oder hatte einen Kurzschluss ausgelöst. Jetzt ging er hinüber und streichelte die eine Außenwand, die hätte im letzten oder vorletzten Jahr gestrichen werden müssen, die hätte *er* im vorigen oder vorvorigen Jahr streichen müssen, die Farbe stand in Plastikeimern im Schuppen, und nun murmelte er irgendetwas vor sich hin, oder er sang, sie war nicht sicher. Sie spürte, wie Schweiß aus ihren Achselhöhlen und an ihrem Körper hinunterlief, wie er auch ihre Schläfen kitzelte und wie sich die Tropfen auf der Kopfhaut bildeten und an ihrem Hals hinabrannen.

»Hör jetzt auf zu singen. Bitte. Nicht reden, nicht singen«, sagte sie und schaute weg, wollte nicht riskieren, noch einmal seinem Blick zu begegnen. »Versuch, ganz still zu sein, so still, wie du kannst. Verbrauch jetzt keine Kraft für … keine Kraft für das hier. Nicht mehr die Wand streicheln, komm her, sonst kriegst du noch Splitter in die Finger.«

Sie ging hinüber und trat vor ihn, aber er erwiderte ihren Blick nicht, jetzt nicht, jetzt plötzlich nicht mehr, aber es war klar, das *Gehirn,* man begriff ja gar nicht, wie das funktionierte, diese vielen Zellen, in einem graurosa Brei, niemand

13

hatte so richtig eine Ahnung, wie das funktionierte, nicht einmal die, die so taten, als ob sie es wüssten.

So dachte sie, so schichtete sie eine Sekunde auf die andere, so versuchte sie, einen zusammenhängenden Augenblick zu erschaffen, der zu einer dauerhaften Wirklichkeit werden sollte. Dort drinnen stand sein Teller, noch immer leer, er hatte ja nichts gegessen. Fischauflauf, dachte sie, und Kartoffeln und Möhren. Die kriegt dann Boje, mit einem Klecks Butter, er aß Fisch lieber als Fleisch, dieser Hund, sicher war er deshalb noch so gelenkig, obwohl er alt war.

Sie zupfte vorsichtig an Ragnars Hemdsärmel, er trug das rote Hemd, das sie gestern sorgfältig gebügelt hatte, das er immer gern anzog, wenn sie in der Hütte waren, oder … sie wusste nicht, ob er es gern trug, aber er zog es gern hier in der Hütte an, ein rotes Flanellhemd, das ihn vielleicht an früher erinnerte, was wusste sie denn schon, es war ein Hemd aus der Zeit, als sein Vater noch gelebt hatte, das Hemd hatte dem Vater gehört und war uralt. Es war an den Ellbogen fadenscheinig, deshalb hatte sie vorsichtig gezupft, denn wenn es riss, dann wüsste sie nicht, nein, dann wüsste sie wirklich nicht, was passieren würde.

Und in der Sekunde, in der sie ihn am Hemdsärmel zupfte, hob er beide Hände und schloss die Augen, legte den Kopf in den Nacken und sang: »Und das war der kleine Raaaagnaaar!«

Raaagnaaar!

Sie standen vor der Hütte, die Tür war offen, da standen sie nun. Da stand sie und blieb einfach stehen, mit hängenden Armen, sie spürte heiße Tropfen aus ihren Augen quellen, sie fühlte nicht, dass sie weinte, aber offenbar weinte sie doch, sie schaffte es nicht, die Tränen wegzuwischen, er würde ja doch nicht auf sie hören, und er war so viel größer als sie, und jünger, und stärker, und jetzt nieselte es, es war ziemlich warm, warm genug, dass es im Moor noch immer von kleinen Insekten wimmelte, auch wenn die Mücken verschwunden waren. Sie registrierte alles.

Alles. Obwohl sie das nicht wollte. Und sie spürte, wie warm es war, obwohl die Sonne jetzt hinter den Kiefern unterging. Wie gut, dass sie es nicht geschafft hatte zu duschen, dass sie noch ihre Kleider anhatte. Dem Himmel sei Dank dafür, wenigstens das.

Nun rieb sie sich endlich die Wangen, mit beiden Händen. Er war ihr einziges Kind, das dachte sie, und das murmelte sie: »Das ist mein einziges Kind.«

Dieser träge Fünfundzwanzigjährige, der fast nie mit ihr sprach und der jetzt lebensgefährlich krank war, er war der einzige Mensch auf der Welt, der ihr etwas bedeutete, aber sie bedeutete ihm nichts, das wusste sie ja, wo er es nie über sich brachte, ihr zu antworten, auf sie einzugehen. Aber er war doch sicher etwas ganz Besonderes. Das war er doch? Doch im Moment begriff er wahrscheinlich nicht, dass es wichtig war, vielleicht glaubte er, *sie* wolle *ihn* in irgendeine Richtung schieben.

Verhielt es sich etwa so? Sie hatte niemals etwas von ihm verlangt oder sich vorgestellt, was er werden würde, hatte nur darauf gewartet, dass er selbst den Weg finden würde, darauf gewartet, dass sie ihn loben könnte, ihn aufbauen, hatte darauf gewartet, ihn mit einer kleinen Blume oder einem originellen Becher in seiner ersten Wohnung zu besuchen, solche Dinge. Aber jetzt würde ihr Junge vermutlich sterben, jetzt war es kurz davor, jetzt konnte es nicht anders sein als kurz

15

davor, der nächste Arzt wohnte im Dorf, zwei Kilometer von der Hütte entfernt. Deshalb registrierte sie selbst das kleinste Detail; worauf sie trat, sie hatte noch immer die Hausschuhe an, die sie nur in der Hütte trug, was sie dachte, wie sie ihn ins Auto schaffen sollte, und sein Blick, die ganze Zeit sein Blick, wie der ausgesehen hatte.

Wütend und leer. Leer und wütend.

Er hatte sie nicht erkannt. Hatte sie nicht erkannt. Nicht erkannt. Seine eigene Mutter nicht erkannt. Das war die einzige Erklärung für seinen Blick. Die einzige Erklärung. Sie war für ihn wie eine Unbekannte gewesen. Denn warum hätte er auf *sie* wütend sein sollen? Sie hatte ihm doch niemals etwas getan.

Als er gesungen hatte, er sei der kleine Ragnar, und als er ihr in die Augen geschaut hatte, hatte er nicht begriffen, dass sie seine Mutter war. Und nun spürte sie, wie eine Wimper an der darüber klebte, sicher kam das von der Wimperntusche, die zerlaufen war, sie bohrte sich den Finger ins Auge, rieb und rieb, ihr war es egal, dass sie die Wimperntusche in ihrem ganzen Gesicht verschmierte.

Sie öffnete die Augen wieder, und er war verschwunden.

16

Unmittelbar vorher

»Ragnar! RAGNAAR!«

Sie rannte zwischen den Häuschen herum, die »Hof« genannt wurden, obwohl es sich nur um eine Hütte, ein Plumpsklo und einen Schuppen handelte. Sie hatte die Hütte nach Sigvalds Tod für das Geld von der Lebensversicherung gekauft, als sie mit Ragnar ein neues Leben beginnen, die Tage wieder zusammenfegen wollte. Ragnar war sechzehn gewesen, als er seinen Vater verloren hatte, sechzehn sei das *schlimmste* Alter, hatte sie gelesen, ohne dass erklärt worden wäre, im Verhältnis wozu es das *Schlimmste* sei. Und jetzt rannte sie. Rannte und schrie.

»Ragnaaar! Hör jetzt auf deine Mama! Komm HER, komm schon ... wenn du dich versteckt hast.«

Sie hielt Ausschau nach Boje, aber der lag noch immer unter dem Tisch, hatte von der ganzen Aufregung rein gar nichts mitbekommen. Sie hatte das Gefühl, sich in Zeitlupe zu bewegen, obwohl sie rannte, sie hatte das Gefühl, dass alles zusammenbrach, hinter ihren Augen, in ihren Ohren, es knackte heiß und lebensbedrohlich, und sie dachte, dass nun auch sie sterben könnte, ganz plötzlich, jeden Moment, denn das hier war wohl etwas, woran man sterben konnte, davon war sie zutiefst überzeugt, ein normales Gehirn konnte einen solchen Druck doch unmöglich aushalten, einen solchen Lärm, es war, als wollte ihr Gehirn ihr die Augen von innen aus dem Kopf schieben, sicher hatte sie deshalb geglaubt, die Wimperntusche habe ihr eines Auge zusammengeklebt.

Sie presste sich ein paar Finger auf jedes Auge, um die Augen festzuhalten, dennoch pochte es dahinter, wurde sie jetzt blind? Sie öffnete die Augen und sah rot, alles war rot. Und nun entdeckte sie Ragnar unten hinter dem Plumpsklo, er saß da, hatte die Arme um die Knie geschlungen und wiegte sich vor und zurück, die Nase zwischen die Knie geschoben, und sie konnte wieder normal sehen, denn jetzt sah sie, dass sein Hemd zwar rot war, das andere aber nicht. Das rote Hemd war an einigen Stellen nass, er war offenbar den Hang hinabgerollt. Er wiegte sich heftig vor und zurück, vor und zurück.

»Ragnar! Wir müssen zum Doktor! Jetzt musst du kommen!«, sagte sie. »Nun komm doch schon!«

Sie bohrte die Absätze ihrer Sandalen in den Schlamm, während sie nach unten ging, sie spürte die Kälte an den Knöcheln, sie hoffte, dass der Boden fest genug wäre, um nicht in den ganzen Matsch zu gleiten, damit nicht alles aufspritzte und stank. Es stank jetzt schon ziemlich arg, sie befanden sich nur noch wenige Meter von den Haufen mit Exkrementen entfernt.

»Ragnar, mein Junge … mein bester Junge …«

Er wiegte sich weiter vor und zurück, murmelte und sang, sie konnte die Wörter nicht mehr hören.

Sie beugte sich vor, stützte die Hände auf die Knie und brüllte: »RAGNAR! JETZT KOMMST DU!«

Er richtete sich langsam auf, den Blick vor sich auf den Boden geheftet. Sie rutschte die letzten Meter nach unten und packte seine eine Faust, er wehrte sich nicht, dann kroch er Schritt für Schritt hinter ihr den Hang hoch. Plumpsklos sollten immer oben an hohen Hängen stehen, zum Glück hatte er nicht mitten in der Kacke gesessen, aber es stank, großer Gott, wie es stank, wenn sie sich bewegten und den massiven, schweren Geruch aufwirbelten, der hier in aller Ruhe gelegen hatte, in aller Stille, lange.

Sie war jetzt verbissen, sie keuchte, zog ihn hinter sich her, sein gewaltiges Gewicht, er war wirklich nicht er selbst, aber sie wusste, was sie zu tun hatte. Nämlich ihn hinten ins Auto setzen, was er sich plötzlich gefallen ließ.

Sein Schädel unter ihrer Hand, damit er nicht gegen die Metallkante über der Tür stieß. Sie drückte ihn behutsam und zielsicher nach unten, er leistete ein wenig Widerstand, aber jetzt musste er tun, was sie wollte, jetzt reichte es, jetzt konnte sie nicht mehr, doch natürlich konnte sie noch, sie konnte *alles,* er war ihr Junge, natürlich kann ich noch, dachte sie, es gibt keine menschliche Grenze für das, was ich für meinen Jungen tun kann, wenn es wirklich sein muss.

Und sie würde nicht mehr weinen. Weinen kann dem Körper so schnell alle Kräfte entziehen, dann würde sie einfach nur mit dem Rücken an dem einen Hinterreifen nach unten sinken und aufgeben.

Aber eine Mutter durfte niemals aufgeben, und in den kurzen Sekunden, in denen sie die Hand um seinen warmen Schädel krümmte, wusste sie, dass sich ihre Finger jetzt nur wenige Millimeter oder Zentimeter von der Katastrophe entfernt befanden, wo sich das Blut durch die Venenwand gepresst hatte und in empfindlichem Hirngewebe Amok gelaufen war. Oder vielleicht war es eine Geschwulst, die just an diesem heißen Nachmittag in der Hütte so groß geworden war, dass alles in den Abgrund stürzen musste. Sie schaute blitzschnell zu ihm, er sah sie nicht an. Er hatte die Augen geschlossen und den Kopf in den Nacken gelegt. Es gab nichts, woran er den Kopf hätte lehnen können, der Sitz endete in Schulterhöhe, aber er ließ den Kopf trotzdem schlaff nach hinten hängen.

Der Sicherheitsgurt war ihr jetzt egal. Sie musste sich auf den Kopf konzentrieren, da drinnen war alles schiefgegangen, aber wie sollte sie das jetzt hinbekommen? Sie stand vor der offenen Autotür und atmete schwer und sah ihn an, war er eingeschlafen? Nun fiel es ihr ein, sie stürzte in die Hütte und holte vier Sofakissen, war gleich wieder da und legte sie um seinen Kopf.

Sie blieben liegen. Die Kissen blieben liegen. Jetzt mussten sie auch liegen bleiben, während sie fuhr.

Sie startete den alten Volvo, dankte dem Himmel für das warme Wetter, denn dann sprang der Motor immer an, sie nahm zugleich den Gestank ihrer Hausschuhe wahr, sie war wohl dichter an den Kackehaufen herangeraten, als sie gedacht hatte, vermutlich zog die Flüssigkeit dort in den Boden ein. Sie ließ das Gaspedal für einen Moment los, starrte vor sich hin, holte Luft, warf einen Blick in den Rückspiegel, er sah genauso aus wie vorher. Nein, sie hätte keine Zeit gehabt, die Schuhe zu wechseln, dann hätte sie sich außerdem die Füße waschen müssen, und ihr Junge hatte eine Gehirnblutung, sie trat wieder auf das Gaspedal.

Jetzt musste sie ganz schnell zu Leuten, die sich mit solchen Dingen auskannten.

Der Arzt im Dorf konnte doch eigentlich bei Gehirnblutungen nicht kompetent sein, vielleicht würde dort ein Hubschrauber gerufen werden, aber der Arzt musste wohl zuerst eine Diagnose stellen, um dann einen schweineteuren Rettungshubschrauber anfordern zu können. Sie war schon einmal dort gewesen, als eine Kreuzotter versucht hatte, sich in ihrer einen Wade zu verbeißen, sie wusste nicht mehr, wie man sie damals behandelt hatte, aber sie erinnerte sich an die altmodische Tür, wo ein schwacher Geruch nach alter Wohnstube sich mit dem Medizingeruch vermischte, und die Bänke im Wartezimmer waren hellgrün gestrichen, wie in einer Küche aus dem vorigen Jahrhundert. Oder aus dem davor. Sie lenkte den Wagen auf dem schmalen, unebenen Weg hinab zur Hauptstraße und murmelte vor sich hin: »Müsste ich? Hätte ich? Hätte ich anrufen sollen? Oder jetzt?«

Sollte sie selbst einen Hubschrauber bestellen? 113 wählen und sagen, es gehe um Leben und Tod?

Sie wusste wenig darüber, aber sie hatte im Netz etwas dazu gelesen, sie hatte zu Pfingsten und zu Ostern Berichte gesehen, wenn im Fernsehen nur Reportagen liefen. Man sollte Rücksicht nehmen auf Gehörgeschädigte und Menschen im Rollstuhl, an alle denken, die depressiv sind, und wenn jemand sich in Zuckungen auf dem Boden windet, dann etwas Weiches zwischen die Zähne schieben, da es sich vermutlich um einen epileptischen Anfall handelt, die Betroffenen könnten sich die Zunge abbeißen. Aber *sich wirklich beeilen,* das musste man bei Gehirnblutungen tun. So wie jetzt.

Nein.

Sie traute sich nicht. Traute sich nicht. Traute sich. Nicht.

»Nein«, flüsterte sie und merkte, dass sie sabberte. Jetzt hatte sie die Hauptstraße erreicht und bog vorsichtig nach links ab, während sie sich den Mund abwischte und ihn im Spiegel ansah. Er hatte noch immer die Augen geschlossen, und wie durch ein Wunder lagen die Kissen da, wo sie liegen sollten. War er vielleicht schon tot? War er das?

WAR er das? Sie wagte nicht, anzuhalten, um nachzusehen, wagte nicht, anzurufen, musste nur weiterfahren, sie trat fester auf das Gaspedal, jetzt, da die Straße schnurgerade vor ihr lag. Es hatte geheißen, die betroffene Person sei schief. Im Gesicht, oder sie habe einen lahmen Arm, verdammt aber auch, dass sie sich gerade nicht daran erinnern konnte. Musste man nach einem Schlaganfall immer schief aussehen? Er war jedenfalls nicht schief. Sie würde wie eine Vollidiotin wirken, wenn sie

21

jetzt anrief, einige Kilometer von der Arztpraxis entfernt, vielleicht wäre sie sogar erstattungspflichtig, würde in den Zeitungen als hysterische Mutter hingestellt werden, obwohl das Kind fünfundzwanzig Jahre alt war. Alle Gedanken stießen seitlich gegeneinander, unlösbar, sie hatte beide Hände auf dem Lenkrad, sie spürte genau, wo in ihrer Tasche das Mobiltelefon lag, während ein heftiger Puls gegen ihren Kehlkopf und gegen ihre Rippen hämmerte, ein HEFTIGER Puls, es fühlte sich an, als ob ihre Ohrläppchen vom Kopf *wegstrebten*, aufgrund der Pulsschläge, die sich in die kleinen Perlenohrstecker fortpflanzten, die sie am selben Morgen eingesetzt hatte, war das wirklich am selben Morgen gewesen? Sie fuhr mit einer Hand an ihr Ohrläppchen, doch, da saß der Stecker. Es war eigentlich total unglaublich. Dass sie die Stecker am Morgen eingesetzt hatte, ohne die geringste Ahnung von allem, was später geschehen würde.

Hätte sie am selben Morgen nicht mit einer Tasse fürchterlichen Tees dagesessen, weil sie falsch eingekauft hatte, dann wäre der Tee nicht grün gewesen, sondern braun. Wenn man grünen Tee trank, dann, um gesund zu leben und sich zu *entschlacken,* mehr wusste sie nicht, sie hatte nicht einmal eine Ahnung davon, was das für *Schlacken* sein mochten, die ein ganz normaler Körper anhäufen konnte, und man trank grünen Tee, um sich von *ungesunden Gewohnheiten* zu befreien, das hatte sie in Anzeigen gelesen, aber sie hatte keine ungesunden Gewohnheiten. Nicht eine einzige.

In der Schwangerschaft hatte sie nicht einmal Lebensmittel oder Süßigkeiten zu sich genommen, die E-Nummern enthielten, und natürlich nicht geraucht oder getrunken, was für eine Vorstellung! Als sie sechs Monate mit ihrem Jungen schwanger gewesen war, von dem sie zu diesem Zeitpunkt nicht wusste, dass es ein Junge war, hatte sie sich in einem Geschenkeladen ein winziges T-Shirt für das Kind in ihrem Bauch gekauft – mit dem Aufdruck »*Houston, we've got a problem*«, weil sie gerade diesen *Apollo*-Film als Video gesehen hatte und sich vorstellte, wie der Embryo süß und niedlich im Fruchtwasser schwamm, und sie wusste ja, dass die Astronauten überlebt hatten. Dennoch war sie in dieser Nacht aufgewacht und hatte es für ein schlechtes Omen gehalten, jetzt würde sie vermutlich eine Fehlgeburt erleiden. Im sechsten Monat. Es würde furchtbar wehtun. Doch so war es nicht gekommen. Der Junge war geboren worden. Er lebte. Er wuchs zu einem gesunden jungen Mann heran. Aber jetzt würde er wohl sterben. Nein, sie wagte nicht, 113 anzurufen, sie musste machen, dass sie zum Arzt kam, die waren zwar medizinisch gesehen keine Spezialisten, aber in ihrer Kompetenz waren sie ihr doch himmelhoch überlegen. Würden sie sich trauen, einen Hubschrauber zu bestellen? Würden sie sich trauen, bei Verdacht auf das, wovon sie wusste, dass er daran litt? Sie waren doch mehrere Stunden von der Stadt entfernt.

Jedes Zähneputzen, jedes Wäschewäschen, jede Magengrippe, jede Umarmung von molligen weichen Armen mit heißem Jungenatem in ihrem Ohr, jede belanglose liebevolle Alltagsgeste, von der niemand wusste, unsichtbar zu Hause, in allen Häusern Norwegens, jeden einzelnen Tag, Mutter und Vater und Kind, die engen und dichten und unzerreißbaren Bänder, die nur der Tod kappen konnte, widerlich gleichgültig, wo der Tod einfach sagte: Das Leben wimmelt nur so von Zufällen, bilde dir bloß nicht ein, dass du DARÜBER erhaben bist, meine Liebe, die Zufälle regieren die Welt.

Gute Menschen sterben. Arschlöcher überleben. Logik? Nein. Warum sollte es irgendeine Logik geben? Die Welt ist Chaos. Ja, dachte sie, sie konnte sich später erinnern, dass sie das gedacht hatte, diese vier Wörter: *Die Welt ist Chaos.*

»Ich liebe dich, mein Junge.«

»Und ich dich auch.«

»Weißt du denn, was lieben bedeutet?«

»Nein.«

Da war er vier Jahre alt gewesen.

Dort

Vor der Arztpraxis trat sie instinktiv viel zu hart auf die Bremse, konnte sehen, wie sein Kopf nach vorn kippte und vor seiner Brust hängen blieb. Verdammte Pest! Sie sprang aus dem Auto und riss die hintere Tür auf, fasste ihn unter dem Kinn und hob seinen Kopf behutsam zurück auf die Kissen. Er machte die Augen nicht auf, sie zog seinen rechten Arm an sich, drückte die Finger auf sein Handgelenk, Puls, doch, er hatte Puls! Sie ließ ihn los und rannte zur Eingangstür, als gerade ein älterer Mann herauskam, sie stieß den Mann hart zur Seite und stürzte auf den Gang und rief: »Hilfe! HILFE! Jemand muss mir helfen!«

Sie waren sofort da. Zwei Frauen in weißen Ärztekitteln, waren das Ärztinnen?

»Seid ihr Ärztinnen?«, fragte sie und rannte zurück zum Auto.

»Nein, der Arzt kommt gleich«, antwortete die eine.

Die andere drehte sich um und lief zurück, die Sekunden waren lang wie Jahre, ehe sie wieder da war, mit einem Bett auf Rädern, so einem schmalen, wie sie in Rettungswagen verwendet wurden. Sie schoben es bis dicht vor die hintere Tür des Volvos, und sie presste sich beide Hände aufs Gesicht, vor die Augen. Sie merkte, wie ihre Hände stanken, Kloake, das musste von vorhin sein. Sie fragten nicht, ob sie helfen könnte, und sie wollte nichts sehen, sie ging zuerst in die Hocke, kippte dann auf den Hintern, hörte, wie die beiden atmeten und miteinander flüsterten.

»Hubschrauber!«, sagte sie durch ihre Finger. »HUBSCHRAUBER!«

Das Geräusch der Räder im Kies wurde leiser und verschwand, aber sie nahm die Hände nicht von den Augen, erst, als sie die Schritte zurückkommen hörte. Nun ließ sie die Hände zwischen ihre Oberschenkel fallen, sie merkte, dass ihr der Mund offen stand. Sie hob den Kopf, konnte eine der Weißgekleideten sehen, den untersten Teil ihres Kittels, die aufgenähte Tasche. Etwas steckte darin, sicher ein Kugelschreiber.

»Hallo, ich heiße Solveig, ich bin hier die Sprechstundenhilfe, jetzt ist der Arzt gleich da. Kommen Sie mit.«

»Aber … Hubschrauber«, flüsterte sie und wurde auf die Füße gezogen.

»Wir werden sehen. Stützen Sie sich einfach auf mich«, sagte Solveig.

Sie erfuhr, dass sie nun in einem Wartezimmer saß, ein Plastikbecher mit Kaffee wurde vor sie hingestellt, Solveig verschwand. Sie selbst blieb sitzen und sah den Plastikbecher an. Der hatte hellgrüne Streifen ringsum, dieser Plastikbecher, zuerst zwei Streifen oben, danach ein dicker hellgrüner, und schließlich ganz unten vier dünne. Irgendwer hatte sich dieses Muster ausgedacht, aber warum hörte sie keinen Hubschrauber?

Warum hörte sie keinen Hubschrauber?

Sie riss das Telefon aus der Tasche, starrte auf das Display. Niemand hatte angerufen, sie hatte auch niemanden angerufen, sie klickte irgendeine Onlinezeitung an, *VG*. Alles war wie immer, das war pervers. Sie entdeckte das Waschbecken

26

in der Ecke und ging hinüber, darüber war ein Spiegel angebracht, ein altmodischer, mit einer gläsernen Ablage darunter, so einer, wie sie beide in der Hütte auch einen hatten. *Sie beide.* Vielleicht gab es jetzt nur noch sie in der Einzahl.

Sie fing an, sich zu waschen, neben dem Spiegel war an der Wand ein Karton mit Papierhandtüchern befestigt. Sie wusch alles, was sie erreichen konnte, das Papier rollte sich auf ihrer Haut zu dünnen Würstchen, die Würstchen fielen nach und nach auf den Boden, sie wagte nicht, sich auszuziehen, wagte auch nicht, ihre Hausschuhe abzustreifen, die waren braun, aber sie wusch alle Stellen, wo die Haut nackt war. Dann dachte sie an Boje, der war jetzt allein zu Hause, und alles stand offen, aber er würde nirgendwohin gehen, er würde sich einfach still verhalten und auf sie beide warten. Sie ließ sich wieder in den Sessel sinken. Sie merkte, wie schmutzig sie war, konnte es auch riechen. Schweiß unter der Kleidung, Kloake in den Schuhen. Sie hörte draußen Schritte, und da war der Arzt.

Zurück zur Hütte

Er grinste, sie konnte ihn im Rückspiegel sehen. Er grinste mit geschlossenen Augen, und er schien zu sabbern. Die Kissen, mit denen sie seinen Kopf gestützt hatte, waren verschwunden, sie waren nicht zu sehen, sie hätte die Kissen ohnehin weggeworfen, diese Kissen hatte sie noch nie leiden können. Sie hatte die Hütte mit Einrichtung und allem gekauft und kaum etwas verändert, die fremden Kissen würde sie nicht vermissen. Seine Schultern bewegten sich auf und ab, während er grinste. Seit neun Jahren gehörte ihr die Hütte nun schon, aber sie hatte niemals etwas verändert, nicht einmal die Farbe, die sie für die Außenwände gekauft hatte, hatte sie verwendet. Hatte *er* verwendet.

Und er war nicht tot.

Sie schaltete das Radio ein, wusste nicht, was sie sonst tun könnte, abgesehen davon, Auto und Sohn zurück zum Ausgangspunkt zu schaffen. Der Tag war offen und bleich und mattgrün, so, wie er es immer war, unmittelbar bevor die Herbstfarben sich ihren Weg bahnten, verlogen in ihrem bunten Farbenspiel. Und im Radio gab es nur Stimmen, Stimmen, denen man zuhören und über die man nachdenken konnte, sie konnte sich nicht aufraffen, sich zu irgendeiner Musik weiterzuklicken, sie schaltete das Radio aus, mit einem harten Ruck. Verdammt. Ihr fiel ein, dass sie eine Flasche Cognac im Küchenschrank hatte. Hatte er die ausgetrunken? Die Flasche war schon angebrochen gewesen, und sie wusste nicht, ob man von dem Rest drei Komma eins Promille bekommen konnte.

Drei Komma eins, das war wohl ziemlich viel? Wenn es so viel war, dass der Magen ausgepumpt werden musste, war es viel. Er lebte immerhin. Auch wenn sie sich nicht sicher war, ob es eine Erleichterung war, ihn grinsend auf der Rückbank zu haben. Lieber das als tot, dachte sie, natürlich. Natürlich! Lieber irritierend als tot, sie hatte ihn vor weniger als einer Stunde doch für tot gehalten! Trotzdem ärgerte sie sich jetzt darüber, dass er mit geschlossenen Augen grinste.

Sie selbst trank so gut wie nie, und sie tranken fast nie zusammen, nur am Heiligen Abend und zu Geburtstagen und am Nationalfeiertag im Mai und zu solchen Gelegenheiten, sie führte nicht Buch darüber, aber wie viel trank er nun eigentlich? Allein, oder ohne sie, zusammen mit anderen, sie wusste nicht, ob er viel Kontakt zu anderen hatte, auch wenn er ab und zu irgendwohin fuhr. Zu ihnen nach Hause kam jedenfalls niemand. Drei Komma eins, das klang sehr viel.

»Ich kann nicht begreifen, wie du …«

»Halt die Fresse«, sagte er.

Sie bog von der Hauptstraße ab und merkte, dass ihre Wangen starr waren, starr vom Salz der Tränen? Nein, sie hatte die Wangen doch gewaschen. Aber sie waren starr, ganz starr. Da war Boje, er kam so schnell auf das Auto zugerannt, dass sie auf die Bremse treten musste, und sie drehte in einer Bewegung den Motor aus, öffnete die Autotür und schwang die Beine hinaus.

»Boje …!«

Sie vergrub die Hände in seinem Nackenfell, schmiegte ihr Gesicht an seins, nahm den vertrauten fauligen Geruch aus

29

seinem Mund wahr, küsste ihn hart auf die Seite der Schnauze, während sie hören konnte, wie Ragnar sich aus dem Auto manövrierte, wie er sofort umkippte, aber sie drehte sich nicht um. Boje wand sich aus ihrem Zugriff, als Ragnar mit der flachen Hand auf das Autodach schlug und brüllte:

»SCHEISSE!«

Sie richtete sich auf, ohne ihn anzusehen, knallte die Wagentür zu und ging zur Hütte. Die Tür stand sperrangelweit offen, in der Küche blieb sie stehen und sah ihre Gabel an, die mitten auf dem Teller lag, mit einem Rest Auflauf an den Zinken. Sie musterte den ganzen Tisch, diese Szene, die total alltäglich gewesen war, und fast ein bisschen langweilig, bis er angefangen hatte zu singen. Der Kochtopf mit Kartoffeln und Möhren, wo die Kartoffeln eingetrocknet waren und eine matte gelbe Haut bekommen hatten. Der Auflauf, der geschrumpft und nachgedunkelt war, die Butter, die sommertagswarm und doch erstarrt unten in dem Töpfchen klebte.

Sie konnte hinter sich seine Schritte hören, und Bojes Pfoten. Rasch hob sie Bojes Fressnapf vom Boden auf, sie brauchte sich nicht umzudrehen, der Napf stand gleich unter dem Tisch, sie merkte nur, dass der Raum dunkler wurde, da stand er also, füllte die Türöffnung aus, glotzte. Aber sie brachte es nicht über sich, etwas zu sagen, das Einzige, was sie wollte, war, einen Müllsack von der Rolle zu reißen und damit zum Auto zu gehen und die Sofakissen hineinzustopfen. Aber zuerst Boje, der musste sein Futter bekommen.

Alles landete im Hundenapf, sie konnte hören, wie Boje hechelte und wartete, sich freute. Die Butter verschmierte sie mit dem Messer auf den Auflaufresten.

Wenn sie nun einen Teelöffel aus der Schublade holte, würde sie ihn ansehen müssen. Sie nahm aus dem Augen-

30

winkel eine Bewegung wahr, konnte seinen Arm hervorschießen sehen und krümmte sich zusammen, er wollte doch wohl nicht *zuschlagen*. Das hatte er noch nie getan. Nein, er schnappte sich sein Handy, das hatte auf der Anrichte gelegen.

Boje machte sich über den Napf her, als sie den in seine Ecke stellte, und sie rannte hinüber und nahm die Müllsackrolle aus der Schublade und hatte eine Sekunde später schon die Küche verlassen. Sie drehte sich auch nicht um, als sie zum Auto ging, das stand viel zu weit unten auf dem Weg, weil doch Boje angerannt gekommen war. Sie setzte sich hinein und fuhr es an die richtige Stelle, stieg aus, öffnete die Hintertür, noch immer ohne einen Blick in Richtung Hütte.

Da lagen die Kissen. Die sollten weg. Sie lagen auf dem Boden vor der Rückbank, das eine war plattgetrampelt, jetzt nahm sie wieder den Kloakengeruch wahr.

Irgendwer hatte Stunden und Tage, sicher auch Wochen, mit diesen Kissen verbracht.

Sie beugte sich über die Rückbank, musterte die Kissen, berührte sie sehr behutsam. Das eine war mit Kreuzstichen verziert, die drei anderen mit Plattstichen. Großer Gott, wie viele Stunden Arbeit das gekostet hatte.

Es waren symmetrische Muster, Muster, die sie in- und auswendig kannte, Muster, die einen Teil ihres Lebens bedeutet hatten, nicht zuletzt in den Handarbeitsstunden. Und später im Leben, als sie Kissenhüllen genäht hatte, als alle abends Kissenhüllen genäht hatten, weil verheiratete Frauen das nun eben taten, sie nähten und bestickten Kissen und fügten sie zusammen mit einem neutralen Stoff auf der Rückseite, dann füllten sie sie mit einem *Innenkissen*. Einige hatten einen Reißverschluss am Rand, andere nicht. Keins von diesen vieren hatte einen Reißverschluss, ergo waren sie nie gewaschen worden und würden das auch niemals werden. Sie stopfte sie mit wütender Kraft in den Müllsack.

Aus dem Augenwinkel sah sie, dass er nicht mehr in der Tür zur Hütte stand.

Jetzt wollte sie duschen. Sie nahm den Müllsack mit.

In der Hütte

Sie warf ihre Schuhe in den Müllsack. Es waren braune Birkenstocks, höchstens drei, vier Jahre alt, aber die wollte sie nicht behalten. Nicht. Behalten. Unter gar keinen Umständen.

Shorts und T-Shirt nahmen denselben Weg, danach Unterhose und BH. Alles roch nach Kloake, fand sie. *Blutkreislauf,* dachte sie, *ein Teil ist in den Blutkreislauf gelangt.* Das Blut, das durch den fünfundzwanzig Jahre alten lebendigen Körper strömte. Wenn sie wieder in der Küche wäre, würde sie die Sache mit dem Cognac überprüfen. Sie hoffte, dass das, was in den Blutkreislauf gesickert war, ihn zum Schlafen bringen würde. Und dabei hatte sie geglaubt, er hätte vor dem Essen geschlafen. Während er im Bett gelegen und getrunken hatte.

Warum. Warum! Und jetzt legte er sich vielleicht ins Bett, obwohl er nach Kloake stank, sie würde Bettdecke und Kissen wegwerfen müssen, und vielleicht auch die Matratze, trotzdem hoffte sie, dass eine ausreichende Menge in seinen Blutkreislauf gelangt war, damit er einschlief, sie brauchte ein bisschen Ruhe, ganz einfach Zeit zum Nachdenken, glaubte sie. Sie wollte weinen, aber das gelang ihr nicht. Zu Hause unter der Dusche war das Losheulen kein Problem, aber hier schon, mit den Zehen auf einem flachen Stein, draußen, ohne Duschvorhang oder so.

Sie ließ ihren ganzen Leib nass werden, drehte das Wasser ab, ehe sie sich von Kopf bis Fuß einseifte, auch die Haare, mit der normalen Seife, die Shampooflasche war leer, und sie hatte vergessen, eine neue zu kaufen. Dann drehte sie das Wasser wieder auf, am Schlauch war ein kleiner Schalter angebracht.

Zwanzig Liter pisswarmes Wasser ergossen sich aus einem schwarzen Duschkopf aus Plastik, sie musste sich konzentrieren, es ging hier um Sauberkeit, nicht um Genuss, nicht um Verweilen im Wasser. Sie wusste nicht einmal, wie sie über die Wassertemperatur dachte, sie hatte keine Zeit zum Denken, zum Weinen, zu gar nichts. Außerdem musste sie die Cognacflasche überprüfen. Gott sei Dank hatte sie an einem Nagel in der Hüttenwand ein Handtuch hängen, sie hatte nicht daran gedacht, saubere Kleider mitzubringen.

Boje kam angetrottet, lugte um die Hausecke und entdeckte sie. Er wirkte zufrieden, jetzt, da sie wieder da waren. Sie wickelte sich das Handtuch um und steckte es fest, nahm einen vagen Geruch wahr, wie lange benutzte sie es schon? Höchstens vier, fünf Tage, maximal eine Woche. Aber wie schmutzig konnte ein Handtuch davon werden, einen sauberen Leib abzutrocknen? Sie nahm den Müllsack in die eine Hand, mit der anderen fuhr sie sich durch die Haare, die sich jetzt tot und schwer anfühlten, nach dem Waschen mit Seife. Den Sack ließ sie vor der Küchentür auf den Boden fallen, dann ging sie hinein.

Hier war alles unverändert. Natürlich. Sie konnte sich nicht daran erinnern, dass er jemals den Tisch abgeräumt hätte. Er sei *verwöhnt,* hatte Sigvald gesagt. Sie wusste damals nicht, wie er das meinte. Ihr war dieser Gedanke heute vielleicht zum ersten Mal gekommen. Als er grinsend und mit geschlossenen Augen auf der Rückbank gesessen hatte. *Verwöhnt.* War

34

das die Erklärung für alles? Und war das überhaupt eine Erklärung?

»Großer Gott«, flüsterte sie, umklammerte die Tischkante und kniff die Augen zu.

Sie hatte so unvorstellbar große Lust zu weinen. Aber sie spürte zugleich, dass das unmöglich war.

Der Cognac, ja, den wollte sie doch überprüfen.

Er stand neben einer Packung Spaghetti, die Spaghettipackung lehnte sich schräg an die Flasche, und die Flasche war fast voll. Sie konnte sich nicht erinnern, wann sie die Flasche geöffnet und sich ein Glas eingeschenkt hatte. Sie feierten hier doch nie Weihnachten. Sie kaufte ab und zu eine Flasche Wein, das war alles.

Den Cognac hatte er also nicht getrunken.

Okay.

Sie blieb ganz still stehen und lauschte, hörte, dass Boje auf der Decke in seiner Küchenecke einige Runden drehte, ehe er sich mit einem schnaufenden Seufzer fallen ließ. Sie lauschte weiter und hörte schließlich den tiefen Atem aus Ragnars Schlafzimmer, gleich neben der Küche, dem Schlafzimmer, das eigentlich sie hätte haben müssen, da es so dicht bei der Küche und ihren Morgenroutinen lag, aber das trotzdem er an sich gerissen hatte, weil es das größere war und einen alten Fernsehanschluss aufwies.

Dieser Fernsehanschluss funktionierte nicht mehr. Sie dachte daran, wie sehr sie sich darüber gefreut hatte, als er das sagte. Später hatte es sie grenzenlos genervt, weil er im Wohnzimmer fernsehen wollte und sie sich deshalb all die trostlosen Fernsehserien anschauen musste, die nur ihm Freude machten.

Sie stand lange da. Hörte, wie Bojes Atem den Schlafrhythmus fand. Schaute auf ihre Zehen hinunter. Einige Kiefern-

35

nadeln waren dazwischen stecken geblieben, sie wackelte mit den Zehen, und die Nadeln fielen herunter.

Nun musste es geschehen, nun war die Zeit gekommen, nun würde sie in sein Zimmer gehen.

In der Hütte

Er lag auf dem Rücken, die Hände an der Seite, wie ein kleiner Soldat. Oder … nicht wie ein kleiner, sondern wie ein großer. Sein Mund stand offen, die Luft stank, nicht nur nach Kloake, auch nach Urin, Alkohol, altem Schweiß, es war nicht auszuhalten, und das war ihr Sohn. Ihr. Sohn.

Aber das Schlimmste war, dass alles so langsam ging.

Dass sie das alles denken und registrieren konnte. Nicht um ihretwillen, sondern seinetwegen. Denn er lag hier und verschlief sein Leben in diesem Gestank. *Diesem Gestank.* Lag auf dem Rücken und atmete mit offenem Mund, verschlang die Luft schon fast gierig. Sie blieb stehen und sah ihn an, während sie sich die Nase zuhielt und durch den Mund einatmete, sie sah seine Nasenflügel an, die sie fast nicht wiedererkannte, sie konnte ihn nur selten richtig ansehen. Sie entdeckte einen kleinen Popel in dem einen Nasenloch, der Popel flimmerte hin und her, im Takt des Atems. Er, der ein kleiner blutiger, aalglatter Leib gewesen war, von einem Blutschwall aus ihr hinausgespült, war plötzlich zu einer Person geworden.

Diese Person war jetzt ein erwachsener Mensch, mit allem, was zum Erwachsensein dazugehörte, Bartwuchs, Käsefüße, gebrochene Fingernägel, Schweiß, Obstschalen voller unbezahlter Rechnungen in seinem Zimmer zu Hause in der Stadt, Stapel von leeren Pizzakartons dort hinter der Tür. Er tat nur so, als wäre er erwachsen.

Die Rechnungen steckten in ungeöffneten Briefumschlägen, aber er hatte sie nicht weggeworfen. Sie lagen da. Sie hatte sie betrachtet, wenn er nicht zu Hause war, es war gemein von ihr, dass sie in sein Zimmer ging, wenn er nicht zu Hause war, nur, um diese Rechnungen und Mahnungen zu betrachten, sie sich anzuschen. Es waren vor allem Mahnungen, nahm sie an, denn sie wagte es nicht, die Umschläge zu öffnen, doch sie konnte die Absender von außen lesen. Die meisten kamen von Telefongesellschaften, einige von der Bank.

Plötzlich fiel ihr ein, wie unbeschreiblich froh sie gewesen war, als er verkündet hatte, dass er von zu Hause ausziehen wolle. Sie hatte es fast nicht glauben können, er war heimgekommen und hatte erzählt, er habe eine Wohnung gefunden.

»Ja«, sagte er. »Gleich am Mittwoch ziehe ich aus. Wird ja wohl auch Zeit.«

Sie hatte genickt und gelächelt und registriert, dass er nach Parfüm oder Deodorant oder so etwas roch, das war fünf Jahre her, damals war er zwanzig, und über der Stadt lastete eine Hitzewelle, ungefähr so wie jetzt. Und mitten in der Hitzewelle war sie ins Zentrum gewandert, zum Hafen, und hatte Krabben gekauft, man bekam nicht oft so große Krabben, deshalb hatte sie zwei riesige Tüten gekauft. Und sie hatte Weißwein besorgt, und Weißbrot und Mayonnaise und Zitronen, hatte ins Reihenhaus hineingerufen, als sie nach Hause kam, dass *sie hier sei, mit Weißwein und Krabben!*

Er war aus seinem Zimmer gekommen, verdutzt und verwirrt, war sofort unter die Dusche gegangen, während sie den Tisch gedeckt hatte, hatte ihren Blick nicht erwidert, war dann herausgekommen und hatte gesagt, er wolle nichts abhaben.

Sie hatte jede einzelne Krabbe gepult, sie ordentlich zu kleinen Stapeln in Plastikdosen gelegt und in die Tiefkühltruhe unter dem Kühlschrank gestellt. Später an dem Abend, auf dem Weg zum Klo, hatte er gesagt, dass er doch nicht ausziehen würde, und dann hatte er die Badezimmertür hinter sich zugeknallt.

Sie ging in die Hocke und schaute unter das Bett. Ja, da.

Da waren sie. Sie fiel auf die Knie, packte das Handtuch, das sie sich um den Leib gewickelt hatte, beugte sich vor. Sein Atem klang regelmäßig und röchelnd, war das Fenster überhaupt offen? Vorsichtig zog sie eine Flasche hervor, alle waren identisch. Es war eine leere Wodkaflasche. Bei Wodka und Gin roch man nicht aus dem Mund, wenn man getrunken hatte, hatte sie irgendwo gelesen. Sie zählte und kam auf sieben, die siebte lag ganz oben, gleich unter dem Kopfende, und war halb voll.

Hier verbrachte er seine Tage, sie fragte sich, wie lange er gebraucht hatte, um fast sieben Flaschen zu leeren, sie waren jetzt seit … seit zehn Tagen hier.

In diesem Moment drehte er sich zu ihr hin und öffnete die Augen.

»Was machst du da?«, fragte er mit leiser, schleppender Stimme.

»Ich wollte nur … wollte nur … etwas nachsehen.«

»Was denn?«, fragte er und stützte sich auf den Ellbogen, während sie sich mühsam aufrichtete und vorn das Handtuch zusammenhielt.

»Nichts«, sagte sie und ging hinaus, knallte hinter sich mit der Tür.

»WAS ZUM TEUFEL GEHT DICH MEIN KRAM AN?«, schrie er, während sie die Treppe zu ihrem Schlafzimmer hochstieg.

Sie musste sich an der Wand festhalten, weil ihr Puls dermaßen hämmerte, dass die Treppenstufen vor ihr verschwammen, sie wartete darauf, dass die Stufen jeden Moment rot würden. Sie schloss die Tür hinter sich zu, als sie ihr Zimmer erreicht hatte, sie hatte keine Ahnung, warum, aber nun konnte sie weinen, endlich. Sie setzte sich auf die Bettkante und wiegte sich vor und zurück, lauschte, ließ ihre Tränen fließen. Sie war Expertin im lautlosen Weinen, nach einer Weile waren alle Tränen aufgebraucht, von unten hörte sie kein Geräusch.

Langsam begann sie sich anzuziehen, welcher Tag war heute eigentlich? Ja, richtig, Dienstag. Heute war Dienstag.

In der Hütte

Es war der fiese BH, der in den Rücken stach, aber sie hatte nur zwei mitgenommen, und jetzt lag der andere in der Mülltonne, das war blöd. Sie verdrehte die Schulterblätter, damit sich das T-Shirt über die Haut bewegte und hoffentlich an den Stellen rieb, wo es juckte.

Sie fuhr sich mit dem Handrücken übers Gesicht, wischte alle Tränen weg, putzte sich die Nase, schloss die Tür auf und ging die Treppe hinunter, fertig mit Weinen. Das Handtuch sollte ebenfalls in den Müllsack vor der Küchentür. Sie spürte, dass ihr wieder Tränen kamen, als sie den Beutel öffnete, das Handtuch hineinfallen ließ und sofort den Kloakengestank wahrnahm. Sie verknotete den Müllsack ganz schnell wieder und presste die Hand auf Nase und Mund, dachte energisch an Zitrone und Chlorin und frische Gebirgsbäche, um den Brechreiz zu unterdrücken. Dann ging sie ins Haus, holte einen weiteren Müllsack, stopfte den ersten hinein und verknotete auch den neuen.

Dann trug sie alles zum Auto. Dort blieb sie stehen und musterte den Volvo. Nein, sie würde nicht riskieren, den Sack vor dem Auto stehen zu lassen, ein Fuchs könnte kommen und ihn aufreißen und alles auf dem Boden verteilen, das wollte sie sich nicht antun, aber bei zwei Säcken würde es wohl vor morgen nicht stinken. Den Sack wollte sie in den Container hinter dem Laden werfen, wenn sie die Moltebeeren hinbrachte. Sie öffnete das Auto und ließ den Müllsack auf die Rückbank fal-

41

len. Dass ich wirklich noch an die Moltebeeren denke, nach allem, was passiert ist.

Auf dem Weg in die Küche blieb sie stehen und presste den Rücken an den Türrahmen, rieb hin und her, bis sie die juckende Stelle erwischt hatte, schloss die Augen, drei Komma eins Promille, sie könnte das googeln, schauen, wie viel es war, aber das wollte sie nicht, er hatte sich klar artikulieren können, als er mit ihr gesprochen hatte, und jetzt war es ihr schnurz, ob er sie in der Küche hörte oder nicht.

Denn nun hatte sie geweint, alles war herausgebrochen, und jetzt war es ihr einfach egal. Er lag da und atmete und schlief oder schlief nicht, trank vielleicht die letzte, halb volle Wodkaflasche leer. Sollte er doch. Was zum Teufel ging sie *sein* Kram an? Andererseits: Solange er bei ihr wohnte, wollte sie natürlich wissen, was er trieb, ganz egal, ob sie nun zu Hause waren oder in der Hütte.

Sie ließ die beiden Plastikbütten auf die Bank fallen, die rote für den Abwasch und die gelbe zum Nachspülen, und es war ihr gleichgültig, ob er von ihr geweckt oder gestört würde. Nun standen die Teller schon so lange da, und das Essen darauf war festgetrocknet, jetzt mussten sie eine Weile einweichen. Sie füllte die rote Bütte mit Tellern, Gläsern und Besteck, rieb den kleinen Buttertopf mit einem Stück Küchenpapier aus, das sie dann in den Holzofen warf, ehe sie auch den Buttertopf zu den anderen Teilen in die Bütte legte, dann spritzte sie ein wenig Spülmittel hinein, nahm den großen grauen Kochtopf mit dem heißen Wasser vom Herd und goss ihn darüber aus.

Der Dampf schlug ihr ins Gesicht. Der Schaum wand sich an den Rändern der Teller entlang und kletterte in die Gläser und über das Besteck, fast bis an den Büttenrand. Das restliche

42

Wasser kippte sie in den Kartoffeltopf und legte den Deckel darauf. Danach füllte sie den Wasserkessel noch einmal und stellte ihn wieder auf den Herd, aber jetzt drehte sie die Kochplatte von 1 auf 6 hoch.

Sigvald war bei einem Brand ums Leben gekommen. Daran dachte sie immer, wenn sie Dampf oder Rauch sah oder wenn sie auch nur eine Kerze anzündete. Sie zündete jetzt übrigens nur noch sehr selten eine Kerze an. Anfangs hatte sie es getan, hatte sich dazu gezwungen. Wenn der Tisch schön gedeckt werden sollte, machten sich Kerzen immer gut. Sie war nachts aufgewacht, kalt und starr vor Angst, und hatte gedacht: *Habe ich die Kerze ausgeblasen? Die Kerzen?* Es half nicht einmal, wenn sie es laut sagte, während sie es tat: »Jetzt blase ich die Kerzen aus. Jetzt sind alle ausgeblasen.«

Am Ende gab sie einfach auf, packte Kerzen und Kerzenhalter weg und dekorierte stattdessen mit Blumen. Aber auch der Wasserdampf erinnerte sie an den Brand. Es dauerte nicht lange, und es quälte sie nicht mehr, überhaupt nicht, aber es war eine Erinnerung, die ihr einen Stich in den Magen versetzte, einen kleinen Stich, an den sie sich gewöhnt hatte nach neun Jahren, neun Jahre mit Stichen, trotzdem. Sie war durch die Straßen bei seiner Arbeitsstelle gegangen, während man suchte, sie arbeiteten dort hinter dichten Planen, damit niemand auch nur einen kleinen Ausschnitt der Brandstätte sehen konnte, und am dritten Tag hatten sie ihn gefunden. Oder, das, was Sigvald einmal gewesen war. Seine Zähne bestätigten, dass er es war. Ragnar war mit ihr dort gewesen, er war nach Hause gegangen und dann wiedergekommen, während sie immer wieder die Polizisten fragte, die bei der Absperrung Wache hielten, ob er gefunden worden sei. Sie hatte die Hilfe des Katastrophenteams abgelehnt, wollte nicht mit

43

ihnen reden, hatte alles abgelehnt. Sie waren ihr mit außerordentlicher Fürsorge im Blick begegnet, und sie hatte mit weißglühendem Zorn reagiert. Vielleicht weil sie ihn angefleht hatte, an diesem Abend nicht zur Arbeit zu gehen, tatsächlich *gefleht*, weil sie in Ragnars Zimmer einen Zigarettenstummel gefunden hatte, es konnte nur Hasch sein, denn es roch nicht wie Tabak. Dennoch war Sigvald zur Arbeit gegangen. An einem Sonntagmorgen, um sich auf eine Besprechung vorzubereiten, die angeblich wichtig war.

Am dritten Tag klingelte ihr Telefon, er war gefunden worden, aber auch dann durfte sie nicht hinter die Plane kommen. Und der Bestatter hatte ihr davon abgeraten, ihn anzusehen. Danach war er eingeäschert worden. Zum zweiten Mal verbrannt. Sie hätte gern gewusst, ob die anderen Brandopfer auch zweimal verbrannt worden waren. Nachdem man ihn gefunden hatte, schlief sie fast anderthalb Tage durch, ohne Schlaftabletten, sie war nur einige Male aufgestanden, um zu pissen, hatte träge nach Ragnar Ausschau gehalten, ohne ihn zu finden. Das war ihr erst am Schluss gelungen. Er saß in seinem Zimmer vor dem Computer.

Sigvald hatte ihr so gefehlt. Er hatte ihr so sehr gefehlt, dass sie es nicht geschafft hatte, für Ragnar irgendetwas oder jemand zu sein. Ragnar war damals schon in die Pubertät abgetaucht, aber er war für sie da gewesen an den Tagen, an denen sie durch die Straßen bei der Brandstätte geirrt war. Er hatte ihr in die Augen geschaut, hatte gesagt, sie müsse nach Hause kommen, seine Stimme war normal gewesen, er war Ragnar gewesen, kein übellauniger, wütender Teenager. Und sie wusste noch, dass sie gedacht hatte, das sei *gut*, sie wusste noch, dass sie gedacht hatte, das würde von Dauer sein, er wäre wieder er selbst.

44

Sie tippte den einen Teller mit der Spülbürste an. Ja, das Festgetrocknete löste sich jetzt. Aber das Wasser war zu heiß, sie holte die Kanne, ließ kaltes Wasser aus dem Hahn laufen und goss es in den Topf. Es wäre einfach, einen kleinen Boiler anzubringen, das dachte sie jedes Mal, wenn sie hier war.

Zehn Urlaubstage, sie hatten fast die Hälfte hinter sich. Oder besser: *Sie* hatte fast die Hälfte hinter sich, Ragnar nicht, er war arbeitslos. Für ihn galt keine Frist. Sie spülte und trocknete alles ab. Das Wasser wurde gegen Ende etwas klebriger und kälter, aber das war ihr egal, sauber wurde es trotzdem, auch wenn sie etwas fester mit dem Geschirrtuch reiben musste. Nachdem sie sich in der Küche umgeschaut und sich davon überzeugt hatte, dass alles an seinem Platz war, blieb sie ganz still stehen, bis sie Ragnars Atem hören konnte, regelmäßig röchelnd. Wenn wenigstens das Fenster in seinem Zimmer offen gestanden hätte. Sie machte die Tür einen Spaltbreit auf und starrte das Fenster an, es war ein ganz klein wenig geöffnet, sie schloss die Tür schnell wieder, ohne ihren Jungen anzusehen, ohne die Gerüche wahrzunehmen.

Sowie die Tür richtig zu war, holte sie Luft.

45

In der Hütte

Es wurde dunkel. Die Luft stand still zwischen den Bäumen, den Bäumen, die die Aussicht auf den Sonnenuntergang im Westen versperrten. Sie hatte Lust, den Sonnenuntergang zu sehen, ging hinein und stupste die Hundeflanke mit dem Zeh an. Boje schaute auf, und sie klopfte sich auf den Oberschenkel. Sofort begriff er, dass er mitkommen sollte.

Sie war barfuß gewesen, aber nun fand sie ein Paar alter Birkenstocks, die sie früher getragen hatte, draußen im Gang. Die waren unbequem, aber sie hatte keine anderen. Es war seltsam, darin zu gehen, so als versuchte sie, sich an etwas zu erinnern, das sie längst vergessen hatte. Sie lief zwischen den Bäumen, über den Pfad, auf dem man zum Moor kam, und es dauerte nicht lang, bis der Wald zu einer dunklen Wand hinter ihr wurde und der Sonnenuntergang vor ihr lag.

Was, wenn Ragnar ein normaler junger Mann gewesen wäre? Dann hätte er bestimmt eine *Schneise* durch den Wald geschlagen, auch wenn die Bäume hoch waren. Eine Schneise, die ihr von der Hütte aus ein Stück Sonnenuntergang geschenkt hätte, das wäre mehr als genug gewesen. Sie blieb auf dem Pfad stehen und wohnte dem Farbdrama am Himmel bei, sah die Vögel als schwarze Silhouette davor, einige so nah, dass sie hören konnte, wie sie einander zuzwitscherten. Noch hatte sie keinen Gänsezug gesehen, aber es war wohl zu früh im Jahr, sie zogen sicher erst im September südwärts.

Sie schlang sich die Arme um den Oberkörper, obwohl es warm war. Was war das für ein Tag gewesen, heute Nacht würde sie tief schlafen, sie spürte den Schlaf schon in sich, wie er in ihrem Brustkasten waberte und wartete. Sie stellte sich immer vor, dass der Schlaf in der Lunge wartete. Nicht im Kopf oder hinter den Augen, sondern in der Lunge. Sie betrachtete den grünen Fäustling mit der Schnur daran, der genauso dalag, wie sie ihn hingelegt hatte. Wenn sie daran zog, kam der Plastiksack mit den Moltebeeren gurgelnd aus dem Moor. Sie schlenderte die wenigen Schritte zu dem Spaten mit dem spitzen Blatt, den sie benutzte, um Löcher ins Moor zu stechen. Dass sie sich keinen Kühlschrank gekauft hatte, nachdem der alte seinen Geist aufgegeben hatte, das war eine Schande. Aber es gab ja nun auch nicht *so* viele Tage, an denen es zu warm war für Aufschnitt und Abendessen, Milch tranken sie nie, und Saft mischte sie mit dem kalten Wasser aus der Leitung. Sie ging ja ohnehin fast jeden Tag in den Laden. Aber Moltebeeren durften nach dem Pflücken nicht länger warm gelagert werden, das wusste sie genau. Sie blieb stehen und beobachtete den Sonnenuntergang, der sich in den Lachen auf dem Moor spiegelte. Das Moor wies viele Lachen auf, dort, wo kein Gras aus dem Wasser ragte. Sie sahen jetzt aus wie glänzende Farbpaletten, von denen die Farben nach oben schwebten, während die Sonne sich senkte.

Und dann war sie in einem tiefroten Schlamm über den niedrigen Bergen ertrunken. Sofort wurde es dunkler. Einige Vögel flogen auf, segelten in niedrigem Zickzackflug über das Moor, sie entdeckte Boje hinter den Bäumen, konnte seine blanken Augen leuchten sehen, er hatte sich ins Heidekraut gelegt, war sicher schon müde, oder vielleicht noch viel zu satt vom Fischauflauf. Sie fing seinen Blick auf und klopfte sich auf den Oberschenkel, sofort stand er auf und kam auf sie zu.

»Bojejunge, du machst doch einen kleinen Abendspaziergang! Liegen kannst du, wenn du nach Hause kommst.«

Sie wollte sich auch bald hinlegen und im Schlaf versinken. Ragnar könnte im Wohnzimmer sitzen und sich seine hoffnungslosen Fernsehserien ansehen und seine letzte Wodkaflasche leeren, sie gründlich leeren.

Und er saß wirklich im Wohnzimmer, als sie zurückkam, in seinem üblichen Sessel. Er erwiderte ihren Blick nicht, als sie ihn ansah. Auf dem Tisch stand etwas, das aussah wie ein Glas Wasser, jedenfalls handelte es sich um eine klare Flüssigkeit. Daneben lag sein Handy.

»Trinkst du Wasser?«, fragte sie.

Er gab keine Antwort, starrte auf den Bildschirm und klickte auf der alten, verstaubten Fernbedienung herum.

»Dann eben nicht«, sagte sie, machte kehrt und ging in die Küche.

»Ich muss morgen mal kurz in die Stadt«, sagte er.

»Ach was? Und was willst du da?«

Sie dachte daran, dass er nur noch eine halbe Flasche Wodka hatte.

»Kann ich den Wagen haben?«, fragte er.

»Da musst du warten, bis ich im Laden war.«

»Dann fahr eben früh.«

Sie machte sich nicht die Mühe, zu antworten, füllte sich ein Glas Wasser. In Gedanken analysierte sie seine Stimme, während sie trank; er schämte sich kein bisschen, dass er *Bäumchen, Bäumchen, wechsel dich* und *Morgenrot* so laut und schrill gesungen hatte, schämte sich kein bisschen, dass ihm im Krankenhaus der Wodka aus dem Magen gepumpt worden war, schämte sich kein bisschen, dass er mit einer Unmenge von Schnapsflaschen unter dem Bett erwischt worden war. Doch nein, sie glaubte nicht, dass er da mit Wodka im Glas

48

saß, nein, das hatte er noch nie getan, das glaubte sie nicht. Es musste Wasser sein.

»Fährst du also früh?«, rief er.

Sie leerte ihr Glas, schluckte, wischte sich langsam über den Mund und antwortete dann: »Mal sehen.«

»Bitte«, hörte sie seine Stimme sagen, aber es lag keine Bitte in seinem Tonfall, seine Stimme war nur kalt und leer. Und *dumm,* dachte sie.

In der Hütte und hinter dem Laden

Sie erwachte, als etwas umfiel, die Geräusche kamen von unten. Es war halb neun, sie wurde sonst immer um halb acht wach, sie rieb sich die Augen, konnte sich nicht daran erinnern, dass sie die Treppe hochgegangen war und sich hingelegt hatte, konnte sich nicht daran erinnern, ob Boje mitgekommen war, jetzt war er jedenfalls nicht hier. Er lag ab und zu an ihrem Fußende wie ein warmes, schweres, atmendes *Bündel*. Sie schob gern die Zehen unter ihn und spürte, dass sie auf derselben Seite waren.

Sie streifte ein T-Shirt über und ging barfuß die Treppe hinunter, registrierte kurz, dass es in Strömen regnete, der Krach war aus der Küche gekommen, und da stand er.

»Was war das für ein Lärm?«, fragte sie.

Er gab keine Antwort, stand mit dem Rücken zu ihr vor dem Küchentisch und bügelte ein Hemd, er hatte ein Sofakissen auf den Tisch gelegt und darüber ein Handtuch, das war durchaus beeindruckend. Und dass er das Hemd bügeln wollte, musste etwas mit einer Arbeit zu tun haben. Wahrscheinlich hatte er sich beworben und war jetzt zu einem Gespräch eingeladen worden, das war die einzige Erklärung dafür, dass er in die Stadt wollte. Hatte er sich davor so gegraust, dass er elf Tage lang trinken musste? Vielleicht hatte er auf eine Nachricht von diesem Arbeitgeber gewartet und war nervös gewesen. Dann hatten sie ihn wohl gestern Nachmittag oder Abend angerufen.

Sie entdeckte die Küchenrolle auf dem Boden, zusammen mit der umgekippten Zuckerschüssel, der Zucker war überall verstreut. Beides stand sonst immer vor der Steckdose auf der Anrichte. Es war ein seltsamer Anblick, überall Zucker. Es schien so unglaublich viel mehr zu sein als das, was die Schüssel fassen konnte.

»Du hättest den Zucker doch aufwischen können«, sagte sie. »Oder daran denken, dass das passieren würde, wenn du den Stecker in die Dose steckst und einfach anfängst zu bügeln.«

Sie holte Schaufel und Besen und fegte den Zucker zusammen. Es war ein Wunder, dass Boje ihn nicht aufgeleckt hatte, aber der hatte wohl nichts gehört.

»Und warum willst du das Hemd bügeln?«

»Warum sieht das nicht aus wie zu Hause?«, fragte er, ohne sich umzusehen.

»Weil ich hier mit der Hand wasche, während ich zu Hause Waschmaschine und Wäschetrockner habe.«

Nun merkte sie plötzlich, dass er nicht mehr nach Kloake roch und dass seine Haare nass waren. Er hatte offenbar im Teich gebadet. Zum ersten Mal in diesen Ferien. Sie wollte schon fragen, *hast du etwa gebadet?*, tat es aber nicht. Wozu hätte das gut sein sollen?

»Fahr jetzt in den Laden«, sagte er.

»Ich bin gerade erst wach geworden. Du kannst den Bus nehmen, wenn es dermaßen eilt. Ich muss ja auch noch die Moltebeeren aus dem Moor holen, die sollen im Laden in die Tiefkühltruhe.«

Er fuhr mit dem Bügeleisen in der Hand zu ihr herum, ohne sie anzuschauen, drehte sich aber ebenso schnell wieder um.

»Wo ist Boje?«, fragte sie und richtete sich auf.

Er gab auch jetzt keine Antwort, deshalb wusste sie, dass

51

der Hund im Wohnzimmer lag. Sie ließ Wasser in den Kaffeekessel laufen und stellte ihn auf die kleine Platte auf dem Herd. Normalerweise nahm sie Pulverkaffee, aber heute wollte sie sich echten Kochkaffee gönnen. Während das Wasser aufkochte, was eine Ewigkeit dauerte, ging sie in den Raum, den sie *Badezimmer* nannten. Dort gab es kaltes Wasser und ein Waschbecken, aber es gab auch eine Tür mit einem Schlüssel, und das war genau das, was sie jetzt brauchte. Sie schloss die Tür ab und hielt sich mit beiden Händen am Waschbecken fest, wollte tief Luft holen, aber woher sollte die Luft kommen, hier gab es doch kein Fenster!

Und ihre Kleider hingen gar nicht hier an dem großen blauen Haken. Sie musste sich gestern Abend oben ausgezogen haben. Es war nicht später als acht gewesen, als ihre Erinnerung ausgesetzt hatte, sie hatte über zwölf Stunden geschlafen. Das war so typisch, dachte sie, dass sie durchhielt und weiter durchhielt, um sich danach fast zu Tode zu schlafen. Sie machte eine rasche Katzenwäsche, hängte den Waschlappen wieder an den Haken an der Wand, ging nach oben und zog den stechenden BH und ein anderes T-Shirt an. Und eine lange Hose, weil es regnete.

Sie wünschte, er wäre einer, den sie bitten könnte, aus der Kommode zu Hause einen anderen BH mitzubringen. Ihre Brüste hingen. Ihr Aussehen war ihr absolut egal, wenn sie hier draußen allein war, aber ihre Brüste juckten jetzt an der Unterseite, und sie bekam einen roten Ausschlag, ohne BH kam zu wenig Luft daran, und sie schwitzte zu sehr. Aber er würde ja ohnehin nicht zu Hause vorbeischauen. Sagte er. Deshalb konnte er auch die Moltebeeren nicht mitnehmen und dort in die Tiefkühltruhe legen. Es war seltsam, dass er nicht zu Hause vorbeischauen wollte, wo er doch ohnehin in der Stadt war. Aber in den Schnapsladen wollte er bestimmt. Wenn er die große braune Reisetasche mitnahm, dann wollte er die mit Wodka füllen, so viel stand fest.

Sie nahm Boje mit zum Laden, nur, damit er auf der Rückbank sitzen konnte und ein wenig Luftveränderung hatte. Die Moltebeeren lagen vorn auf dem Boden, über die schlammige hatte sie noch eine saubere Tüte gezogen. Heute ist offenbar alles doppelt verpackt, dachte sie und schnupperte vorsichtig, ohne einen Kloakengeruch aus dem Müllsack wahrnehmen zu können. Sie hatte den Sack in die Ecke geschoben, damit Boje Platz genug hätte.

Es tat gut, in konstanter Geschwindigkeit auf der Landstraße zu fahren, großer Gott, wie gut es tat, unterwegs zu sein, auf dem Weg weg von, irgendwo zwischendrin. Sie holte so tief Luft, wie sie nur konnte, und ließ sie langsam entweichen. Ja, das tat gut, sie wünschte, der Laden wäre noch weiter entfernt.

Sie fuhr um das Gebäude herum auf die Rückseite des Ladens. Boje hechelte gegen die Fensterscheibe, sie war total beschlagen, heute hatte es sechzehn Grad über null. Das Wetter schlug hier schnell um. Vielleicht lag es aber auch eher daran, dass sie nie auf einen Wetterumschwung vorbereitet war, weil sie nie die Wettervorhersage hörte. Sie sah auch nicht auf ihrem Handy nach. Weder das Wetter noch die Nachrichten, das letzte Mal hatte sie im Krankenhaus einen Blick darauf geworfen. Aber sie hatte es nicht lautlos gestellt, es konnte ja sein, dass jemand anrief.

Sie zog den Müllsack aus dem Auto und schob ihn über den Rand des Containers. Dachte an die guten Birkenstocks. Aber es wäre unmöglich gewesen, sie zu säubern, dann hätten sie mindestens eine ganze Nacht in Chlorin liegen müssen

53

und wären danach steif und unbrauchbar gewesen. Sie stand eine Weile da und betrachtete den Container. Jetzt war der Müllsack weg. Jetzt brauchte sie nicht mehr an diese Kloakensache zu denken. Ragnar hatte im Teich gebadet und war sauber. Und wenn sie nach Hause kam, würde sie allein in der Hütte sein.

In der Hütte

Sie hatte zwei Brote, Käse und allerlei Konserven gekauft. Unter anderem Kabeljaurogen und Fischklöße. Dinge, die sie liebte und die er hasste. Konnte sie wohl beides gleichzeitig machen? Er würde sicher nicht in der Stadt übernachten, wo er doch nicht zu Hause vorbeischauen wollte.

Er kam aus seinem Schlafzimmer, in dem Hemd, das er gebügelt hatte, nur war unmöglich zu erkennen, dass es gebügelt war. In der Hand hielt er die braune Tasche. Das Kissen mit dem Handtuch lag noch immer auf dem Küchentisch, und das Bügeleisen stand da und knackte, das Kabel hing über dem Küchentisch in der Luft.

»Steht das schon die ganze Zeit so da?«, fragte sie.

»Wo sind die Autoschlüssel?«

Sie zog den Stecker heraus und legte ihn auf das Handtuch, dann stellte sie die Tüte mit ihren Einkäufen auf die Anrichte, die mit geblümtem Wachstuch überzogen war.

»Die Schlüssel«, sagte er.

»Das hab ich schon gehört«, erwiderte sie. »Hast du vielleicht ein Bewerbungsgespräch?«

»DIE-SCHLÜS-SEL!«

Sie zog die Schlüssel aus der Tasche und knallte sie auf den Tisch, dabei streiften sie das Bügeleisen.

»Ich komm vielleicht heut Abend nicht nach Hause«, sagte er von der Tür her.

»Willst du doch zu Hause vorbeischauen? Dann könntest du doch die Beeren mitnehmen!«

»Nein«, sagte er, aber sie wusste nicht, wozu er Nein sagte.

Sie trat hinaus auf die Treppe, um ihm beim Losfahren hinterherzuschauen. Mühsam wendete er den Wagen in dem Schlamm, den der Regen hinterlassen hatte. Sie blickte auf ihre eigenen Füße hinunter und auf die Spuren, die sie im Gang und vermutlich auch auf dem Küchenboden hinterlassen hatte.

Als sie keine Motorgeräusche mehr hörte, atmete sie mehrere Male tief durch, schloss die Augen und sog den regennassen Tag in sich ein, den Geruch von feuchter Rinde und Erde. Sie schaute zum Fliederbusch hinüber und sehnte sich nach dem Duft der Blüten, Fliederblüten in der Farbe von Rotwein, gepflanzt von denen, deren Namen sie nicht mehr wusste, von denen sie die Hütte gekauft hatte. Wie dumm, dass ich nie Urlaub habe, wenn der Flieder blüht, dachte sie. Im vergangenen Jahr war sie an einem Wochenende im Juni hier gewesen und hatte die dicken weinroten Blütendolden bewundert. Immerhin hatte sie zwei Flaschen Rotwein oben in ihrem Zimmer. Sie ging mit Schuhen ins Haus, hinterließ weitere Spuren und schaltete das Radio ein.

Zum ersten Mal in diesem Urlaub war sie allein in der Hütte. Sie beschloss, fünf Minuten mit geschlossenen Augen vor dem Radio zu warten, für den Fall, dass er kehrtmachte, weil er etwas vergessen hatte. Sie öffnete die Augen und hielt in der Küche Ausschau nach seinem Handy, sah aber nur ihr eigenes, deshalb schloss sie die Augen wieder. Er hatte sein Telefon, und das Telefon steckte zusammen mit seinem Führerschein und seinen Bankkarten in einem Etui. Seine Reisetasche stand auch nicht mehr da. Ergo hatte er nichts vergessen. Und da er an diesem Abend vermutlich nicht zurückkommen würde, würde er wohl doch zu Hause vorbeischauen. Oder vielleicht bei einem Kumpel übernachten? Nein, das wäre ja unsinnig, wo er doch selbst in der Stadt wohnte. Jedenfalls wurde ihr klar, dass *vermutlich* in diesem Fall *ganz sicher* bedeutete.

Im Radio spielten sie Musik, redeten dann zehn Sekunden lang, spielten dann wieder Musik, aber es war nett, das zu hören. Sie schaltete aus, um auf das Auto zu lauschen, doch sie hörte nur die Vögel in den Bäumen zwitschern, und Bojes tiefe Atemzüge unter dem Küchentisch. Sie streckte die Hand aus und berührte ganz vorsichtig das Bügeleisen. Jetzt sollte es gehen. Sie wickelte das Kabel darum und stellte es in das Fach unter der Anrichte, nahm Kissen und Handtuch vom Tisch. Das Handtuch konnte sie noch verwenden, es tat so gut, bei Regenwetter draußen zu duschen, obwohl das Wasser dann besonders kalt war.

Sie schaltete das Radio wieder ein und legte das Handtuch wieder auf den Tisch, summte zum Radio mit, sie kannte das Lied. Allein, sie war allein in der Hütte, das war einfach wunderbar! Und Ragnar war bei einem Bewerbungsgespräch. Wenn er die Stelle nun bekam, würde er vielleicht ausziehen, und sie könnte ihr eigenes Leben beginnen, ja, wenn es so kam. Sie riss seine Schlafzimmertür sperrangelweit auf, hielt sich die Nase zu und lief die wenigen Schritte zum Fenster, um es zu öffnen. Dann lief sie durch die Küche hinaus in den Regen, blieb dort stehen und nahm die Gerüche aus seinem Schlafzimmer wahr, die an ihr vorüberströmten und verschwanden, während sie die Augen schloss und den Kopf in den Nacken legte, die Regentropfen rieselten wie winzige Eiskörner auf ihre Augenlider.

Er müsste mir eigentlich fehlen, dachte sie, *eigentlich schon.*

57

Aber ihr fehlte nur ein Glas eiskaltes Wasser. Auf der Anrichte stand das Glas, aus dem er getrunken hatte, als sie schlafen ging, sie schnupperte daran, nahm aber keine Spur von Wodka wahr. Sie füllte das Glas mit Wasser und leerte es auf einen Zug und ohne dabei Atem zu holen, ging dann ins Schlafzimmer, zog eine Wodkaflasche unter dem Bett hervor und rannte damit aus dem Haus. Doch, das roch nach etwas. Aber es war kein Geruch, der ihr etwas sagte, nichts, das sie an Ragnar wahrgenommen hatte, als er an ihr vorbeiging oder wenn er etwas gesagt hatte, in diesen kleinen Räumen. Nein. Dann stimmte das wohl, das mit Wodka und Gin. Er war mit ihr zusammen hergekommen, und sie waren lange nicht mehr hier gewesen, sie beide nicht. Die Flaschen waren also neu.

Und wo sie gerade daran dachte, holte sie den Wassertank und füllte ihn zu drei Vierteln mit kaltem Wasser, dann füllte sie den großen grauen Kessel und stellte ihn bei Stärke 6 auf den Herd.

In der Hütte

Es stank nach Kloake, obwohl sie überall Durchzug gemacht hatte. Sie musste vor die Hütte laufen und sich einige Sekunden lang erbrechen, nachdem sie hineingegangen war. Die Mücken liebten diesen Geruch offenbar, sie hingen in Scharen an ihr, während sie sich erbrach, dann verteilten sie sich auf dem Erbrochenen.

Langsam ging sie zurück, rieb sich den Mund, drehte das Radio lauter und packte seine Kopfkissen und die Decke und trug sie vor die Hütte und warf alles auf den Gartentisch und die Stühle, die sie nie benutzten. Es regnete jetzt nicht mehr, ein blaues Dreieck zeigte sich über ihr, wenn es nur so blieb, größer wurde, lieber Gott, sie brauchte jetzt trockenes Wetter. Sie ging zurück in sein Schlafzimmer, blieb stehen und sah sich das Laken und die Massen von unvollendeten Enkelkindern an, von denen es berichtete. Sie begriff nicht, dass jemand in so kurzer Zeit so viel wichsen konnte. Er musste von morgens bis abends am Werk sein, bei ihrem letzten Besuch hatte sie doch die Betten frisch bezogen.

Aber daran war sie gewöhnt. Zu Hause bezog sie sein Bett neu und fand zusammengeklebte T-Shirts, eingeklemmt zwischen Bett und Wand, und Laken, die sie von der Matratze losreißen musste, das wurde nie kommentiert, von ihnen beiden nicht. Einige Mücken summten langsam durch das Zimmer, als sie das Fenster weit aufgerissen hatte.

59

Ihr kleiner Junge. Und diese *verdammte* Pubertät, die ihn ihr weggenommen hatte, fast innerhalb von vierundzwanzig Stunden. Er war angeln gewesen, mit vierzehn Jahren, angeln zusammen mit Harald, mit dem Bergzelt zum Übernachten im Wald, obwohl am selben Abend ein Schulfest stattfand. Die Mädchen hatten bei ihr geklingelt und gefragt, wann Ragnar zum Fest kommen würde, sie hatte den Kopf geschüttelt und geantwortet: »*Der geht auf kein Fest, der ist mit Harald angeln.*« Denn so war es, er und Harald waren losgezogen, aber sie wusste nicht, was dann passiert war, ob die Mädchen ihnen vielleicht in den Wald gefolgt waren, vermutlich schon, denn am nächsten Tag kam er nach Hause und schleuderte die Angel in den Kleiderschrank, die Schnur hatte sich wirr verschlungen um die Angelrolle gewickelt. Das ergab doch keinen Sinn, Ragnar war sonst zu Hause immer noch lange mit seiner Ausrüstung beschäftigt, wenn er vom Angeln zurück war, wischte Schnur und Fliegen ab, und jetzt lag alles plötzlich wild durcheinander im Schrank. Sie hatte ihn danach gefragt, nach der Angel und dem Chaos im Schrank, und nicht zuletzt nach dem Zelt, das mehr schlecht als recht in den Überzug gequetscht war, aber er hatte nur seine Zimmertür zugeknallt. Sigvald hatte ebenfalls nachgehakt, die Reaktion war dieselbe gewesen. Und alles war so blitzschnell gegangen, innerhalb eines Tages.

Hormone, dachte sie, Hormone sind das Allerschlimmste, dem ein Mensch zum Opfer fallen kann, niemand weiß, was sie sind, aber sie lenken unser Leben. Sie hatte Ragnar an jenem Tag verloren. Hatte ihn verloren. Ohne irgendeinen Hinweis im Voraus, ohne die geringste Vorwarnung. Und dann, als Sigvald gestorben war, hatte sie tatsächlich geglaubt, ihr Sohn sei wieder er selbst. Aber in den folgenden Jahren war er nur ein immer hoffnungsloserer Fall geworden.

Sie zog am Laken, die Flecken lösten sich, sprangen ab wie Druckknöpfe, es war widerlich, sie sah, dass die Matratzenauflage noch schlimmer aussah, die war nicht so dick, die musste sie doch waschen können, sie konnte ihm so lange ihre leihen. Sie zog die Matratzenauflage vom Bett, das erst jetzt in seiner ganzen Nacktheit sauber wirkte. Sie packte das Fußende und lehnte das Bett an die Wand. Da konnte es erst einmal stehen, damit sie hier drinnen überall hinkam.

So sah das also aus mit jeder Menge leerer Schnapsflaschen unter dem Bett. *Unter dem Bett!* Fünfundzwanzig Jahre alt und leere Schnapsflaschen unter dem Bett. Wohnt noch zu Hause bei der Mutter, macht Ferien in der Hütte mit der Mutter. Er sollte sich schämen.

Sie holte eine Coop-Tüte und sammelte die Flaschen ein, fegte einige dicke Wollmäuse zusammen und warf sie ebenfalls in die Tüte. Dann las sie die Kleider auf, die herumlagen, zwei Socken, die nicht zusammengehörten, zwei T-Shirts, ein Paar Boxershorts, ebenso steif wie die, die sie sonst zu Hause fand.

Sie musste an sein Zimmer denken, das er früher gehabt hatte, als er klein war. Daran, dass sie das damals auch so gemacht hatte, obwohl sie da den Besen genommen und alles hervorgefegt hatte, sein altes Bett war zu schwer gewesen, um es wie dieses neue an die Wand zu lehnen. Na ja, neu, es war immerhin neun Jahre alt. Die Betten, die hier gestanden hatten, waren das Einzige, das sie weggeworfen hatte, sie wollte nicht in fremden Betten liegen, sie hatte zudem auch alle Decken und Kissen weggeworfen.

Als Ragnar jünger war, waren unter und vor seinem Bett immer eine Menge *Micky-Maus*-Hefte und *Phantom*-Hefte und Fußballbücher und Angelbücher.

Hier gab es kein Heft und kein Buch, alles spielte sich jetzt auf seinem Handy ab. Alles.

61

Sie ging mit der Tüte voller Flaschen hinaus, nahm auch die Kleidungsstücke mit und ließ sie in die Waschecke auf die Steine fallen. Dort lagen schon ein Handtuch und ein Paar Boxershorts und ein T-Shirt, von seinem morgendlichen Bad, dem ersten dieses Sommers. Nach zehn Tagen, wozu hatte sie ihm eigentlich so viel über Hygiene beigebracht? Wenigstens putzte er sich die Zähne, das wusste sie. Nun kochte das Wasser im Kessel, sie mischte einen Eimer, um sich in seinem Zimmer ans Werk zu machen, füllte den Kessel noch einmal und stellte ihn wieder auf den Herd.

Am Schluss wischte sie den Boden in Küche und Gang, wischte auch unter ihren eigenen Schuhen. Ab jetzt würde sie sich draußen nur noch auf den Steinplatten bewegen. Wieder kochte das Wasser, sie warf seine Bettwäsche in die eine Bütte, die sie zum Spülen benutzte, goss hier und da ein wenig Flüssigwaschmittel in den Kleiderhaufen und kippte dann das heiße Wasser aus dem Kessel darüber. Der Dampf schlug ihr gegen die Beine und traf ihr Gesicht, sie dachte an Sigvald, dachte daran, was er sagen würde, wenn er sie jetzt sehen könnte, dann unterdrückte sie diesen Gedanken, das hier sollte ein guter Tag werden.

Dort lag die Bettwäsche und dampfte unter freiem Himmel, das Biotex hatte sich verteilt, alles drehte sich um das Wasser, die richtige Menge und Temperatur. Wasser kochen, die Wäsche waschen, wieder Wasser kochen, und ungeheuer dankbar dafür sein, dass es hier eine Mangel gab und sie nicht alles von Hand auszuwringen brauchte. Die Mangel stand im Schuppen, sie ging den großen Bogen auf den Steinplatten, um nicht auf das schlammige Gras zu treten, und zog die Mangel heraus. Die hatte kleine Räder unter der Platte, auf der die eigentliche Mangel angenagelt war, sie hätte gern etwas über die Geschichte dieses Gerätes gewusst, es musste ja schließlich

62

eine Geschichte haben. Eine Mangel, wirklich, in einer kleinen Hütte im tiefen Wald! Oder vielleicht hatten früher alle so eine gehabt? Bevor es Schleuder und Wäschetrockner gab, die alles so einfach machten.

Sie wollte sich jetzt erst einmal eine Tasse Kochkaffee gönnen, ehe sie weiterarbeitete. Oder vielleicht lieber einen Becher grünen Tee, um ganz besonders gesund zu leben.

In der Hütte

Die zwei Rotweinflaschen, die sie mitgebracht hatte, standen in ihrem Kleiderschrank. Nach dem Kaffee ging sie nach oben und holte die eine. Ein bisschen optimistisch war sie ja gewesen, für die drei Wochen hier zwei Flaschen Rotwein mitzunehmen. Denn Rotwein trank sie nur alleine. Sie schaute zum Himmel hoch, als sie nach unten kam und hinaustrat, noch immer mit der Flasche in der Hand. Der Himmel war fast ganz blau, da konnten seine Decke und sein Kopfkissen draußen liegen. Noch immer stand sein Schlafzimmer auf Durchzug, sie konnte keinen Geruch mehr wahrnehmen, nur grüne Seife und nasse Kiefer. Ihr Blick wurde von der Tüte mit den leeren Flaschen angezogen, die an der Schuppenwand lehnte, wo sonst das Auto stand. Es war eigentlich dumm, dass sie die Müllabfuhr nicht herbestellt hatte, deshalb musste sie den ganzen Abfall beim Laden loswerden. Wenn die das wüssten, die freundlichen Frauen, die dort arbeiteten, aber die sahen sie ja nie, wenn sie hinter dem Gebäude vorfuhr. Sie bezahlte außerdem gut für den Platz in der Gefriertruhe, das musste sich doch ausgleichen, und die Einkäufe waren außerdem viel teurer als in der Stadt, ein bisschen Abfall mussten sie einfach hinnehmen.

Der Schlamm auf dem Boden war ganz einfach dadurch entstanden, dass es so lange trocken gewesen war, das Wasser floss an der Oberfläche ab, das begriff sie nun, Staub und Erdpartikel schwammen umher, ohne eine Gelegenheit, einzusickern und zu verschwinden. Sie hielt sich sorgfältig auf den Steinplatten und hörte plötzlich, wie wild das Wasser in der Küche kochte, sie rannte hinein und sah, dass es schon auf die Herdplatte herausspritzte. Sie riss den Kessel von der Platte, holte die Bütte, in der sie immer Kleider wusch, und stellte sie in das Waschbecken, dort hatte sie einen Kaltwasserhahn. Dann stopfte sie die Kleider hinein, ließ etwas kaltes Wasser hineinlaufen, spritzte Waschmittel darauf, gab das heiße Wasser aus dem Kessel dazu und dachte an die gute Rotweinflasche.

Die Flasche öffnete sie, ohne zu überlegen, stehend vor dem Küchentisch, sie wollte nicht denken, wollte keinen anderen Gedanken denken, als dass die Gerüche verschwunden waren, es um sie herum sauberer und sauberer und SAUBERER wurde und sie heute Abend im Fernsehen anschauen würde, was *sie* wollte. Im Radio liefen Nachrichten, ihr fiel auf, dass es zwölf Uhr war. *Wie witzig,* dachte sie, *um Punkt zwölf Uhr Wein zu trinken,* das hatte sie wohl noch nie getan, nicht zum Mittagessen oder so. Sie goss Rotwein in ein altes Marmeladenglas, das fast grau aussah, so abgenutzt war es, entdeckte plötzlich den Mamabecher, den sie vor unendlich langer Zeit noch vor der berüchtigten Angeltour von Ragnar zum Muttertag bekommen hatte, und sie schüttete den Wein aus dem Glas in den Becher. Danach leerte sie den Becher und ließ sich auf einen Küchenstuhl fallen. Jetzt wollte sie ganz still sitzen bleiben und warten, bis sie etwas merkte.

Wann würde er zurückkommen? Sie hoffte, dass er erst morgen kommen würde, ja, das musste er. Eine Nacht allein sollte reichen. Sie schloss die Augen, spürte, dass ihre Augenlider sich ruhiger bewegten, dass sie langsamer atmete, das war schön, sie riss den Mund auf und atmete lautlos durch den offenen Mund, hörte der Musik im Radio zu. Sie hatte keine Ahnung, welches Lied das war, aber es war wunderschön, langsam und klangvoll. Sie würde sein Zimmer richtig schön und sauber machen, mit neuer Matratzenauflage, denn ihre war so gut wie neu. Aber das würde er nicht sehen, weil das Laken darüber lag. Sie öffnete die Augen, jetzt brauste wieder der Wasserkessel, sie zog ihn von der Platte, ging hinaus und presste das Seifenwasser aus der Bütte mit der Bettwäsche und füllte mit kochendem Wasser aus dem Kessel nach, leerte auch das Wasser aus der Kleiderbütte, gab zuerst kaltes Wasser hinein und füllte dann mit heißem Wasser auf. Die farbigen T-Shirts und Boxershorts durften nicht gekocht werden, aber was durfte eigentlich gekocht werden, außer Fleisch und Fisch und Eiern und Kartoffeln? Sie ließ sich mit dem Hintern auf die Steinplatten neben der Waschbütte sinken, was durfte eigentlich *gekocht* werden? Bettwäsche und Handtücher konnten alles vertragen.

Sie schaute sich um, legte den Kopf schräg. War sie betrunken? Nein, nicht nach einem Becher Rotwein. Oder doch, vielleicht, sie trank doch so gut wie nie. Sie stützte die Hände hinter sich auf die Steinplatten, nahm wahr, dass sich eine Mücke in ihren Mundwinkel setzte, wusste, dass die nicht stechen würde, keine Mücke stach sie, in ihrem ganzen Leben hatte sie nur zwei Mückenstiche gehabt. Jetzt musste sie ihre Matratzenauflage waschen, die, die nach dem Tausch ihre geworden war, sollte sie die einfach mit Wasser übergießen? Aus dem Kessel? Sie hatte ja keine Bütte, die groß genug dafür war. Sie könnte die Matratzenauflage zusammengeklappt auf die Steinplatten legen und mit kochendem Wasser übergießen, mit einer Menge Waschpulver in der Mitte, ja, das könnte sie, aber sie blieb noch ein wenig sitzen und überlegte.

Sie gab neuen Rotwein in ihren Mama-Becher und trank ihn sofort leer, im Radio redeten eine Frau und ein Mann fröhlich miteinander, wie das alle im Radio taten, vor allem am Vormittag. Sie schaute auf ihre Füße hinunter, die waren so schmal. Und darauf sollte sie stehen! Sie trug noch immer die lange Hose, obwohl sie vor Hitze kochte, sie ging nach oben und zog Shorts an. Eigentlich hätte sie nackt herumlaufen können. Hier war doch niemand. Sie hatten hier noch nie Besuch gehabt, nie. Und plötzlich wusste sie, wie sie seine Matratzenauflage richtig waschen könnte.

Zum Teich

Sie zog die Matratzenauflage hinter sich her, trug jetzt Turnschuhe, und sie musste ordentlich zupacken, wenn die Matratzenauflage Blaubeersträucher oder Steinbrocken überwinden sollte. Am schlimmsten war es in dem schmalen Gestrüpp, durch das der Weg führte, sie riss dermaßen daran, dass sie hintüberkippte, als sich die Matratzenauflage endlich bewegte. *Das liegt sicher am Wein,* dachte sie. Boje hatte sie entdeckt und sich ihr angeschlossen, tappte zögernd hinter der Matratzenauflage her und blieb stehen, wenn sie stoppte.

Am Teichufer konnte sie die Abdrücke von Ragnars nackten Füßen sehen. Sie stand eine ganze Weile da und betrachtete sie. Er hatte Schuhgröße 44, das waren breite Füße. Er war kein kleiner Mann.

»Mein Junge«, sagte sie, »mein bester Junge.«

Sie hätte den Wein mitnehmen sollen. Die Sonne sickerte durch die Wipfel der Kiefern, spiegelte sich im Teich, dessen Oberfläche ganz glatt war. Mücken und andere Insekten schwärmten dicht über dem Wasser, es war einfach unbegreiflich für sie, dass die so tief flogen, dass die Fische sie sehen konnten, dass der Tod sie in Reichweite hatte. Was hatten die vielen Insekten da überhaupt verloren? Schwirrten über dem Wasser, das sie überhaupt nichts anging. Tranken sie das? Vielleicht wollten sie sich nur darin spiegeln, wollten einander zeigen, wie tüchtig sie fliegen konnten. Mit dem Fischmaul des Todes als Publikum.

Aber es sprang kein Fisch. Vielleicht gab es hier gar keine Fische, der Teich war nicht besonders groß, sie konnte keinen Bach sehen, der hinein- oder herausfloss, und Sigvald hatte gesagt, das sei die Voraussetzung für Fische in einem Teich. Er war Fliegenfischer gewesen und hatte hier die Angel ein paarmal ausgeworfen, einfach um zu sehen, ob es Leben in diesem Wasser gab.

Die Matratzenauflage lag mit der Oberseite nach unten da und sah ziemlich sauber aus, sie drehte sie mit einem Fuß um und verlor das Gleichgewicht, landete kopfüber im Teich. Es traf sie wie ein Schuss, das kalte Wasser, sie fuchtelte mit den Armen und schluckte Wasser, ehe sie wieder Halt fand, sie hing an den Armen über den mit Gras bewachsenen Rand, hörte sich keuchen, das tat gut. Boje kam angelaufen und leckte sie im Gesicht, mit seinem vertrauten fauligen Atem, sie versuchte, ihn ins Wasser zu locken, aber er wollte nicht. Sie packte ihn am Halsband, da glitt er rückwärts aus diesem heraus.

Sie trat mit ihren Turnschuhen ins Wasser, merkte, dass sie gerade noch den haarigen schwarzen Grund erreichte. Sie wollte alles ausziehen. Ja, das wollte sie. Alles ausziehen und die Matratzenauflage hineinziehen. Waschmittel hatte sie mitgebracht, aber sie würde nicht viel davon nehmen, für den Fall, dass es hier doch Fische gäbe. Fische, die auf dem Boden lagen und sauer waren, weil die Sonne schien, obwohl die Insekten über dem Wasserspiegel schwärmten. Oder doch! Vielleicht würde sie *jede Menge* Waschpulver nehmen, den Teich aufschäumen lassen.

Sie kroch ans Ufer und zog sich ganz schnell aus. Schaute an sich hinunter, sah die hängenden Brüste an, schön waren die nicht, es waren eben Brüste. Sie erinnerte sich daran, dass sie schon hingen, als sie sie mit vierzehn bekommen hatte, so sahen sie eben aus, daran ließ sich nichts ändern, und jetzt würde sie *nicht* an Ragnar als kleines Baby denken, das mit den Fäusten schlug und sich an ihre Brust krallte, das heulte und schrie, weil sie keine Milch darin hatte. Und was hatte sie selbst geweint.

»Nein!«, sagte sie laut und schaute sich um, daran würde sie *nicht* denken.

Hier stand sie nackt, und niemanden interessierte das. Sie war allein im Wald. Nicht eine einzige Hütte in der Nähe, kein Hof, kein Jagdrevier, kein Mensch. Sie musste an die Niederländerin denken, die sie vor einigen Jahren im Bus gehört hatte, die Frau hatte mit ihrem Sitznachbarn gesprochen. Sie hatte zuerst erzählt, dass sie aus den Niederlanden kam, dann, dass sie sich Skier geliehen habe, um im Wald in der Nähe der Stadt eine Tour zu machen. Es war ein Donnerstag gewesen, und sie hatte den Bus hierher genommen, wo der Wald war, und sie war losgezogen, denn Langlaufen hatte sie von einem Kommilitonen gelernt. Es sei leicht, sagte sie, das Schwierigste sei, die Skier den Verhältnissen entsprechend zu wachsen. Aber plötzlich hatte sie sich in einer offenen Landschaft befunden, sie hatte sich umgeschaut und *keinen einzigen Menschen* gesehen, das war ihr zum ersten Mal in ihrem Leben passiert. Allein in der Natur zu stehen und *keinen anderen Menschen* zu sehen, das hatte sie bis ins Mark geängstigt. Sie hatte kehrtgemacht und war gelaufen, bis der Geschmack von Blut ihr den Mund gefüllt hatte, und sie hatte vor Freude geweint, als sie den ersten Menschen entdeckte, einen Mann unten bei der Bushaltestelle. *Der erste Mensch,* der sie ausgelacht hatte. Sie war so wütend geworden, dass sie versuchte, ihn zu schlagen, sie traf ihn aber nicht, das hatte sie erzählt und über sich selbst gelacht.

Allein zu sein war doch nur gut! Sie hatte nach Sigvald keinen anderen Mann haben wollen. Er war ihr Leben gewesen, vom Anfang bis zum Ende. Er hatte sie zu jemandem gemacht, hatte sie wichtig gemacht, hatte sie zu *Frau* Sigvald Hågsnes gemacht, das Einzige, was sie sein wollte. Sie hatte niemals wie ihre eigene Mutter werden wollen, gehässig und laut, die Erste auf den Barrikaden, immer. Und Sigvald war so perfekt gewesen. Nicht ganz perfekt in den letzten Jahren, aber jedenfalls am Anfang.

Sie packte die Ecke der Matratzenauflage, großer Gott, war die schwer geworden. Sie riss mit aller Kraft daran, und nun löste sie sich, hatte offenbar irgendwo festgehangen, die Matratzenauflage schoss an ihrem nackten Leib vorbei in den Teich, wo sie auf dem Wasser wogte, die eine Ecke lag noch immer im Gras. Sie setzte sich ans Ufer und strampelte mit den Beinen, das Spiegelbild der Kieferwipfel mit der Sonne darüber löste sich auf wie ein Puzzlespiel, die ganze Oberfläche war nur Chaos, es gab kein Bild mehr zu sehen, aber dafür lag nun die Matratzenauflage im Teich. Und sie schwamm!

Sie schwamm, sie zog kein Wasser, sie war sich sicher gewesen, dass sie Wasser aufsaugen würde wie ein Schwamm. Es war ein seltsamer Anblick. Die fleckige weiße Matratzenauflage auf dem sauberen schwarzen Wasser. Denn jetzt lag die schlimme Seite oben. Sie richtete sich auf und holte das Waschmittel, sprühte es auf die Flecken, traf vielleicht die Hälfte. Nein, sie musste hinein. Sie ließ sich mit den Händen auf der Matratzenauflage ins Wasser fallen, schob Wasser auf die Schmutzflecken und die Waschmittelflecken und rieb und rieb, aber nichts passierte. Die Matratzenauflage schwamm so wunderbar, sie versuchte, sie unter Wasser zu drücken, und dann passierte es plötzlich.

Ein leises Gurgeln war zu hören, dann versank das Teil.

71

Vorbei an ihren Knien, wie eine große flache *Bahn*. Es sank einfach nur, vielleicht anderthalb Meter, dann blieb es ganz still auf dem Grund liegen, riesig und weiß.

Sie ließ sich nach vorne fallen und schwamm, spürte überall am Leib das eiskalte Wasser, kein Kleidungsstück versperrte dem Wasser den Weg, sie schwamm zum anderen Ufer des kleinen Teichs und dann zurück, kletterte hinaus. Boje lag hechelnd unter der nächsten Kiefer.

»Schön blöd von dir, dass du nicht ins Wasser willst!«

Sie blieb stehen und starrte die Matratzenauflage auf dem Grund an, darüber das trübe Wasser, haarige dunkle Gewächse, die sich hoben und senkten. Es war fast unmöglich gewesen, die Matratzenauflage durch den Wald zu ziehen, als sie trocken war, jetzt hatte sie sich mit Wasser vollgesogen. Nie im Leben würde sie die wieder aus dem Teich holen können. Nicht ohne einen Hebekran.

In der Hütte

Sie schleuderte die Turnschuhe und ihre zusammengewickelte Kleidung in die Waschecke, es klirrte. Sie lief hinüber, um nachzusehen, was geklirrt hatte, weder Kleider noch Turnschuhe wiesen Metallteile auf. Da fand sie Bojes Halsband und legte es ihm wieder an, ehe sie barfuß in die Küche ging und Rotwein in den Mamabecher goss. Nun würde sie auf einer nackten, harten Matratze liegen müssen, bis sie sich eine neue Matratzenauflage kaufen könnte. Aber er würde davon nichts wissen. So war es eben. Er begriff gar nicht, was sie alles für ihn opferte, aber das war auch egal. Sie wusste noch, dass sie irgendwo gelesen hatte, in einer Illustrierten, glaubte sie, dass Eltern die Pflicht haben, ihre Kinder zu lieben, dass Kinder jedoch nicht verpflichtet sind, ihre Eltern zu lieben.

Sie erwachte gegen vier, nackt auf dem Wohnzimmersofa. Hatte sie etwas gehört, war sie von einem Geräusch geweckt worden? Sie stützte sich auf den Ellbogen und lauschte, sofort verspürte sie einen Stich in der Stirn. Sie schaute auf die Armbanduhr, war das möglich? Dass sie hier so lange geschlafen hatte? Sie horchte noch eine Weile, hörte Bojes Krallen, die über den alten Linoleumboden in der Küche schleiften, danach Schlabbergeräusche, er trank Wasser. Wasser, ja, sie hatte unbeschreiblichen Durst, sicher war sie deshalb aufgewacht. Und großer Gott, hier lag sie splitternackt und schnarchte, was, wenn er nach Hause gekommen war, sie hatte diesen

Gedanken erst halb gedacht, da verdrängte sie ihn brutal. Sie wollte in dieser Hitze nackt sein, sie war sonst nie nackt, nie allein, sie schaute an sich hinunter, sah die Brüste, jede hing auf ihrer Seite des Brustkastens, schön waren sie nicht, nein, wirklich nicht, dennoch fand sie es schön, hier zu liegen. Aber es war ein seltsames Gefühl, ohne Unterhose. Der Unterleib auf dem Sofastoff, besonders hygienisch war das sicher nicht.

Sie trank zwei große Gläser Wasser, goss den Rest des Rotweins in den Mama-Becher und ging hinaus, schlenderte umher, als ob sie angezogen wäre. Sie fand die Birkenstocks und schob die Zehen hinein, es tat so gut, die trockenen Schuhe an den Füßen zu spüren, sie konnte sich jetzt erinnern, was es für ein Gefühl gewesen war, sie als Lieblingsschuhe zu haben, sie krümmte die Zehen auf den Sohlen und trank einen Schluck Rotwein. Vielleicht sollte sie noch die andere Flasche öffnen, das wäre es doch wert, dieser Augenblick könnte der einzige sein, den sie allein hier in der Hütte hätte. Und wie sie sich darauf freute, abends fernzusehen, obwohl sie in der Zeitung gelesen hatte, dass es nur Wiederholungen gab. Aber es waren ja nur Wiederholungen für die, die diese Sendungen schon einmal gesehen hatten.

Die Bettwäsche spülte sie ab und quetschte sie durch die Mangel, bevor sie sie so glatt wie möglich schüttelte und an die Leinen zwischen Plumpsklo und Schuppen hängte. Saubere Bettwäsche hatte sie oben in einer Reisetasche, die holte sie nun. Es fiel ihr zu spät ein, auch die Matratzenauflage von ihrem Bett mitzunehmen, deshalb ging sie wieder hinauf und zog sie vom Bett, samt dem Laken, das würde sie auf ihr Bettgestell legen, wenn sie schlafen ging. Die Treppe hinunter ließ sich die Matratzenauflage problemlos bugsieren, und es war eine

Freude, eine fleckenlose Matratzenauflage auf seinem Bett zu sehen. Danach bezog sie das Bett mit sauberer Bettwäsche und beschloss, das Fenster offen zu lassen, bis er nach Hause käme und es selbst riechen könnte.

Sie setzte sich draußen auf die Bank, an den Tisch, den sie nie benutzten, stellte den Mamabecher vor sich hin und betrachtete die grauweiße Tischplatte, seufzte und lauschte, spürte, wie das Holz an ihrem Unterleib scheuerte, dachte an Adam und Eva, die nackt durch die Natur gewandelt waren, woran sie natürlich nicht einmal für den Bruchteil einer Sekunde glaubte, dagegen war sie überzeugt davon, dass die, die die Bibel verfasst hatten, nie im Leben nackt durch die Natur gewandelt waren. Jedenfalls nicht, wenn sie oft von Mücken gestochen wurden, so wie Ragnar. Er konnte fünf Minuten draußen auf dem Hofplatz stehen und schon von Mückenstichen übersät sein. Sigvald war auch so gewesen, die Mücken hatten sich auf ihn gestürzt wie auf ein Stück Aas, und doch war er Fliegenfischer geworden. Aber er hatte sich gut eingepackt, sogar mit einem Netz um das Gesicht. »Mit deinem Blut stimmt ja wohl etwas nicht«, hatte er immer zu ihr gesagt, weil sie die Mücken dermaßen abschreckte.

Adam und Eva. Wenn die wirklich gelebt hatten, dann hatten die ausgesehen wie sie selbst. Adam natürlich nicht. Nackt in der Natur. Ohne Birkenstocks, selbstverständlich. Sie stand auf und atmete einige Male tief durch, dann holte sie die zweite Rotweinflasche und das Kreuzworträtsel. Es kam ihr unvorstellbar lange her vor, dass sie sich darauf gefreut hatte. Sie öffnete die Flasche und nahm sie mit nach draußen, dachte daran, dass sie nie hier an diesem Tisch saßen, weil er so oft gestochen wurde, aber warum saß sie selbst nie hier? Sie konnte mit ihrem Kreuzworträtsel hier sitzen und signali-

75

sieren, dass sie ihre Ruhe haben wollte, nerv jetzt nicht, mach dir selbst etwas zu essen, so würde es vielleicht gehen, wenn er wieder da war. Möglicherweise.

Boje kam angetrottet und ließ sich unter den bislang ungenutzten Tisch sinken. Sie bückte sich und schaute nach, ja, auch dort lagen Steinplatten, kein Schlamm. Seine Schnauze war matt und schwarz, und er hechelte heftig. Er dachte überhaupt nicht darüber nach, dass sie nackt hier saß. Für Boje war Körper etwas ganz Natürliches. Sie goss sich Wein aus der neuen Flasche ein, griff nach dem Bleistift und beugte sich über das Kreuzworträtsel,

Nun merkte sie, dass es unter der Brust juckte, sie fuhr mit einem Finger über die Haut und roch daran. *Pilz.* Nach nur wenigen Stunden. Sie ging in die Waschecke und holte sich ihren einzigen BH, der war auf der einen Seite ein bisschen nass, aber das war ihr jetzt schnurz. Sie ging ins Haus, suchte sich die Pyriseptflasche und wusch sich unter den Brüsten, dann legte sie eine Schicht Küchenpapier unter jeder Brust in den BH. Danach kehrte sie zum Wein zurück. Sie schloss die Augen, während sie trank, und als sie sie wieder öffnete, fiel ihr auf, dass es hier unter den hohen Bäumen heller war, weil die Bettwäsche weiß und leuchtend an den Leinen hing.

Der Rotwein war gut und wurde immer besser. Sie setzte sich wieder an das Kreuzworträtsel.

76

In der Hütte

Gegen ein Uhr war sie noch immer wach. Die Matratze war hart, es war unbequem, darauf zu liegen. Sie hatte noch eine Decke unter das Laken gelegt, das half aber nichts. Der lange Nachmittagsschlaf hatte ihren Tagesrhythmus durcheinandergebracht.

Sie blieb in der dunklen Augustnacht mit weit offenen Augen liegen, ihre Augäpfel waren warm, sie kaute langsam an ihrem rechten Mittelfingernagel herum, und sie hasste die hohe Wand aus Bäumen, die das Himmelslicht aussperrte, sie blieb liegen und hasste alles, was sie im Fernsehen gesehen hatte, ohne sich auch nur an das Geringste zu erinnern, vor allem hasste sie den Pilz unter ihren Brüsten, der höllisch juckte, sie würde sich noch blutig kratzen, im Schlaf. Sie stand auf und zog wieder den BH an, ging nach unten und holte Küchenpapier, das sie hineinschob, unter die Brüste, holte die Nagelfeile und feilte den Nagel, an dem sie herumgebissen hatte, und legte sich wieder hin. Boje war auch von dem Pilz beunruhigt, er war aufgestanden und stand noch immer da, als sie mit dem mit Küchenpapier vollgestopften BH nach oben kam.

»LEG DICH WIEDER HIN!«, sagte sie und hoffte, dass er es hörte.

Ihr halber Urlaub war jetzt vorbei, in anderthalb Wochen würde sie wieder hinter den Töpfen in der Großküche stehen, rühren und schnippeln und quirlen, rühren und schnippeln und quirlen, über den riesigen Kochtöpfen stehen, während der Dampf so tief in ihre Haut eindrang, dass sie aussah wie eine Wasserleiche, wenn ihre Acht-Stunden-Schicht hinter ihr lag. Nicht, dass sie aus eigener Anschauung gewusst hätte, wie eine Wasserleiche aussah, aber sie hatte darüber gelesen und ihre eigenen Finger und Zehen gesehen, wenn sie zu lange im Wasser gewesen war. Ihre Gesichtshaut wurde bleich und verschrumpelt, und sie bekam rote Flecken oben auf ihren nicht vorhandenen Wangenknochen. Wimperntusche konnte sie gleich vergessen, sogar die wasserfeste, Dampf und Wärme lösten alles auf. Eine Erleichterung waren Dienstage und Donnerstage, die Backtage, da ihr Rosinenbrötchen und Ciabatta so gut gelangen.

Sie schloss die Augen vor der Augustdunkelheit und knetete Rosinenbrötchen, mit jeder Hand eins, knetete sie in Kreisen vor ihrem Bauch, das war besser, als Schafe zu zählen, sie hatte kein Verhältnis zu Schafen, hatte kaum je ein Schaf aus der Nähe gesehen. Nun konnte sie die Brötchen auf das Backblech setzen, sie öffnete die Augen und war so wach wie vorher. *Es ist ja eigentlich kein Problem, wach im Bett zu liegen und nachzudenken, nicht, wenn man Urlaub hat.* Zum Problem wurde es dann, wenn Gedanken kamen, die man nicht haben wollte. Und davon tauchten wirklich nicht wenige auf. Alle kreisten um Ragnar. Sie begann, an sein Studiendarlehen zu denken, ein komplett lächerliches Darlehen, sie konnte nicht begreifen, dass Geld verliehen wurde – *echtes Geld* – an solche Taugenichtse wie solche, für die ihr Sohn ein Beispiel war. Sie konnte sich nicht erinnern, dass er je etwas von einem Studium erzählt hätte, *niemals* hatte er etwas in der Art erwähnt. Sie war schon versucht gewesen, einen der Briefumschläge über Wasserdampf zu öffnen, als sie sie zu Hause entdeckt hatte, nicht wegen der Summe, sondern um zu sehen, ob da

78

etwas stand, das von dem Interesse ihres Sohnes an einem Studium zeugte, welche Fächer er angeblich belegt hatte, etwas, das ihr vielleicht von einem *einzigen* Traum erzählen könnte, den er hegte.

Sie drehte sich auf die andere Seite. Die Unterlage bohrte sich in ihren Hüftknochen, trotz der Decke, die sie unter sich gelegt hatte. Wenn sie wieder zu Hause wäre, würde sie sich einen der Darlehenskassenbriefe schnappen und seinen Studienlügen auf den Grund gehen. Sigvald war Rechtsanwalt gewesen, aber ohne Ehrgeiz, als die Jahre vergingen.

»Ba, ba, Lämmchen klein, hast du Wolle fein«, sang sie in die Dunkelheit hinaus.

Jetzt konnte sie in ihrem Schlafzimmer laut reden, er war ja nicht da!

»JA, JA, LIEBES KIND, WOLLE WEISS UND REIN!«

Sie drehte sich wieder auf die andere Seite. Vermutlich hatte Ragnar den mangelnden Ehrgeiz seines Vaters geerbt. Sie konnte das nicht anders nennen als mangelnden Ehrgeiz, dass Sigvald damals für Asylbewerber hatte arbeiten wollen. Wer gab denn eine lukrative Privatkanzlei auf, um rund um die Uhr für Asylbewerber tätig zu sein? Sie hatten sogar aus dem schönen Villenviertel wegziehen müssen, wo sie sich so wohlgefühlt hatte, aber sie hatte nicht viel zu sagen gehabt. Er hatte das vorher nicht einmal mit ihr diskutiert, er war nur nach Hause gekommen und hatte es ihr mitgeteilt, dann hatte er ihr den Rücken zugedreht und war gegangen.

Das war keine so gute Zeit damals. Und später eigentlich auch nicht, da sie es schrecklich gefunden hatte, das Villenviertel zu verlassen, aber sie hatte nicht gewagt, das offen zu sagen – oder zu fragen, was diese Asylbewerber denn wohl an sich hatten, dass er unbedingt für sie arbeiten wollte, sie konnte sich das nicht einmal vorstellen. Und da sie fast nie

Gäste gehabt hatten, hatte sie auch nie gehört, wie er es jemand anderem erklärte.

»Sonntagsmantel für den Papa, Sonntagsrock für die Mama ...«

Sie fing an zu weinen, schlug die Decke zurück und schluchzte heftig. Früher, als Boje noch *hören* konnte, war er immer zu ihr gekommen, wenn sie weinte, und hatte ihr das Gesicht geleckt. Aber es war auch gut so, dass er das jetzt nicht tat, mit seinem fauligen Geruch, obwohl sie diesen Geruch ja irgendwie auch mochte. *Weil es Bojes ist,* dachte sie.

Sie setzte sich auf den Rand des Bettgestells. Das hier ging überhaupt nicht. Musste sie sich eben eine winzig kleine Schlaftablette aus der Reisetasche holen. Sie hatte schon lange keine halbe Schlaftablette mehr genommen. Sie kniff in die Matratze und wiegte sich vor und zurück, vor und zurück.

»... und zwei Paar Strümpfe für das kleine ... Ragnarlein.«

Sie beugte sich vor auf ihre Knie und schluchzte, nahm plötzlich den Geruch ihres Unterleibs wahr, obwohl sie doch im Teich gebadet hatte. Zum Glück hatte sie mindestens zwei Packungen Feuchttücher dabei.

In der Hütte

Sie suchte sich eine halbe Schlaftablette und setzte sich an den Küchentisch, es war jetzt halb zwei, alles war still, sie öffnete die Haustür. Die Insekten schwärmten zur Küchenlampe, sie ließ sie einfach kommen, die taten ihr ja nichts. Nun waren auch die großen zum Leben erwacht, die, die sie *Daddy-Long-Legs* nannte, weil sie das irgendwo gelesen hatte, sie waren absolut unbeholfen in allen ihren Bewegungen, ein Klümpchen in der Mitte der endlos langen Beine unter den Flügeln. Sie hob den Arm zum Radio, ließ ihn aber wieder sinken, sie wollte Stille. Da lag auch ihr Telefon und war auf lautlos gestellt. Als ob jemand anrufen würde. Als ob Ragnar anrufen würde. Und sie konnte ihn nicht anrufen, denn dann hätte sein Tonfall, wenn er sich meldete, sie nur traurig gemacht, oder es hätte sie traurig gemacht, dass er überhaupt nicht ranging.

Es würde eine halbe Stunde dauern, bis die Tablette wirkte. Sie zog das Kreuzworträtsel zu sich heran, schob es dann aber wieder weg und horchte, ging zur offenen Küchentür und schaute hinaus in die Dunkelheit.

Nun schliefen sicher alle. Alle, die Geräusche machten, jedenfalls. Der Fuchs war wahrscheinlich auf der Pirsch, und der Dachs auch. Gab es hier in der Gegend Wölfe? Sie glaubte schon. Sie schnupperte in der Luft, aber sie roch nur blaue Augustnacht und nasse Schieferplatten und feuchte Erde, und einen strengen Eisengeruch unter den anderen Gerüchen. Beeren? Nein, sie konnte keine Beeren riechen, oder Blumen. Doch, sie konnte sich einbilden, einen vagen Fliederduft wahrzunehmen. Sie dachte kurz an früher, daran, dass sie geraucht hatte, als sie Sigvald kennenlernte, und er behauptete, ihr würden *alle* Gerüche entgehen, was überhaupt nicht der Fall war, aber sie hatte ihm nicht widersprochen. Sie warf noch am selben Abend, nachdem er das gesagt hatte, die Zigaretten in die Mülltonne, es war ausgeschlossen für sie, etwas zu tun, das ihm nicht gefiel.

Sie hatte danach monatelang herumgeschnuppert und gewittert, um neue Düfte zu entdecken, aber das hatte zu nichts geführt, die Gerüche waren dieselben, doch das sagte sie Sigvald nicht, sie ließ ihn in dem Glauben, ihr Geruchssinn habe sich *so* verbessert, seit sie nicht mehr rauchte. Sie hätte gern gewusst, was er gedacht hatte, als ihm bewusst wurde, dass er verbrennen würde. So eine seltsame Art zu sterben. Verbrennen. Danach, ja, wenn man eine Leiche war, die eingeäschert werden sollte, aber nicht vorher, wenn man lebte. Durch Hitze zu sterben, durch Flammen. Ihre Gedanken wanderten weiter zu Hexenverbrennungen. Was für eine Vorstellung, einen lebenden Menschen an einen Pfahl zu binden und darunter ein Feuer anzuzünden. Sie schlang sich die Arme um den Oberkörper und den mit Küchenpapier ausgestopften BH und setzte sich, spürte den kühlen Plastikbezug am Unterleib, fast hatte sie sich schon daran gewöhnt, unten ohne zu sein. Oben kamen ja nur Pilze und so ein Mist dabei heraus, aber sie war sich ziemlich sicher, dass es gesund war, unten die frische Luft an sich heranzulassen … an die *Dose,* wie Sigvald das genannt hatte. Sie ließ die Tür offen stehen, stützte die Ellbogen auf den Tisch und legte den Kopf in die Hände.

82

Nicht ein einziger Vogel machte ein Geräusch. Die schliefen jetzt nämlich. Wie seltsam und erstaunlich das war, dass der ganze Tag mit Vögeln und anderen Tieren angefüllt war, aber jedes war zu seiner Zeit unterwegs. Übrigens schliefen jetzt gar nicht alle Vögel, Eulen konnten schließlich nur im Dunkeln sehen, und Fledermäuse jagten in der Nacht, aber die waren ja keine Vögel, obwohl sie flogen. Die Tiere und Vögel kamen sich am frühen Morgen dann ein bisschen ins Gehege. Denn da herrschte die größte Aktivität, wenn die Nachtschicht ihre Unternehmungen noch nicht abgeschlossen hatte, während die Tagschicht erwachte und die Glieder reckte und Geräusche machte. Sogar das streitsüchtige Elsternpaar schlief momentan, aber um vier legten sie wieder los, sie schrien und keiften, es klang wie eine Sprache, es waren so viele unterschiedliche Laute, dass es genauso gut eine Sprache hätte sein können.

Sie schaute sich nach Boje um, aber der war offenbar oben auf dem Bett liegen geblieben. Und nun, nun nahm sie das erste ganz vage *Kribbeln* von der Schlaftablette wahr, eine kleine Aufwärtsbewegung in ihrem Körper, von den Waden nach oben, eine Erleichterung darüber, dass der Schlaf jetzt kommen konnte. Wenn er käme, würde er sofort willkommen sein. Gerade diese Phase war so schön. Es war, wie sich von einer riesigen, leuchtenden Anhöhe in ein gewaltiges kohlschwarzes Meer fallen zu lassen, ein Meer, in dem alles verschwand und vergessen wurde, vergessen und verborgen und verschwunden auf immer, wie ein ewiger Tod. Sie richtete sich auf, um die Tür zu schließen, in diesem Moment hörte sie ihr Auto, es fuhr schnell, es schlingerte, sie hörte splitterndes Glas, das mussten die leeren Wodkaflaschen sein.

83

»Verdammt, sitzt du HIER.«

»Ja«, sagte sie. Sie hatte sich eine Sofadecke geschnappt und sich eingehüllt.

Er schleuderte die Wagenschlüssel auf den Küchentisch.

»Ich geh schlafen. Warum steht hier alles offen?«

Er zog die Schlafzimmertür hart hinter sich zu. Im selben Moment konnte sie hören, wie es in seiner großen braunen Reisetasche klirrte.

Sie blieb ganz still sitzen, ein bisschen außer Atem nach der Anstrengung, sich rechtzeitig die Decke um den Leib zu wickeln. Jetzt wirkte die Tablette, sie würde nach oben gehen und schlafen, dabei wissen, dass er zu Hause war. Besser gesagt nicht zu Hause, sondern in der Hütte. Unter ihren Fittichen. Nun wollte sie tief schlafen.

Er riss die Tür auf.

»Das Fenster war ja SPERRANGELWEIT OFFEN! Hier sind TAUSEND Mücken! Scheiße!«

»Ja, ich habe …«

Er knallte die Tür wieder zu.

»… da drinnen saubergemacht.«

Sie holte Luft, und ihr Blick fiel auf die zwei leeren Rotweinflaschen auf der Anrichte. Sie nahm beide und ging die Treppe hoch. Die Sofadecke schleppte über die Stufen, auf halber Höhe ließ sie die Decke ganz einfach fallen. Die Flaschen stopfte sie in den Schrank, dann ließ sie sich auf das steinharte Bettgestell sinken. Bojes Schnarchen füllte das gesamte Fußende.

84

In der Hütte

Der Donner weckte sie, es war fast halb elf Uhr morgens, ihr erster Gedanke galt der Bettwäsche, die draußen hing, der zweite war, dass das keine Rolle spielte, sollte die doch hängen bleiben, bis die Sonne wieder schien und sie trocknete. Es war doch egal, ob es eine Woche dauerte. Die Luft hier war sauber, der Regen brachte also keinen Staub mit, den er auf der Wäsche hinterlassen konnte.

Ihr dritter Gedanke war Ragnar.

Als kleiner Junge war er wunderbar gewesen, der Beste, und sogar im Kindergarten hatten sie ihn lieber gehabt als die anderen Kinder, dieses pädagogische Personal, das bis zu den Knien in Kindern aller Art und Launen badete, aber ihr Junge wurde einfach nur über alles geliebt, sie weinten vor Freude, als sie erfuhren, dass er noch ein Jahr bei ihnen bleiben würde, weil sein Vater sich zu irgendeiner Spezialausbildung angemeldet hatte, Ragnar besuchte doch den Unikindergarten. Und sie erinnerte sich an Sigvalds Stolz, als sie berichtete, wie das Personal im Kindergarten reagiert hatte, seinen stolzen Blick auf seinen Sohn, einen Stolz, den er bis zu dieser verdammten Angeltour behalten hatte. »Wir müssen einfach abwarten, bis er wieder er selbst ist«, hatte Sigvald gesagt, das wusste sie noch. Und dann war er gestorben, ehe die Wartezeit zu Ende gegangen war.

Sie drehte sich auf die andere Seite, das Gesicht dem Fenster und dem Donner zugekehrt. Sie hatte keine Angst vor dem Donner und versuchte, durch das Gewittergetöse zu horchen, nach unten, während die Vorhänge im Sturm hin und her peitschten und ins Zimmer schlugen, der Boden direkt unter dem Fenster war nass, aber das würde auch wieder trocknen. Sie spürte im ganzen Körper, von den Knöcheln bis zu den Ohren, dass sie gestern getrunken hatte. Natürlich war das nicht gesund. Zu trinken. Rotwein war wohl noch am gesündesten, das hatte sie gelesen, aber auch Rotwein enthielt Alkohol.

Das Elsternpaar schwieg, sie hatten sich vermutlich vor Einsetzen des Gewitters, als sie schon schlief, fertig gezankt und ausgesprochen. Und irgendwie war sie froh darüber, dass es in seiner Tasche geklirrt hatte, froh darüber, dass er trinken wollte. Den ganzen Tag im Bett liegen und abends fernsehen. Wenn er nur hier war, sollte er gern mit seinen Wodkaflaschen im Bett liegen. Das sollte er gern. *Das meine ich wirklich,* dachte sie, *das kann er von mir aus gern tun.*

Sie setzte sich auf die Bettkante. Das Zimmer kippte zweimal zur Seite, danach war es ganz ruhig im Kopf. Sie hatte lange geschlafen. Der Rotwein hatte ihren Körper verlassen. Der Regen rauschte, sie schaute zu Boje hinüber, der noch immer wie ein atmender Berg am Fußende lag. Dann legte sie sich wieder hin, warum sollte sie bei diesem Wetter aufstehen? Außer vielleicht, um zum Plumpsklo zu gehen. Sie setzte sich abermals auf, bugsierte mühsam die Zehen in die Birkenstocks, erhob sich, streifte den Bademantel über, stieg die Treppe hinunter und ging nach draußen, eilte dann in langen Sprüngen durch den Regen zum Plumpsklo. Da saß er. Sie konnte durch das in die Tür geschnitzte Herz gerade noch

86

seinen Pony sehen, bevor sie kehrtmachte und zurückstürzte, in der Küche stehen blieb und Atem holte, und nun kam Boje die Treppe herunter.

Sie durfte sich nichts anmerken lassen und schaltete den kleinen elektrischen Wasserkocher ein. Für Kochkaffee hatte sie jetzt keine Zeit, gab lediglich zwei Teelöffel Kaffeepulver in einen Becher und stand da und lauschte dem Wasserkocher, während sie Boje von der ersten Pissrunde des Tages hereinkommen sah. Er schüttelte sich zweimal, ging zu seinem Fressnapf hinüber, der leer war, und schnupperte daran, trank ein paar Mundvoll Wasser und legte sich dann auf seine Decke in der Ecke. Nun kochte das Wasser. Sie goss es auf das Kaffeepulver, sodass der Dampf aufstob, dachte an Sigvald, und in diesem Augenblick kam Ragnar.

»*Mornings*«, sagte er.

Sie gab keine Antwort, rührte mit einem Teelöffel in ihrem Kaffeebecher, rührte und rührte und hörte in Gedanken dieses Wort. *Mornings*. Er meinte sicher guten Morgen, aber wie lange hatte er ihr schon keinen guten Morgen mehr gewünscht.

»Warum antwortest du nicht?«, fragte er. Er stand jetzt direkt vor dem Wasserkocher, er trug Boxershorts, mehr nicht, er hatte sich einen kleinen Schmerbauch zugelegt.

Sie schaute ihn an, er schaute weg.

»Weil ich nicht verstehe, was du meinst«, sagte sie.

»Scheiß auf diesen Arztkram, ich hatte einfach nur ein bisschen zu viel getrunken, das hat nichts zu bedeuten.«

»Na gut.«

»Das ist mein Ernst! SCHEISS auf den Arztkram, das war doch alles nur Blödsinn, die ganze Kiste.«

Sie hob den Becher an den Mund, der Kaffee war noch zu heiß. Sie ging die zwei Schritte zum Küchentisch, stellte den

87

Becher hin und setzte sich, hielt den Henkel fest und schaute aus dem Fenster, brachte es nicht über sich, ihn anzublicken. Konnte er nicht in seinem frisch geputzten Schlafzimmer trinken?

»Kannst du nicht in deinem frisch geputzten Schlafzimmer trinken?«, sagte sie und blickte sich rasch zu ihm um, aber er schaffte es, rechtzeitig wegzusehen.

»Wie meinst du das?«

»Einfach so«, sagte sie und schaute wieder aus dem Fenster, dachte daran, wie es wäre, hier jetzt allein zu sein, im Bademantel, umgeben vom Regenrauschen, sie hätte im Regen geduscht, ja, das hätte sie, denn es war nicht kalt. Und danach hätte sie sich ein Mittagessen mit Kabeljaurogen und Fischklößen gekocht, sie wusste nicht so ganz, wie sie beides kombinieren sollte, aber sie wusste, dass sie es eingekauft hatte und beides gegessen hätte.

Boje folgte ihr nicht nach oben, und das Bett wirkte plötzlich doppelt so groß. *Mornings,* was wollte er damit sagen und erreichen, was wollte er von ihr? Vermutlich etwas, wozu er Geld brauchte. Sie stellte den Kaffeebecher auf den Nachttisch. Es regnete jetzt heftiger, bald würde es aufhören, und die Sonne würde durchkommen. Sie presste ihren Hintern über die Fensterbank und pisste, gleich darunter war kein Fenster. Danach ließ sie sich in das riesige, harte, hundelose Bett fallen.

In der Hütte

Sie erwachte gegen eins und fragte sich, was hier los war. Sie stand morgens immer früh auf, nur, um ihren Kaffee zu trinken, zu spüren, dass mit dem Tag alles seine Richtigkeit hatte, dass alles stimmte, aber hier lag sie. War sie krank? Sie setzte sich auf die Bettkante, nein, sie fühlte sich ganz gesund.

Alles war in Ordnung.

»Alles ist in Ordnung, alles läuft gut«, murmelte sie leise und massierte ihre Kniescheiben.

Ragnar war hier, die Moltebeeren waren im Laden, sie hatte Urlaub, aber gestern hatte sie zwei Flaschen Rotwein getrunken, daran lag es sicher, natürlich lag es daran, dass sie ein solches Schlafbedürfnis hatte. Auf dem Nachttisch stand ein fast voller Becher mit kaltem Kaffee. Sie zog sich an. Unterhose und Shorts und T-Shirt, den BH hatte sie noch an, ausgebeult von feuchtem Küchenpapier. Sie wollte warten, bis sie unten wäre, ehe sie alles herauszog, die Papierfitzelchen würden in beträchtlicher Menge herausrieseln. Sie ging die Treppe hinunter, und da saß er. Mit einem Becher vor sich, der Inhalt sah aus wie Kaffee. Er wandte ihr das Gesicht zu, sie schaute weg und leerte ihren eigenen Kaffeebecher im Ausguss aus.

»Hallo«, sagte er.

»Hallo.«

Sie trat hinaus, und die Sonnenstrahlen klatschten ihr ins Gesicht, sie kniff die Augen zu und ging in Richtung Plumpsklo. Dort blieb sie lange sitzen. Danach blieb sie drinnen noch eine Weile stehen und musterte durch das ausgeschnittene Herz das Küchenfenster. Sie konnte seinen nackten Arm sehen, er hob den Becher zu seinem Gesicht. Wie hieß das noch, wenn man Schnaps und Zucker in den Kaffee mischt, *Kaffee mit Schuss?* Ja, mit Schuss, sicher trank er gerade Kaffee mit Schuss. Wie lange wollte er da wohl so sitzen? Bis sie zurückkam? Seit sie in der Hütte waren, war er fast die ganze Zeit in seinem Zimmer geblieben. Warum konnte er damit nicht einfach weitermachen?

»Mach weiter damit«, flüsterte sie.

Nun stand er auf, und sie konnte ihn nicht mehr sehen. Kurz darauf stand er in der offenen Küchentür. Sie verließ das Klohäuschen, mochte nicht mehr in dem feuchten Geruch hier drinnen stehen, von diesem Geruch hatte sie wahrlich genug. Sie schloss lärmend die Tür, hoffte, dass er weg sein würde, wenn sie sich umdrehte und auf das Haus zuging.

»Ich habe mir etwas überlegt«, sagte er.

Sie versuchte, sich an ihm vorbeizuquetschen. Wenn er hierbleiben wollte, würde sie eine Runde drehen und Ausschau nach Moltebeeren halten müssen, diesmal auch den Rucksack und kleine Dosen mitnehmen. Aber er trat nicht zur Seite und füllte die ganze Türöffnung aus.

»Ach?«, sagte sie.

»Kannst du babysitten?«

»Babysitten?«

Sie starrte ihn an und schnupperte. Er roch nicht nach Schnaps, nur nach Kaffee, aber Wodka und Gin rochen ja nach nichts.

»Wovon redest du?«, fragte sie und sah ihn an, für den Bruchteil einer Sekunde trafen sich ihre Blicke.

90

»Von den Kindern von Tonje, einer Frau, die ich kennengelernt habe.«

»Die ich nicht kenne. Weder sie noch die Kinder.«

»Die lernst du dann schnell kennen. Wenn du am Wochenende auf sie aufpassen könntest. Dann könnte Tonje herkommen.«

»Sie wird ja wohl andere haben, die auf ihre Kinder aufpassen können«, sagte sie. »Einen Vater, zum Beispiel.«

»Der Vater der Kinder wohnt in Chicago.«

»Dann ihre Mutter.«

»Nicht an diesem Wochenende, sie ist verreist. Und dann … dann könnten Tonje und ich hier allein sein.«

»Lass mich vorbei«, sagte sie.

Er ging rückwärts in den Gang und weiter in die Küche, sie holte den Rucksack und nahm einen Stapel sauberer Sahnebecher und einen Stapel Deckel aus dem Küchenregal, schob alles in den Rucksack, zusammen mit einer Flasche, die sie mit Wasser füllte. Sie merkte, dass er sie dabei beobachtete, sie hörte seinen Atem, der war schwer. Als sie hinausgehen wollte, sagte er: »Bitte.«

»Ich pass doch nicht auf eine Bande wildfremder Kinder auf.«

»Das sind bloß zwei. Sie sind so etwa fünf und …«

»Ich geh Beeren sammeln«, sagte sie und stieß ihn beiseite.

»Kannst du diesen Arztkram nicht einfach vergessen? Kannst du das nicht einfach VERGESSEN?«

Der Weg war noch immer nass, im Heidekraut glitzerten die Regentropfen, alle Farben leuchteten, wie schön, sie war froh darüber, dass sie es geschafft hatte loszukommen. Die Gewitterwolken hatten sich verzogen, die Sonne hatte die Welt wieder geöffnet, sie musste vorsichtig gehen, um auf dem Weg

91

nicht auszurutschen. Sie sah nach, ob sie ihr Telefon in der Tasche hatte, ja, da war es. In ihrem Alter musste man an solche Dinge denken. Sie hatte sich auch davon überzeugt, dass sie Netz hatte, wenn sie solche Touren in der Umgebung der Hütte machte. Nach Boje wollte sie sich einen neuen Hund anschaffen, sie wusste, dass es zur Urlaubszeit passieren musste, und ihr war der Gedanke gekommen, dass es jetzt passen könnte. Aber bei dem Gedanken, dass Boje es verstehen würde, hatte sich alles in ihr dagegen gesträubt. Wenn sie einen Hund bei sich hätte, würde der vielleicht Bescheid geben, wenn sie stürzte und sich das Bein brach. Aber warum sollte sie sich das Bein brechen, sie hatte sich in ihrem ganzen Leben noch nichts gebrochen. Und sie bezweifelte, dass sie diese Osteo-Krankheit bekommen würde, die bedeutete, dass man gebrechlich war.

Babysitten. Womit *dachte* er eigentlich? Er hatte offenbar in seinem Schlafzimmer mit dieser ... Tonje gesprochen. Hatte Wodka getrunken und telefoniert oder SMS geschrieben. Sie hatte ihn nicht sprechen hören, aber sie hatte auch nicht aufgepasst.

Als sie über einen Felsabsatz kletterte, lag ein riesiges Moor mit Moltebeeren genau vor ihr, es war wie mit leuchtenden Beeren getupft. Sie konnte hören, wie die Natur um sie herum klickte und knackte, während die Sonne alles trocknete, was da kreuchte und fleuchte. Die Insekten kamen aus ihrem Versteck unter den Blättern hervor, aufgewirbelt von der heißen Luft, die von Heidekraut und Steinen verdampfte, ein Dampf, den sie hätte sehen können, wenn die Luft kälter gewesen wäre. Sie stellte den Rucksack auf den Boden, griff nach dem ersten Sahnebecher und begann, ihn mit Beeren zu füllen.

Diesen Arztkram vergessen. So einen Blödsinn hatte sie noch nie gehört.

92

Im Laden

Sie wollte direkt mit den Beeren losfahren, ehe der Laden schloss, die Autoschlüssel lagen auf dem Küchentisch, er war nicht zu sehen, sicher lag er wieder im Bett. Würde da liegen, bis sie ihn zum Essen rief, also würde sie wohl gleich etwas kaufen müssen. Am besten ein Fertiggericht, sie kochte nicht gern, sie hatte Urlaub. Die Tüte mit den leeren Wodkaflaschen lag eingeklemmt zwischen der Schuppenwand und dem einen Rad, die Scherben konnten den Reifen aufgeschlitzt haben, sie musterte ihn genau, aber die nächsten Glasscherben lagen zum Glück mindestens zehn Zentimeter entfernt. Sie schlich hinein und holte sich eine neue Plastiktüte, sammelte die Scherben und die restlichen Flaschen ein, legte alles hinten ins Auto.

Der Motor sprang sofort an, aber die Benzinanzeige blinkte, sie hatte den Tank an der Zapfsäule beim Laden doch gerade erst gefüllt, er musste zur Stadt und wieder zurück gefahren sein, diese Tonje wohnte offenbar in der Stadt. Gut, dass sie beim Laden diese Zapfsäule hatten. Er hatte natürlich nicht getankt, auf diese Idee wäre er im Leben nicht gekommen.

Auf der Landstraße fuhr sie achtzig, versuchte, nicht zu denken, nur zu existieren, zu sein, einfach da zu sein, ärgerte sich darüber, dass sie nie diese Yoga-Angebote in Anspruch genommen hatte, mit denen sie in der Arbeit bombardiert wurden, dann hätte sie gelernt, wie man *entspannt*.

»SCHEISSE!«

Sie knallte die Hand aufs Lenkrad, aber der Volvo geriet nicht ins Schlingern.

»Scheiße.«

Sie blinkte bei einer Bushaltestelle rechts und legte die Stirn aufs Lenkrad, bemühte sich, einen klaren Gedanken zu fassen. Wenn das mit Tonje gut lief, dann könnte er zu ihr ziehen. Zu Hause ausziehen und mit Tonje zusammenleben. Wenn er mit den Kindern zurechtkam, wie ein Vater für sie war. Er hatte doch einiges darüber gelernt, was es bedeutete, Vater zu sein, ehe er seinen eigenen verloren hatte. Er und sein Vater hatten ein gutes Verhältnis gehabt, offen und vertraut, das glaubte sie jedenfalls, abgesehen von einigen wenigen Ausnahmen. Also, Vater sein, das sollte er doch können. Vielleicht waren es sogar reizende Kinder. Ordentlich und wohlerzogen. Tonje konnte absolut in Ordnung sein, geradezu der Traum einer Schwiegermutter. Sie hob das Gesicht und sah nach vorn, ihre Blicke trafen auf Büsche und Bäume und etwas gelben Müll im Grünen, die Sonne brannte, sie öffnete das Fenster ganz weit, im Auto gab es keine Klimaanlage. Ach, wenn Sigvald doch nur eine umwerfend gute Lebensversicherung abgeschlossen hätte, wenn er seine Kanzlei nicht aufgegeben und sich nicht in diese Asylbewerber verliebt hätte, ach, wenn sie nicht hier am Straßenrand sitzen müsste, in die Flucht geschlagen von ihrem fünfundzwanzig Jahre alten, zu Hause lebenden Sohn.

»Scheiße ...«

Ein Bus blinkte hinter ihr, das war typisch, hier fuhr höchstens viermal am Tag ein Bus, aber nun kam einer. Sie bog ganz schnell wieder auf die Straße ein.

94

Sie war die einzige Kundin in dem kleinen Laden. Die Frau, die Bodil hieß, saß an der Kasse und schaute auf ihr Display, lächelte vor sich hin, blickte auf, als Jonetta die Tür hinter sich losließ und die Bimmel ertönte.

»Hast du noch mehr Beeren gepflückt?«, fragte sie und nickte zu dem Rucksack hinüber, den Jonetta in der Hand hielt.

»Ich lieg nicht auf der faulen Haut, das stimmt.«

Bodil ging vor ihr her ins Hinterzimmer und öffnete die Tür zum Kühlraum. Sie entdeckte sofort den Eimer, der im Moor gestanden hatte, stellte die Sahnebecher daneben, und Bodil machte eilig die Tür hinter ihr zu.

»Das war ja mal ein echtes Gewitter heute«, sagte sie.

»Ja, ganz schön heftig.«

»Aber da warst du nicht gerade unterwegs? Zum Beerensammeln?«

»Nein, ich habe gewartet, bis die Sonne wieder da war.«

»Das Wetter ausgetrickst«, sagte Bodil.

»Jetzt muss ich noch schnell einkaufen, etwas Einfaches zum Abendessen.«

»Wir haben heute Frikadellen bekommen, keine tiefgefrorenen, sondern so fertige.«

»Heute? Dann sind die sicher frisch und lecker.«

Sie könnte die restlichen Kartoffeln von gestern braten, kaufte noch eine Packung Rotkohl und eine Tütensoße. Die Soße selbst zu machen, war ausgeschlossen. Bei der Arbeit machte sie zwanzig Liter auf einmal, jeden Montagmorgen, und noch mehrere Stunden danach zitterte sie, und ihr Körper war wie benommen, es war Schwerstarbeit – und das Erste, was sie nach dem Urlaub wieder machen müsste, das war nun wirklich keine tolle Aussicht.

Sie ließ eine Tüte mit zwei Heißwecken in ihren Einkaufskorb fallen, dazu eine Flasche Saft und einige grüne Äpfel. Bodil saß jetzt wieder an der Kasse, aber ohne ihr Display anzustarren.

»Brauche ich sonst noch was, was meinst du?«

»Klopapier, Seife, Zahnpasta, Spülmittel ... Das wird meistens vergessen«, sagte Bodil und lächelte.

»Ja, Klopapier, das brauche ich. Hast du Enkelkinder?«

»Ja«, sagte Bodil. »Drei.«

Dann fischte sie ihr Handy heraus und zeigte ihr Bilder.

»Die beiden sind von meiner Tochter und der da von meinem Sohn.«

Sie deutete darauf und lächelte.

»Wohnen die weit weg?«

»Die wohnen hier im Dorf«, sagte Bodil. »Und Christian, der von meinem Sohn, wird morgen bei mir übernachten, ich hab am Samstag nämlich frei.«

»Ja, morgen ist Freitag, ich werf die Tage immer durcheinander, wenn ich Urlaub habe«, sagte sie. Sie wusste nicht, warum sie log, vermutlich, weil sie gelesen hatte, dass man die Tage durcheinanderwarf, wenn man so richtig in Urlaubsstimmung war.

»Und du?«, fragte Bodil.

»Enkelkinder?«

»Ja?«

»Noch nicht, das eilt überhaupt nicht.«

»Das habe ich auch gedacht, aber als sie dann kamen, wurde die Welt irgendwie eine ganz andere. Ich fühle mich schon ein bisschen alt, wenn ich ehrlich sein soll. Das Klopapier da hinten ist billiger als das hier.«

Sie tauschte die Rollen aus.

»Alt, wieso denn?«

»Wenn die mich Oma nennen, dann fühle ich mich ein

96

bisschen alt, aber das ist im Grunde in Ordnung. Es ist richtig schön, Oma zu sein. Einfach nur schön.«

Sie steckte ihre Karte in die Zapfsäule und den Schlauch in den Tank, dabei starrte sie vor sich hin. Vielleicht sollte sie einfach Ja sagen. Vielleicht sollte sie ihn überraschen und es einfach sagen. Dass sie babysitten würde.

In der Hütte

Sie hatte nicht genug Kartoffeln, deshalb briet sie auch die Möhren, obwohl Möhren nicht zu Frikadellen passen, sie hatte keine Ahnung, weshalb nicht. Danach verquirlte sie das Soßenpulver mit Wasser, rührte ein wenig Salz und Sahne hinein und gab einen Klecks Butter dazu. Sie hatte den blöden Kochtopf genommen, den mit der Beule in der Mitte, der wackelte auf dem Herd, sie musste die eine Seite auf die Kochplatte drücken. Dann ließ sie die Frikadellen hineinfallen, merkte, wie wahnsinnig große Lust sie auf Fischklöße in weißer Soße mit Krabben und Curry hatte, vielleicht konnte sie das am Wochenende für die Kinder kochen. Wenn denen das schmeckte. Den Kindern heutzutage schmeckte wohl gar nichts, das hatte sie gelesen.

Sie wartete, bis das Essen auf dem Tisch stand, dann klopfte sie an seine Tür.

»Essen ist fertig. Frikadellen!«

Er war da, noch ehe sie sich richtig auf den Hocker gesetzt hatte. Von seiner Tür her kam dabei ein Windstoß, das Fenster in seinem Zimmer war fast geschlossen, das konnte sie sehen. Sie nahm keinen Schnapsgeruch wahr.

Boje hatte sich zu ihren Füßen zusammengerollt und hob nicht einmal den Kopf, als Ragnar aus seinem Zimmer trat, also konnte es wohl nicht total fremd riechen.

Ragnar griff zuerst zu. Er fand offenbar, dass Möhren hervorragend zu Frikadellen passten, sie ließ ihn mit Kelle und

Löffel hantieren und stützte die Ellbogen auf den Tisch, ehe sie sich erhob, um an das Radio zu kommen. Dabei wäre sie fast auf eine von Bojes Pfoten getreten, und Boje schoss unter dem Tisch hervor und verzog sich in seine Ecke. Sie drehte über Ragnars Schulter das Radio auf, es lief eine Diskussionssendung über Raubtiere in der norwegischen Natur, sie drehte den Knopf nach rechts und fand einen Musiksender, sie konnte jetzt keine Raubtierdiskussion ertragen. Sie hatte Urlaub, sie konnte generell keine Diskussionen ertragen, konnte nicht ertragen, dass irgendwer redete und problematisierte, davon hatte sie bei der Arbeit wirklich mehr als genug. Obwohl sie den Mund hielt, quengelten und nervten die anderen immer herum, um ihre Meinung über alles Mögliche zu erfahren. Darum sollten andere sich kümmern, warum wollten sie unbedingt *ihr* eine Meinung aus der Nase ziehen?

»Gebratene Möhren, ja«, sagte sie. »Das schmeckt gut zu Frikadellen.«

»Ja«, sagte er.

»Passt eigentlich nicht zu Frikadellen, aber bitte sehr.«

»Was bist du so gehässig. Du hast das doch gekocht!«

»Sag mal, warum muss sie unbedingt herkommen? Warum könnt ihr euch nicht in der Stadt treffen, da wohnt sie doch wohl.«

»Machst du es? Machst du das jetzt doch?«, fragte er mit hocherhobener Gabel.

»Ich wollte nur wissen, warum ihr nicht ...«

»Wir brauchen am Wochenende eine Babysitterin, egal, wo wir uns treffen, aber ... hier ist es ruhiger.«

»Als zu Hause in deinem Zimmer? Da konnte ich schon eine ganze Weile nicht mehr saubermachen, das stimmt.«

»Während hier ... tausend Dank«, sagte er und schob sich die Gabel in den Mund.

Sie sah ihn an. Er hatte ihr dafür gedankt, dass sie sein Zimmer aufgeräumt hatte, es war nicht zu glauben.

»Ist diese Tonje ordentlich?«, fragte sie und nahm sich selbst Frikadellen, hoffte, dass ihre Frage unschuldig wirkte, fast wie Geplauder.

»Nein, ich weiß nicht«, sagte er mit vollem Mund. »Vielleicht ein bisschen.«

Sie redeten miteinander, sie konnte es kaum fassen, sie zerquetschte die Frikadellen in der Soße und starrte beim Essen in die Schüssel.

»Warum warst du so sauer, als du heute Nacht zurückgekommen bist?«

Er gab keine Antwort.

Sie aß auf und erhob sich, spülte die Schüssel unter dem Wasserhahn aus und ging zur Tür. Das hatte ja nicht lange gedauert.

»Willst du jetzt also babysitten oder willst du nicht?«

»Von morgen bis Samstag?«

»Von morgen bis Sonntag, dachte ich, dann haben wir das Wochenende.«

»Okay«, sagte sie und ging hinaus.

Er stand sofort hinter ihr.

»Wirklich? Machst du das?«

»Ich hab doch Ja gesagt. Wo wohnt sie?«

»Oben in Jarmannsjordet, in einem der Vierparteienhäuser.«

»Okay. Schreib die Adresse auf, dann fahre ich morgen hin, ich kann so gegen vier, fünf da sein. Hat sie ein Auto?«

»Nein. Ich glaube, sie hat keinen Führerschein.«

»Dann muss sie den Bus um sechs nehmen.«

Nun konnte sie ihn reden hören. Weil sie vor seinem Fenster stand. Auf der Seite, damit er sie durch den Vorhang nicht sehen konnte. Das Fenster war nur einen kleinen Spaltbreit geöffnet.

»Aber sie passt doch auf! Sie kann gut mit Kindern umgehen, und die sind doch auch schon groß.«

Sie wartete eine ganze Weile.

»Sicher, sicher. Aber sie kann wirklich sehr gut mit Kindern umgehen, sie ist im Handumdrehen vertraut mit ihnen, wirklich, das schwör ich dir. Und du kannst …«

Wieder eine Pause.

»Du lernst sie doch kennen, wenn sie kommt, und dann siehst du selbst, wie gut das geht …«

Pause.

»Das kann ich ja sehr gut verstehen, Tonje, aber du kannst wirklich total beruhigt sein. Gegen sechs gibt es einen Bus hier heraus, der braucht nur zwei Stunden, und dann hole ich dich an der Haltestelle ab.«

Er schwieg lange.

»Das erledigt meine Mutter, die kauft ein und alles. Da ist sie total super.«

Sie stand still, er war still.

»Okay«, sagte er schließlich. »Der Bus geht um sechs vom Hauptbahnhof, aber meine Mutter wird schon viel früher da sein.«

Sie setzte sich an den Tisch, den sie nie benutzten, den, den sie am Vortag eingeweiht hatte. Faltete die Hände vor sich, merkte, wie flach ihr Hintern wurde im Kontakt mit der flachen Unterlage. Er war verliebt, er war ein anderer. Einer, der ihr gefiel? Ja, im Grunde schon.

Er stand jetzt in der Tür und beobachtete sie. Sie sah ihn

nicht an, nahm ihn nur aus dem Augenwinkel wahr und hätte gern gewusst, ob er lächelte. Das müsste er. Morgen würde sie zu einer fremden Adresse fahren, um zwei Tage lang zwei Kinder zu hüten. Für ihn. Vermutlich das Dümmste, was sie machen konnte, wenn sie an seinen nicht vorhandenen Respekt vor ihr dachte, aber wenn er dann umziehen würde. Zu Tonje. Diese Vorstellung war …

»Da sitzt du also?«, fragte er.

Sie drehte sich zu ihm um, hob die Augenbrauen.

»Ich räume in der Küche auf«, sagte er und verschwand.

Sie schaute wieder vor sich hin und atmete ein und aus, ein und aus. Das hier war ein Wunder, nicht mehr und nicht weniger. Ob er nun Wodka getrunken hatte oder nicht.

Boje kam heraus, schläfrig, gähnend, er pisste und trottete wieder hinein.

In der Hütte

»Ich habe Heißwecken«, sagte sie, als sie nach einem halben Stündchen in die Küche kam, sie war am ganzen Leib steif, nachdem sie auf die Küchengeräusche gehorcht hatte, steif, weil sie sich selbst daran gehindert hatte, hineinzustürzen und zu sagen, dass sie den Rest erledigen würde, dass er sich einfach setzen könne, aber jetzt ging sie hocherhobenen Hauptes zur Tür hinein und sagte ganz selbstverständlich und bestimmt, dass sie Heißwecken hatte.

Er war nicht in der Küche, also hatte er sich wieder hingelegt, demnach war es vorüber, alles war wieder normal, er lag im Bett, während sie ihre Arbeiten in der Küche verrichtete. Dann hörte sie aus dem kleinen Wohnzimmer ein Geräusch, und da saß er doch tatsächlich, den Blick auf den Bildschirm gerichtet, und wirkte nüchtern, noch immer nüchtern, sie hätte gern gewusst, was in der letzten Nacht geschehen war.

»Ich habe Heißwecken«, sagte sie und sah ihn an, er erwiderte ihren Blick.

»Das klingt lecker«, antwortete er und ließ seinen Blick zum Bildschirm zurückwandern.

Sie sog die Gerüche ein, es gab so viele, die Gerüche aus dem Wohnzimmer kamen durch die Tür herein, vermischten sich mit dem Seifengeruch aus der Küche und dem Duft aus der Heißweckentüte, die sie öffnete. Er hatte aufgeräumt und den ganzen Abwasch gemacht, alles war so ordentlich erledigt, dass ein kalter Schauer sie durchlief. Er *wusste* also, wie man die Dinge in Ordnung hielt, nur tat er es nicht. Im Alltag.

»Möchtest du eine Heißwecke?«, fragte sie.

Sie setzte sich auf das Sofa. Konnte sehen, wie er sich den Teller unter das Kinn hielt, während er seine Heißwecke verzehrte, und wie er dabei den Bildschirm nicht aus den Augen ließ, dort fuhren Autos um die Wette, flache Autos mit riesigen Reifen, sie wusste nicht mehr, wie die hießen, doch, genau, Formel-1-Wagen, ja. Warum wollte er sich so etwas ansehen, er hatte ja nicht einmal ein normales Auto, nur eine Mutter mit einem alten Volvo, großer Gott, ihr fiel ein, wie nervenaufreibend es gewesen war, als er fahren lernte, als er einen Teil des väterlichen Erbes für den Führerschein verwendet hatte, wie er einige Zentimeter gewachsen war, aus purem Stolz, weil er das mit nur wenigen Fahrstunden geschafft hatte. Er hätte eine Arbeit als Fahrer finden können, das doch wenigstens, aber die Sozialhilfe sei besser, hatte er gesagt. Darüber wusste sie nichts, zu Hause bezahlte er ja nichts. Sie überlegte, was er wohl sagen würde, wenn sie das verlangte. Dann würde er das Gespräch wohl auf *sie* lenken, dass sie wirklich keinen Grund habe, sich aufzuspielen. Sie, die ihr Leben lang Hausfrau gewesen war, bis sie in der Kantine des Regionalsenders angefangen hatte, ein halbes Jahr, nachdem sie Witwe geworden war. Aber sie bezahlte immerhin ihre Rechnungen. Das tat er offenbar nicht, er kaufte sich lieber Wodka. Oder vielleicht sparte er ein bisschen? Sie wusste es nicht.

»Was macht Tonje denn so beruflich?«, fragte sie leichthin und hob den Kaffeebecher zum Mund, gab vor hineinzublasen.

»Sie … ist Lehrerin.«

»Meine Güte, wie alt ist sie?«

104

»Fast dreißig, frag jetzt nicht mehr.«

Sie starrte die flachen Autos an, die Reifen schienen überhaupt kein Profil zu haben, sie hätten es mal bei Neuschnee in den Kurven hier oben probieren sollen.

»Die Reifen haben ja gar kein Profil«, sagte sie.

»Slicks«, sagte er.

»Heißen die so?«

»Ja, das hab ich doch gerade gesagt«, sagte er, und ihm stoben dabei Krümel aus dem Mund.

Was sollte sie machen, sie holte sich das Kreuzworträtsel und setzte sich an den Küchentisch, hörte dem Lärm aus dem Fernseher zu, dem Motorengebrüll und dem aufgeregten Geschrei, es war nicht auszuhalten, sie ging hinüber, schloss die Wohnzimmertür und schaltete das Radio ein, es kamen Nachrichten. Die Rede war vom Schulbeginn am Montag. Tonje war Lehrerin, dann würde sie wohl nach den langen Sommerferien wieder anfangen zu arbeiten, und ihr acht Jahre altes Kind würde in die dritte Klasse kommen.

Sie schaute aus dem Fenster, dann ging sie hinaus und setzte sich an den Tisch. Seltsam, dass sie den nie benutzt hatten, aber Ragnar war ja nicht gern draußen, wenn die Mücken schwärmten. Nun hatte sie das Gefühl, das hier sei ihr Platz.

Die Sonne hatte sich hinter die Bäume verzogen, der Hofplatz war gefüllt mit Farben und Lichtflecken von der Sonne, die sich durch die Baumwipfel drängte, das Geräusch des Radios sickerte durch die offene Tür, ein Stück von ABBA wurde gespielt, das, mit dem sie den Grand Prix gewonnen hatten. Sie atmete ein und atmete langsam aus, sie musste ihn fragen, ob es Jungen oder Mädchen waren oder beides, und wie sie hießen, damit sie ein wenig vorbereitet wäre, wenn sie bei Tonje an der Tür klingelte. Sie fragte sich, ob sie Ragnar einer Frem-

105

den überlassen hätte, als er fünf oder acht gewesen war, aber alles war jetzt anders, und alle mochten Kinder, niemand schlug Kinder, *fast niemand* jedenfalls. Die Leute hatten Kinder gern, und sie selbst auch. Sie merkte, dass sie sich ein bisschen freute. Wenn sie nachts nur schliefen, aber mit fünf und acht protestierten sie wohl nicht mehr, wenn Schlafenszeit war.

Jarmannsjordet. Das war eine schöne Gegend.

In der Hütte

»Kann ich den Wagen nehmen? Ich muss in den Laden.«

Sie hatte geträumt, sie sei bei der Arbeit, und sie fuhr im Bett auf, als er zur Tür hereinschaute und fragte.

»Wie spät ist es?«, fragte sie zurück.

»Halb zehn, ich gehe davon aus, dass der Laden um neun öffnet«, sagte er und schlug die Augen nieder, sie trug ihren BH nicht.

»Ich glaube schon. Ja, um neun«, sagte sie.

»Die Autoschlüssel?«

»Die … die liegen auf dem Vordersitz.«

Boje zuckte unter der Decke am Fußende, es war unglaublich, dass er diese Hitze ertrug, er hatte doch auch noch sein Fell.

Er hatte nicht gefragt, ob sie etwas brauchte, aber sie würde später am Tag ja in die Stadt fahren, sie würde in einem Vierparteienhaus in Jarmannsjordet Kinder hüten. Und er wollte für sich und diese Tonje einkaufen. Er kaufte nicht oft Lebensmittel ein, sie war gespannt darauf, was er mit heimbringen würde. Zwei Hauptmahlzeiten, Brot und Aufschnitt, Knabbereien und Getränke, sie fragte sich, ob er den Überblick hatte, was er brauchen würde, denn morgen hätte er kein Auto, er musste also für das ganze Wochenende einkaufen. Und was würde er kochen? Er hatte doch noch nie gekocht. Ihres Wissens jedenfalls nicht.

Als sie das Auto losfahren hörte, stand sie ganz schnell auf, lief nur in Unterhose nach unten und nahm ein Handtuch mit zur Dusche. Sie überprüfte die Wassertemperatur, es war ganz schön kalt, sie rannte zurück ins Haus und schaltete den kleinen elektrischen Wasserkocher ein, sie hatte am Vorabend vergessen, den großen Kessel auf 1 zu stellen. Sie kippte den Inhalt des Wasserkochers in den Tank und schüttelte den ein wenig, ein großer Unterschied war nicht zu bemerken, sie füllte den Wasserkocher ein weiteres Mal. Jetzt war es erträglich.

Es tat so gut, in der Morgensonne zu stehen und mit fast kaltem Wasser zu duschen. Sie wollte ziemlich früh losfahren, um vor Jarmannsjordet noch zu Hause vorbeischauen zu können. Um sich einen BH zu holen, der nicht stach, und um nach Blumen und Post zu sehen.

Sie saß draußen, als er zurückkam, saß da mit einem Becher Kaffee und dachte, dass er sicher Wodka trinken würde, wenn sie gefahren wäre, er würde es sonst nicht aushalten zu warten, bis diese Tonje so gegen acht Uhr abends auftauchte.

Er hob vier volle Einkaufstüten aus dem Wagen.

»Hast du daran gedacht, dass wir keinen Kühlschrank haben?«, fragte sie und lächelte.

»Wir haben keinen Kühlschrank?«

»Der ist seit vorigem Jahr defekt, und ich habe keinen neuen gekauft.«

»Wieso nicht? Scheiße«, sagte er und trug die Tüten zur Hütte.

»Nimm einfach das Moor, wenn etwas dabei ist, das ...«

»Das verdreckte Moor?«, fragte er aus der Küche.

»Wickel einen Müllsack darum, unter der Anrichte liegt eine Rolle, im Regalfach neben dem Herd.«

Sie ging ins Haus. Er hatte alle Einkäufe auf der kleinen Anrichte verteilt und betrachtete sie nun. Sie analysierte für einen Moment den Haufen von Lebensmitteln, an einem Tag würde es Tacos geben und Pizza am nächsten.

»Das Gemüse hält sich. Du brauchst nur Hack und Pizzateig und saure Sahne und die Schinkenstücke ins Moor zu legen. Leg einfach einen Stein unten auf den Sack. Da liegt auch so ein grüner Fäustling zum Festbinden, wenn du willst.«

»Und Bier und Limo«, sagte er.

»Limo und Bier kannst du in eine Bütte mit kaltem Wasser legen, stell die dann draußen in den Schatten.«

»Ja, gute Idee«, sagte er.

Er erwiderte ihren Blick, als er das sagte, und lächelte, ein Lächeln, das seine Augen erreichte, und sie dachte, das sei die erste Belohnung dafür, dass sie keinen neuen Kühlschrank gekauft hatte, das hier sei die erste Belohnung für alles, *dieses Lächeln zu bekommen …*

»Ich kann das für dich erledigen«, sagte sie.

»Nicht doch, das mach ich schon.«

Sie fuhr gegen zwölf. Der Zettel lag auf dem Beifahrersitz. Tonje Wigsø, Jarmannsjordet 14. Und die Kinder waren Selma, 8, und Simen, 5, oder vielleicht auch umgekehrt, er war ein bisschen unsicher gewesen. Sie hatte auch Tonjes Mobilnummer bekommen. Er stand voller Besitzerstolz vor der Hütte, sie lächelte. Hier würde er in acht Stunden seine Liebste empfangen, das war ein witziger Gedanke, er würde sicher ausgiebig erklären, wie er diese Hütte entdeckt hatte, und wie sie renovieren und dies und das ausbauen würden.

Und sie war Großmutter geworden. Vielleicht. Sie hatte ihn nicht ausfragen können. Über diesen Vater in Chicago. Möglicherweise gab es ja eine Großmutter väterlicherseits.

Sie drückte zweimal auf die Hupe in der Mitte des Lenkrads, er winkte. Sie fühlte sich stark. Sie hatte sogar Wimperntusche aufgetragen.

Zu Hause

In den zehn Tagen hatte sie den Lärm und das Chaos in der Stadt total vergessen, alles, was sich von rechts und von links hereinbewegte, Staub und Gerüche, die Menschen, die gingen und rannten und redeten und riefen, Kinder und Erwachsene, Lastwagen und Personenwagen in allen Farben, ihre Augen kochten und ihr Schädel drohte zu bersten, es bohrte und stach in ihren Ohren, da sie die Autofenster auf vollen Durchzug stellen musste, sie hatte vergessen, wie es in der Stadt war, in nur zehn Tagen, war das möglich? Am Armaturenbrett konnte sie sehen, dass es 23 Grad im Schatten hatte.

Unterwegs war ihr eingefallen, dass sie vielleicht auch sein Zimmer zu Hause putzen könnte, jetzt, da er nicht da war. Es wäre zu schaffen, sie würde das Bett frisch beziehen, die Mülltonnen mit den leeren Pizzakartons füllen. Und sie würde eine der Rechnungen von der Darlehenskasse über Wasserdampf öffnen, das hatte sie sich geschworen.

Bis sie vor dem schmalen Reihenhaus hielt, war sie absolut im selben Modus wie vor zehn Tagen, als sie es verlassen hatte, aufgewühlt und gestresst, die zehn Hüttentage lagen hinter ihr, aber sie hatte auch dort keine Ruhe gefunden, mit Ausnahme des halben Tages, an dem er weg gewesen war, und nicht einmal an diesen halben Tag konnte sie sich noch erinnern.

Die Petunien in dem Krug, der oben auf der Treppe stand, waren braun und verwelkt, doch das spielte keine Rolle, Petunien kosteten sieben Kronen pro Stück, und sie wollte lieber die haben, die Ähnlichkeit mit Heidekraut hatten, so spät im Jahr, wie es jetzt war.

Der Briefkasten quoll über vor Werbung, die richtige Post wurde im Postamt gesammelt, aber Werbung wurde ausgetragen, obwohl sie einen Aufkleber auf dem Briefkasten hatte, der besagte, dass sie keine wollte, sicher waren es Aushilfen, die kein Norwegisch verstanden. Das dachte sie, und es war eine Erleichterung, sie merkte, dass es eine Erleichterung war, so schnell wieder in sich selbst Fuß gefasst zu haben.

Sie riss die ganze Post aus dem Briefkasten, sah sie kurz durch und warf alles in den Papiercontainer, der ein Stück vom Haus entfernt stand. Dort lagen nur wenige Zeitungen, also waren die meisten anderen aus den Reihenhäusern ebenfalls verreist. Sie ging die Treppe hoch und schloss die Haustür auf, sog den vertrauten Zuhausegeruch ein, harsch, muffig und warm, blieb einen Moment in der halbdunklen Diele stehen, tat so, als wäre der Urlaub zu Ende, als müsste sie morgen wieder zur Arbeit und zwanzig Liter braune Soße kochen, stellte sich dann vor, dass ihr noch zehn Tage blieben und dass Ragnar mit Tonje und den Kindern verreist war, sodass sie machen konnte, was sie wollte, sie konnte an den Knöpfen abzählen, ob sie hier sein wollte oder in der Hütte.

Sie lief in die Küche und öffnete die Fenster, dann ins Wohnzimmer, wo sie die Verandatür aufmachte, und die schmale Treppe hoch in den ersten Stock, wo sie die Fenster aufriss, zuerst in ihrem eigenen Zimmer, dann in Ragnars. In seinem Zimmer öffnete sie die Vorhänge und drehte sich um, *großer Gott, wie sieht das denn aus,* sie schaute auf ihre Armbanduhr, *doch, Zeit genug,* dachte sie und schnappte sich einen der Briefe von der Darlehenskasse.

112

Unten in der Küche füllte sie den Kaffeekessel mit heißem Wasser aus dem Hahn, und nach einer Weile hielt sie den Umschlag vor die Tülle. Das hier war offenbar kein Klebstoff, der mit Speichel oder Wasser angefeuchtet wurde, aber sie konnte den Umschlag trotzdem öffnen, da der Klebstoff dünn und faserig wurde. Sie zog das Schreiben hinaus, er hatte Schulden in Höhe von 88 520 Kronen, da er sich im vergangenen Jahr nicht für ein neues Fach angemeldet hatte, dort stand, er habe Sozialanthropologie studiert. Sie holte sich das Telefon aus ihrer Handtasche und googelte, sie kannte den Namen dieses Faches bestenfalls vom Hörensagen.

Sozialanthropologie ist die Wissenschaft von Kultur und Gesellschaft. Was macht uns Menschen so unterschiedlich? Und was sind unsere Gemeinsamkeiten? Gebrauche deine Gedanken! Studiere Sozialanthropologie! Engagiertes Studium. Hervorragende Forschung.

Mehr mochte sie nicht lesen, sie faltete den Brief an den gefalzten Stellen zusammen und schob ihn wieder in den Umschlag, nie im Leben hatte er jemals so etwas studiert, das war natürlich nur ein Vorwand, um sich ein Darlehen zu erschleichen. Was ging eigentlich in seinem Kopf vor, wie stellte er sich das Leben vor? Es war nicht zu fassen.

Sie setzte sich an den Küchentisch. Wie hatte *sie* sich das Leben vorgestellt? Aber sie war eine Frau, er war ein Mann, das war etwas anderes, ein Mann musste sich *ein Leben vorstellen*. Das hatte sie nicht getan. Nicht, nachdem sie Sigvald kennengelernt hatte. Doch, sie hatte sich das Leben *zusammen* mit Sigvald vorgestellt, das hatte sie. Ehe er sich mit diesen elenden Asylbewerbern einließ.

Sie fuhr mit den Handflächen über den Tisch, strich hin und her, jetzt saß sie hier allein, Sigvald war tot, und Ragnar war in der Hütte, alle Fenster in ihrem kleinen Haus waren aufgerissen, sie legte die Hände an die Wangen und presste sie zusammen, auf der Straße draußen ertönte eine Fahrradklingel. Was sollte aus ihr werden, was hatte sie denn, wofür sie leben konnte?

Sie trug den Staubsauger ins Obergeschoss, riss die Bettwäsche herunter und hängte die Decke aus dem Fenster, die Kissen legte sie darauf. Sie sammelte Bettwäsche und steife T-Shirts ein, die zwischen Wand und Matratze eingeklemmt waren, und lehnte das Bett an die Wand, wie sie es auch in der Hütte getan hatte, aber hier kamen nur Wollmäuse und einige ungleiche Socken zum Vorschein. Sie würde keinen Kochwaschgang schaffen, ehe sie weitermusste, deshalb ging sie nach unten und hängte die Bettwäsche in der Waschecke an einen Haken, dann holte sie saubere Bettwäsche, warf sie oben im Gang über das Geländer und machte sich schließlich mit dem Staubsauger ans Werk. Es war leichter, wenn jemand ein iPhone hatte, das schon. Keine Zeitschriften oder Bücher oder andere Dinge, die Unordnung machten.

Nach dem Staubsaugen füllte sie einen Eimer mit gutem grünen Seifenwasser. Ehe sie mit dem Boden anfing, tunkte sie einen Lappen in das noch saubere Wasser und wischte damit über den Schreibtisch und den Fernseher und die Fensterbank und alle anderen Oberflächen. Danach ging es *klatsch* nach unten mit dem Wischlappen. *Schreibtisch,* dachte sie, *wozu braucht der denn einen Schreibtisch?*

Der Schweiß troff, sie merkte, wie es hinten an ihren Beinen kitzelte, von den Oberschenkeln bis zu den Waden, merkte, wie es in den Augen brannte, aber wie oft hatte sie schon die

Möglichkeit, sich sein Zimmer richtig vorzunehmen, das war jeden Schweißtropfen wert. Als alles sauber roch, ging sie in die Dusche, zog auf dem Weg zu dem verlockenden Duschkopf alle Kleider aus. Erst ließ sie kaltes Wasser laufen, hüttenkalt, dann drehte sie die Temperatur hoch und schrubbte sich die Kopfhaut mit Shampoo und den Körper mit Duschseife, die dort seit über zehn Tagen hing und auf sie gewartet hatte. Plötzlich dachte sie an die Uhrzeit. Sie öffnete das Duschkabinett und griff nach ihrer Armbanduhr, es war fast Viertel nach vier, sie musste sich beeilen.

Nachdem sie alle Fenster geschlossen hatte, blieb sie einige Sekunden dicht vor der Tür stehen, genauso wie bei ihrer Ankunft.

Jetzt würde sie gehen.

Es roch besser als bei ihrer Ankunft. Sie hatte nicht im Kühlschrank nachgesehen, wie es darin aussah, sicher lag dort etwas, das sie vergessen hatte. Aber sie musste weiter. Sie starrte zu Boden, fummelte am Hausschlüssel herum, drehte ihn zwischen den Fingern. Müsste sie nicht etwas mitbringen, etwas für die Kinder? Es war Freitag, eine Fremde würde kommen, um auf sie aufzupassen, sie musste definitiv etwas mitbringen, aber es war Viertel vor fünf, sie konnte höchstens an einer Tankstelle halten. Wie schön es wäre, einfach hierzubleiben. Aber dann müsste sie das Telefon ausschalten und sich mit einer Schlaftablette hinlegen, höchstwahrscheinlich mit zweien. Es wäre ohnehin nur ein Aufschub, großer Gott, er würde so wütend werden! Und außerdem, auf der Herfahrt hatte sie sich doch gefreut. Zu dieser Freude wollte sie zurückkehren. Selma und Simen warteten auf sie.

In Jarmannsjordet

Es war nicht umgekehrt. Selma war die Ältere, sie öffnete die Tür und erwiderte ihren Blick offen und direkt.

»Bist du die Babysitterin?«

»Ja«, sagte sie. »Ich heiße Jonetta.«

»Jonetta? Ach. Das ist aber ein komischer Name.«

Selma ließ die Tür los und ging zurück in die Wohnung. Jonetta bekam die Tür zu fassen, ehe sie zufiel, und trat ein.

»Da bist du ja, Ragnars Mutter.«

Sie drehte sich um, Tonje lächelte sie an, als sie aus einer kleinen Toilette in der Diele kam.

»Genau, ich bin das, Jonetta. Und der Bus geht um sechs. Da wartet jemand sehnsüchtig auf dich«, sagte sie und lächelte.

Was wusste sie denn schon, ob er wartete oder trank, bis er kotzen musste, oder ob er sich freute oder was auch immer, vielleicht alles auf einmal, er hatte ja nicht einmal den Überblick über die Kinder, welches älter war, er hatte nur geraten, war er ihnen überhaupt schon begegnet?

»Schon komisch«, sagte Tonje und ging in den Raum, der sich als Küche entpuppte. Jonetta ging langsam hinterher.

»Komisch?«

»Dass du einfach so zum Babysitten herkommst.«

»So komisch ist das doch nicht. Schließlich besuchst du meinen Sohn.«

»Aber trotzdem. Du kennst die Kinder ja gar nicht und … was werdet ihr denn unternehmen?«

»Das entscheiden wir gemeinsam. Und sie haben doch sicher Freunde in der Nachbarschaft und einen Spielplatz in der Nähe.«

Tonje zeigte auf ein Blatt Papier an der Kühlschranktür. *Nachbarschaft* stand oben mit rotem Filzstift, darunter waren Vornamen samt Mobilnummern aufgelistet.

»Das sind die Namen ihrer Freunde hier in der Gegend. Ruf einfach irgendwo an, wenn du jemanden brauchst.«

Jonetta nickte, während Tonje redete, und schaute die Liste an, bis ihr ihre Einkaufstüte einfiel, die sie nun hochhielt.

»Ich hab ihnen etwas Süßes mitgebracht, für heute Abend«, sagte sie.

Die Einkaufstüte knisterte.

Tonje stützte sich auf den Küchentisch, erwiderte ihren Blick und hielt ihn fest. Es war seltsam, Jonetta hielt sonst nie einem Blick stand, nicht einmal bei der Arbeit, aber dieser hier kam ihr nicht gefährlich vor. Sie behielt eine Art Lächeln im Gesicht, während Tonje sie ansah, und am Ende schaute Tonje weg.

»Ja, ja«, sagte Tonje. »Dann fahr ich wohl mal. SELMA! SIMEN!«

Sie kamen langsam in die Küche, in Shorts und mit nackten Füßen, der Junge mit einem großen Pflaster auf dem einen Knie, es sah ganz frisch aus. Sie sahen sie beide nicht an, sie sahen nur ihre Mutter an.

»Kriegen wir das jetzt?«, fragte der Junge.

»Noch nicht«, sagte Tonje. »Das entscheidet … Jonetta.«

Der Junge schaute sie an, sie lächelte.

»Es liegt hier oben im Schrank«, sagte Tonje und zeigte es für Jonetta, es waren zwei von diesen rosa Tüten, die immer bei den Süßigkeiten zum selbst Zusammenstellen lagen.

»Und das an einem Freitag«, sagte Jonetta und lächelte.

117

»Gibt es hier im Haus also *Freitagssüßigkeiten?* Und was ist mit dem Samstag?«

»Das muss reichen«, sagte Selma. »Wir teilen uns das ein.«

»Ich hab auch etwas mitgebracht. Das bewahren wir dann für morgen auf«, sagte Jonetta.

»Nein«, sagte der Junge und starrte die Einkaufstüte an, die sie berührt hatte, während sie sprach. Die lag jetzt neben dem Herd, er stürzte sich fast darauf, aber seine Mutter griff ein und legte die Tüte in ein Regalfach über der Dunstabzugshaube. *Das ist aber unpraktisch,* dachte Jonetta. *Ein Regalfach über dem Dunstabzug, da sammelt sich doch sicher viel Bratenfett.* Aber sonst lag nicht viel in dem Fach.

»Das alles entscheidet Jonetta, jetzt passt sie auf euch auf, und ihr hört darauf, was sie sagt. Dann gibt's bestimmt Süßigkeiten.«

Selma drehte sich um und ging zurück in den Raum, der wohl das Wohnzimmer war. Simen folgte ihr auf dem Fuße. Tonje flüsterte: »Das sind wirklich brave Kinder, sehr brav, und sie schlafen immer gleich ein, wenn du ihnen vorher etwas vorliest.«

»Beide gleichzeitig?«

»Ja, sie schlafen in meinem Bett, wenn jemand zum Babysitten hier ist, ich habe für dich das Bett in Simens Zimmer bezogen«, sagte sie in normaler Lautstärke. »Das ist nie ein Problem bei ihnen«, fügte sie hinzu.

»Wann gehen sie denn schlafen?«

»Freitags und samstags schlafen sie ungefähr gleichzeitig ein, so zwischen halb neun und neun, sie schlafen sofort ein, nachdem du vorgelesen hast, und das Buch, das wir gerade lesen, liegt auf dem Nachttisch. Dann bin ich also mal weg.«

Sie blieb stehen und sah Tonje durch das Küchenfenster, wie sie eine kleine Reisetasche auf ihrem Fahrrad befestigte und sich dann auf den Weg zum Busbahnhof machte. Die tief stehende Sonne schien ihr auf den Rücken, als sie losstrampelte und Tempo gewann.

Erst jetzt atmete Jonetta durch und schaute sich im Haus um. Aus dem Wohnzimmer hörte sie den Fernseher, sie schaute durch die Tür, da saßen die beiden. Selma warf ihr einen blitzschnellen Blick zu.

»Ich mach mich nur ein bisschen frisch. Dann gibt es … Freitagssüßigkeiten zum Kinderfernsehen um sechs!«

Selma nickte ernst und zerstreut und schaute wieder den Bildschirm an, Simens Blick hatte ihn gar nicht erst losgelassen. War das so fantastisch? Sie machte einen Schritt ins Wohnzimmer, um selbst nachzusehen, blieb stehen und betrachtete ein chaotisches, buntes Gewirbel mit schreienden Stimmen und Geräuscheffekten, sie sah wieder die Kinder an, die saßen bewegungslos da, total passiv nahmen sie einfach alles in sich auf.

»Was seht ihr da?«

»Disney Channel«, sagte Selma. »Wir schauen nicht so oft Kinderfernsehen.«

»Doch, ich wohl«, sagte Simen.

»Dann schauen wir das heute ein bisschen«, sagte Selma.

»Gut«, sagte Jonetta. Sie sah auf ihre Armbanduhr, es war Viertel vor sechs. Wenn der Bus losfuhr, war Zeit für das Kinderfernsehen.

In Jarmannsjordet

Es war eine ziemlich chaotische Wohnung, aber überraschend sauber. Sie fand das frisch bezogene Bett, dachte, dass es wirklich Simens Zimmer war, denn von der Decke über dem Bett hingen Lego-Figuren, zwei Autos und ein kleiner Hubschrauber, sie glaubte nicht, dass ein Mädchen wie Selma sich einen Hubschrauber übers Bett hängen würde.

Hinter sich hörte sie die Geräusche des Fernsehers, sie ging ins Badezimmer und stellte ihre Tasche auf den Boden. Chaotisch, aber sauber, sie hatten vielleicht eine Putzhilfe, die nur putzte, aber niemals aufräumte? Es gab dieses Badezimmer und außerdem die Toilette in der Diele.

Hier konnte sie die Zahnbürsten der Kinder sehen, dunkelblau und rosa, und eine Zahnpastatube mit dem Bild eines Seeräubers. Sie blieb stehen und atmete, ein und aus, ein und aus.

Da war sie also. Verantwortlich für zwei Kinder. Sie war für kein Kind mehr verantwortlich gewesen, seit Ragnar klein war, aber das Witzige war, dass alle Erinnerungen aktiviert wurden. Absolut alle. Sie hatte das Gefühl, sich in ein Bewusstsein zu versenken, das zwanzig Jahre zurücklag, aber sich doch auch gleich in ihren Fingerspitzen, hinter der Stirn, eigentlich im ganzen Leib befand.

»Fünf Minuten bis zum Kinderfernsehen, jetzt gibt es Süßes«, sagte sie in der Wohnzimmertür.

»JA!«, riefen die Kinder wie aus einem Mund und kamen in die Küche gestürzt. Sie hoben die Hände und sahen sie an. Wie plötzlich die sich verändern konnten. Passiv dasitzen und einen Bildschirm anglotzen, und im nächsten Moment aufspringen und rufen und mit Armen und Beinen fuchteln.

Sie stemmte die Hände auf die Knie, beugte sich vor und fragte: »Hat das Kinderfernsehen schon angefangen?«

»Das fängt jetzt an. Her mit den Süßigkeiten!«, sagte Simen.

Sie zog die rosa Tüten aus dem Regalfach und ließ sie den Kindern in die Arme gleiten.

Selma fiel ihre Tüte auf den Boden, die ging auf, Selma fing an, die Süßigkeiten zusammenzufegen, aber dann brach sie in Tränen aus.

»Was ist denn, Selma? Das sind deine Süßigkeiten, nicht weinen, du, warum weinst du? Hier, warte mal, ich hol dir einen Teller, da kannst du sie reinlegen.«

»Nein, ich will die aus der Tüte. Und ich will Mama.«

»Du willst Mama? Aber ich bin zum Babysitten hier, weißt du. Mama ist … Mama ist bei meinem Sohn.«

Selma hob das Gesicht zu ihr, ihre Wimpern klebten aneinander, aber das konnte keine Wimperntusche sein, sie war erst acht.

»Dein Sohn? Wieso?«, fragte sie.

»Mein Junge, so, wie Simen der Sohn deiner Mutter ist.«

»Warum ist Mama denn bei dem? Muss Mama babysitten?«

»Nein, Ragnar ist erwachsen.«

Das war wohl etwas übertrieben, dachte sie, aber sie begriff gleichzeitig, dass Söhne in Selmas Welt immer Kinder waren.

»Erwachsen, so wie Mama?«, fragte Simen.

»Heißt er Ragnar?«, fragte Selma.

»Ja, aber ich glaube, jetzt hat das Kinderfernsehen angefangen«, sagte sie.

121

Sie sah die beiden an, jetzt saßen sie ebenso passiv da wie vorhin, nachdem sie den Inhalt der Tüten verglichen und diskutiert hatten, was sie heute essen und was sie für morgen aufbewahren wollten. Selma hatte Simen zugeflüstert: »Aber von *der* kriegen wir doch auch noch Süßigkeiten.«

Sie ging ins Wohnzimmer und setzte sich zu den beiden. Aber ohne sie zu berühren, sie kannte die Kinder ja noch nicht. Und sie hatten Ragnar offenbar noch nicht kennengelernt, sie waren woanders gewesen, als er zu Besuch gekommen war. Sie richtete ihren Blick auf den Bildschirm und roch einfach an der Wohnung, alle Wohnungen rochen unterschiedlich, das war seltsam. Man konnte putzen, sodass es nach Seife roch, aber das war dann nur ein zusätzlicher Geruch, der nach einer Weile verschwand. Danach war wieder deutlich, wie die Wohnung *eigentlich* roch. Und hier roch es süß. Wie Karamell oder Dessertcreme oder etwas anderes Süßes, Essbares. Es war unmöglich herauszufinden, woher dieser Geruch kam, denn er war eine Mischung aus allem und allen, die sich in der Wohnung oder im Haus befanden. Sie erinnerte sich an ein Mädchen aus ihrer Klasse, sie waren für kurze Zeit Freundinnen gewesen, die andere durfte bei ihr übernachten. Als sie kam, hatte die Mutter ihr Bettwäsche mitgegeben, und die roch wie die ganze Wohnung dieser Menschen, ein bisschen spitz und gelb. Es war kein schlimmer Geruch, aber er war spitz und gelb, und so roch keine andere Wohnung.

»Möchtest du?«, fragte Simen und hielt ihr die Tüte hin.

»Ja, danke«, sagte sie überrascht und steckte die Hand hinein, während ihr Blick zugleich versuchte, sich zu orientieren. Sie nahm sich ein Geleedings, das an einem Ende braun war.

»Coladrops«, sagte Simen mit erwachsenem Nicken.

»Was hast du mit deinem Knie gemacht?«

»Bin draußen die Treppe runtergefallen. Heute.«

»Da hast du geweint.«

»Ja«, sagte er und sah sie ganz schnell an.

»Tut das jetzt weh?«

»Nicht so schlimm«, sagte er.

»Jetzt kommt *Shaun das Schaf*«, sagte Selma.

In Jarmannsjordet

Sie merkte, dass sie ebenfalls müde war. Gegen acht hatte sie Lust, Ragnar anzurufen, ließ es aber sein. Ragnar oder Tonje konnten schließlich auch anrufen, sie war hier die Babysitterin, sie arbeitete und leistete etwas, während die beiden einfach ... lebten.

»Vielleicht möchtet ihr baden, ehe ihr ins Bett geht?«

Sie schauten weg vom Bildschirm und sie an, sie waren jetzt wieder bei Disney, da lief wohl rund um die Uhr Kinderfernsehen, vermutete sie, und es gab auch nichts, was sie selbst sehen wollte, sie war so daran gewöhnt, dass Ragnar die Fernbedienung kontrollierte.

»Baden?«, fragte Selma. »Geht das?«

»Ob das geht?«, fragte sie. »Ich hab da doch eine Badewanne gesehen.«

Sie zeigte in Richtung Badezimmer.

»Das funktioniert nicht«, sagte Simen. »Die ist verstopft. Total dicht. Mama hat Stricknadeln reingestochen und alles. Um das Verstopfte aufzustochern, aber das ging nicht. Das Wasser fließt nur unheimlich langsam ab.«

Selma nickte.

»Mama will eine Saugglocke kaufen.«

»So eine habe ich auch«, sagte sie. »Ich habe eine zu Hause.«

»Wirklich?«, fragte Simen.

»Und damit kannst du die Badewanne in Ordnung bringen?«

Jonetta nickte.

»Wir können die morgen holen«, sagte sie. »Wenn wir einkaufen fahren.«

»Ist Mama dann nicht wieder da?«

»Nein, Mama ist in meiner Hütte, wo Ragnar ist«, sagte sie.

»Wo wohnst du denn?«, fragte Selma.

»Ein Stück von hier entfernt.«

In einer etwas billigeren Gegend, hätte sie hinzufügen können, aber das hier waren Kinder, die hatten keine Vorstellung von Status.

»Dann können wir heute baden, und dann lassen wir das Wasser morgen ablaufen, wenn wir die Glocke geholt haben«, sagte Simen.

»Gute Idee«, sagte sie. »Ja, so machen wir das.«

Und plötzlich war Fernsehen nicht mehr angesagt. Die beiden hatten ihre Tüten ins Bücherregal gelegt, jede an eine besondere Stelle, um sich erinnern zu können, wem welche gehörte. Danach rannten sie ins Bad, mit zuckersüßen Sprüngen, sie folgte ihnen. Selma nahm ihre Zahnbürste und reichte Simen die andere und spritzte auf beide einen kleinen Klecks Seeräuberzahnpasta.

»Wir putzen uns immer zuerst die Zähne, weil wir das nachher vergessen«, sagte sie.

»Aber wollt ihr nicht zuerst zu Abend essen?«

»Wir haben schon gegessen«, sagte Simen.

»Aber doch nicht zu Abend.«

»Nein, zu Mittag. Vorhin«, sagte er.

»Vorhin?«

»Bevor du gekommen bist.«

»Was habt ihr denn gegessen?«

»Würstchen. Mit Brot. Oder Kartoffelfladen. Ich ess gern Kartoffelfladen«, sagte Selma.

»Ihr esst also kein Freitagstaco?«

»Doch. Wenn Mama zu Hause ist«, sagte Selma. »Aber heute wollte sie ja weg, und da …«

»Vielleicht können wir morgen Samstagstaco essen, wir drei?«

»Ja!«

»Aber ich bin um kurz nach fünf gekommen, und wenn ihr gebadet habt, ist es eigentlich schon viele Stunden her, dass ihr Würstchen gegessen habt«, sagte sie.

»Ja …«

»Also schlage ich vor, wir legen die Zahnbürsten auf den Waschbeckenrand, und dann gehen wir in die Küche und suchen euch erst mal etwas zu essen.«

Sie öffnete den Kühlschrank und starrte ins Chaos. Wie oft öffnete sie fremde Kühlschränke? In der Kantine hatte alles seinen festen Platz, aber hier war alles aufeinandergetürmt. Sie schaute sich um und entdeckte eine Brottrommel.

»Was habt ihr am liebsten auf dem Brot?«

»Schmierkäse mit Bacon«, sagte Simen.

»Marmelade«, sagte Selma.

»Ich auch Marmelade«, sagte Simen.

Die Marmelade befand sich in einer Art Spitzflasche, sie hob die Flasche hoch.

»So was hier?«

»Ja!«

»Und das Polarbrot liegt da drin«, sagte Simen und deutete auf die Brottrommel.

»Und dazu trinken wir Milch«, sagte Selma und kletterte auf einen Barhocker an der Kücheninsel. Simen kletterte auf den daneben.

»Türkise Milch«, fügte Selma hinzu. »Die rote nimmt

Mama in den Kaffee. Und Simen hat sie getrunken, als er klein war.«

»Aber jetzt will ich türkise Milch, so wie Selma ihre.«

Zwanzig Jahre schienen sich in Luft aufgelöst zu haben, unter den Teppich gekehrt, mithilfe der Saugglocke im Abfluss weggespült worden zu sein. Sie schmierte Polarbrot, füllte Milchgläser und sah sich in der Küche um. Die Kühlschranktür war bedeckt von Zetteln und Bildern und Kinderzeichnungen, neben Listen von Spielkameraden und den Mobilnummern der Eltern.

»Isst dein Junge auch gern Polarbrot?«, fragte Simen.

»Ja, allerdings«, sagte sie und dachte, wie kindisch er ihr vorkam, weil er unbedingt Polarbrot haben wollte und kein normales Brot. Sie versuchte, sich zu erinnern, ob welches in der Küche auf der Anrichte gelegen hatte, als er seine Einkaufstüten ausräumte. Vermutlich.

»Und dabei ist er doch erwachsen«, sagte Selma und grinste. Doch, sie grinste wirklich.

In Jarmannsjordet

Die Fernbedienung war ganz anders, als sie es gewohnt war, anders als die zu Hause und die in der Hütte, aber sie fand den Knopf zum Ausschalten. Sie wussten nicht, wer Ragnar war. Er war hier gewesen, das glaubte sie, aber offenbar erst, nachdem die beiden ins Bett gegangen waren, oder sie hatten woanders übernachtet. Sie blieb im Wohnzimmer sitzen und lauschte der Stille, schnupperte an der Wohnung, es war seltsam, dass nur wenige Wände weiter zwei Kinder schliefen, zwei reizende Kinder, dachte sie, die mich umarmt haben. Die beiden hatten selbst die Initiative ergriffen, als sie nach dem Vorlesen das *Dschungelbuch* zugeklappt hatte und die beiden müde und frisch gebadet gewesen waren.

»Gute Nacht«, hatte Selma gesagt und die Arme nach ihr ausgestreckt.

»Gute Nacht«, hatte Simen gesagt, gleich darauf, auch mit ausgestreckten Armen.

Sie rochen nicht wie die Wohnung, sie rochen nach weichem Kind, frischem Mensch, frisch gewaschenem kleinen Körper, aber sie wusste, dass auch dieser Geruch in die Ganzheit von Gerüchen eingehen würde, die diese Wohnung ausmachten, das wusste sie einfach. Sie räusperte sich und legte die Hände aneinander, schaute auf die Armbanduhr.

Die zeigte kurz nach halb zehn. Sie sah auf ihrem Telefon nach, das war noch immer lautlos gestellt, es gab keine entgangenen Anrufe, sie schloss die Augen, sah vor sich Ragnar und

Tonje in der Hütte, er hatte sicher alle Teelichte angezündet, die sie am Morgen, ehe sie gefahren war, in Halter und Teetassen gelegt hatte. Denn sie hatte die Teelichte nicht weggeworfen, obwohl sie selbst niemals welche anzündete, sie hatte sie sorgfältig aufgehoben. Sie hoffte, dass er die Streichhölzer gefunden hatte, die lagen doch in …

Nein, sie brachte es nicht über sich, an diese Dinge zu denken. Und ihr fiel ein, dass Tonje ihre Mobilnummer sicher nicht hatte, also müsste sie Ragnar fragen, und er würde nur antworten, an einen Anruf brauche sie gar nicht erst zu denken, seine Mutter habe alles im Griff.

Das glaubte er bestimmt. Dass sie alles im Griff hatte. Und das hatte sie ja wohl auch.

»Das habe ich doch wohl auch. Oder nicht?«, flüsterte sie.

Und Boje, was machte der? Sie hätte ihn mitnehmen müssen. So liebe Kinder, es wäre überhaupt kein Problem gewesen, Boje hier zu haben. Wenn sie nicht allergisch waren, natürlich nur, doch, natürlich waren sie allergisch, das hatte sie gelesen, dass absolut alle Kinder heutzutage allergisch waren, sie hatte nicht lesen mögen, weshalb, Ragnar war nie gegen irgendetwas allergisch gewesen.

Sie ließ sich auf dem Sofa zurücksinken und kümmerte sich nicht mehr um die Fernbedienung, sie hörte Schritte in der Wohnung darüber, rasche und zielstrebige Schritte. Sie hätte gern die Wohnung erforscht, wie sie es früher getan hatte, wenn sie als Jugendliche zum Babysitten gewesen war, aber jetzt schliefen sie, und sie konnte sich nicht aufraffen aufzustehen. Sie hatte die Verantwortung für zwei Kinder, und sie hatte die beiden vorhin erst abgetrocknet, nachdem sie eine ganze Weile auf dem Toilettendeckel gesessen und zugesehen hatte, wie sie in der Badewanne herumtollten, sich gegenseitig mit Wasser bespritzten, nasse Haare bekamen und strahlend sauber wurden. Der bloße Gedanke an diese kleinen Körper, daran, nützlich zu sein, für sie die Erwachsene zu sein, gab ihr ein Gefühl von Zufriedenheit, einen lebensbejahenden Drang vorwärts, in die Nacht hinein, danach, zu lauschen, ob die beiden weinten, in den Morgen hinein, mit allem, was sie dann vorhatten. Beim bloßen Gedanken daran stand sie vom Sofa auf, sie war bestimmt nicht müde, sie wollte nach ihnen schauen und sich davon überzeugen, dass sie schliefen.

Sie lagen eng aneinandergeschmiegt in Tonjes großem Bett. Es war kein Doppelbett, sondern eine breite Matratze, mindestens eins sechzig, so eine müsste sie sich auch anschaffen, ihr Bett war neunzig Zentimeter breit, wie auch das von Ragnar, das Bett zu Hause und das in der Hütte. Warum hatte sie daran noch nicht gedacht, dass man ein gutes Bett brauchte, selbst, wenn man allein schlief. Es war zwar nicht so, dass sie aus dem Bett fiel, aber trotzdem.

Simen hatte den Daumen im Mund und lag auf der Seite, hinter Selmas Schulter. Selma lag auf dem Rücken. Wie schnell die beiden eingeschlafen waren, sie hatten einfach die Augen geschlossen und waren in ihren Träumen verschwunden, voller Vertrauen. Sie selbst brauchte ab und zu eine Schlaftablette, und dabei war sie so viel älter, mit einem Körper, der leichter müde wurde. Aber sie mussten ja wachsen, deshalb schliefen Kinder so viel, sie mussten wachsen und sich entwickeln. Nicht zuletzt ihr Gehirn musste sich entwickeln, das entschied über den Schlaf.

Sie öffnete lautlos den Nachttisch. Es gab hier nur einen. Darin war ein bisschen Unordnung, dann lagen dort eine Abendtasche, einige Lutschtabletten und eine halbe Rolle Küchenpapier. Sie nahm die Abendtasche heraus und öffnete sie, sah eine Parfümprobe, einen Ohrring, ein Feuerzeug, und in einem kleinen Seitenfach mit Reißverschluss ein Kondom. Sie legte alles zurück und schaute sich um. Es war ein ganz normales Zimmer, zwei dunkelgraue Wände, zwei weiße, ziemlich nichtssagende Bilder an den Wänden, solche, die man eine Sekunde, nachdem man sie gesehen hat, schon wieder vergisst. Keine Bücher außer dem *Dschungelbuch*, keine Zeitschriften, offenbar lieferte auch hier das iPhone die Unterhaltung. Sie überlegte, ob am nächsten Morgen wohl eine Zeitung vor der Tür liegen würde, aller Wahrscheinlichkeit nach nicht.

Sie ließ das Lämpchen unten auf dem Boden brennen, so, wie Selma es ihr gesagt hatte, und zog leise die Tür hinter sich zu. Im Badezimmer packte sie das viel zu große T-Shirt aus, das sie als Nachthemd mitgenommen hatte, zog sich aus und streifte es über. Es war zu früh, um schon schlafen zu gehen, oder vielleicht nicht? Es war kurz nach zehn.

Sie sah das Badewasser an, aller Schaum war jetzt verschwunden, hatte eine Art Belag hinterlassen, die Blasen schienen zerplatzt zu sein, und die Überreste klebten aneinander. Das Wasser war ein wenig gesunken, der Abschluss war wirklich dicht. Sie zog ihre Zahnbürste hervor, es war nicht zu früh zum Schlafengehen. Kinder wachten sehr früh auf, fiel ihr ein, und dann wollte sie in Form sein. So gut in Form wie möglich.

In Jarmannsjordet

Um halb sieben nahm sie neben sich eine Bewegung wahr, es war Simen. Er schmiegte sich an sie, sie schob ihm den Arm unter den Kopf, und er schob sich den Daumen in den Mund. Er blieb eine ganze Weile mit geschlossenen Augen liegen, und sie lag nur da und spürte den kleinen Körper neben sich, warm und frisch erwacht, sie könnte so tun, als sei es Ragnar, und das tat sie dann.

Alles stimmte. Auch Ragnar hatte noch am Daumen gelutscht, als er schon längst zur Schule ging, aber niemals, wenn jemand zusah, nicht einmal der Vater, denn Sigvald hatte einmal zu ihm gesagt, sie wusste nicht mehr, wann, dass nur Babys am Daumen lutschen. Sie konnte noch immer Ragnars Augen vor sich sehen, als der Vater das gesagt hatte, er hatte den Daumen aus dem Mund gezogen, den Blick gesenkt, die Hände in den Schoß gelegt und dabei seinen feuchten Daumen angesehen. Den feuchten, leicht geröteten Daumen. Sie hatte zu Sigvald gesagt, er dürfe so etwas nicht zu Ragnar sagen, das sei nicht richtig. Ich sage es, wenn es wahr ist, hatte Sigvald nur geantwortet. Ragnar hatte es wohl nicht so wichtig genommen, was sein Vater gesagt hatte, hatte nur dafür gesorgt, dass sein Vater es nicht mehr sah.

Es war so still im Schlafzimmer, dass sie auch das Geräusch des Daumenlutschens hören konnte, ein leises und rundes Glucksen. Es wäre zu schön, wenn Ragnar sein Papa wäre, nicht irgendein Trottel, der sich nach Chicago abgesetzt hatte, das war ja wohl ohnehin ein Ami, dachte sie.

»Hast du ein iPad?«

»Was?«

»Hast du …«

»Nein«, sagte sie. »Warum fragst du?«

»Dann könnte ich Disney kucken.«

»Ach so. Aber ich habe ein iPhone.«

»Kann ich das mal haben?«

»Aber sicher.«

Sie tastete auf dem Fußboden herum, bis sie die glatte Kälte des iPhones gefunden hatte, warf einen kurzen Blick darauf, bisher keine Anrufe in Abwesenheit, keine SMS, dann reichte sie es Simen, nachdem sie es mit dem Code entsichert hatte.

Er drückte eilig darauf herum, und nun waren laute Stimmen zu hören.

»Nein, nein, ich will nicht bei dir sein! Ich will zurück zur Erde und alles in Ordnung bringen, was ich zurückgelassen habe! Das kannst du gleich vergessen, du kommst mit mir!«

Er drehte ganz schnell leiser, so leise, dass sie es kaum noch hören konnte. Danach war sie wohl eingeschlafen, denn als Selma angeschlichen kam, war es fast acht. Selma legte sich auf die andere Seite, mit Jonettas anderem Arm unter ihrem Kopf.

So lag Tonje jeden Tag hier. Was für ein Reichtum. Sie hoffte so sehr, dass Tonje sich darüber im Klaren war. Sie blieb still und mit geschlossenen Augen auf dem Rücken liegen. Nicht einmal der Atem der Kinder roch jetzt nach irgendetwas, alles an ihnen war sauber. Und das Bett war sicher eins zwanzig breit, das hier war Simens Bett. Sie würde zu Hause ihre eigenen Betten sofort auf FINN.no anbieten und sich breitere zulegen.

»Heute machen wir uns einen schönen Tag«, flüsterte sie.

»Mm«, sagte Selma.

Simen war in Disney vertieft.

»Das sagt Mama am Wochenende auch immer«, sagte Selma.

»Wirklich?«

»Soll ich dir zeigen, was ich für die Schule am Montag gekriegt habe?«, fragte Selma plötzlich und richtete sich auf den Ellbogen auf, dann sprang sie aus dem Bett. Gleich darauf kam sie zurück, mit einer Jeansjacke mit rosa Strass an den Ärmeln und auf dem Rücken.

»Ist die nicht schön?«

»Doch, sehr. Wirklich schön.«

»Kann ich die nicht schon heute anziehen?«

»Nein, natürlich nicht. Neue Schulkleidung muss bis zum ersten Schultag aufbewahrt werden, alles andere bringt Unglück.«

»Unglück?«, fragte Simen und drehte ihr sein Gesicht zu.

»Na ja, kein echtes Unglück, aber alles Mögliche kann ein bisschen schiefgehen, man kann schlechte Noten kriegen und so ...«

»Ich hab keine schlechten Noten«, sagte er.

»Ich auch nicht«, sagte Selma.

»Aber neue Schulkleidung ist für den ersten Schultag reserviert. Großes Pfadfinderehrenwort«, sagte sie und hörte es sich genau so sagen, wie sie es zu Ragnar gesagt hatte.

Großes Pfadfinderehrenwort und zehn Messer ins Herz, wenn ich lüge.

Dann hatte er immer begriffen, dass es eben so sein musste. Wie sie gesagt hatte.

In diesem Moment fiel ihr ein, was *er* gesagt hatte, als die Klappe aufging und Sigvalds Sarg hineingesaugt wurde, um sie herum wurden Lieder gesungen, Orgelmusik ertönte, und dennoch erinnerte sie sich an Ragnars Stimme neben sich, die flüsterte. Großes Pfadfinderehrenwort und zehn Messer ins Herz.

Sie setzte sich im Bett auf, die Kinder kullerten von ihr weg. Simen ließ das iPhone fallen, bekam es jedoch rasch wieder zu fassen. Sie rieb sich die Augen, sie wollte das vergessen. Zusammen mit dem Rest der Beisetzung. Einige Sekunden lang blieb sie sitzen und erinnerte sich an alles, sie erinnerte sich an alles. Aber das konnte sie absolut nicht ertragen.

»Jetzt fängt der Tag an«, sagte sie und ging zum Badezimmer.

In Jarmannsjordet

Auf der Türmatte lag eine Zeitung.

»Das ist ja nicht schlecht«, sagte sie in der Küche.

»Was denn?«, fragte Selma.

Selma und Simen saßen vor ihren Müslischüsseln, ein kleiner Fernseher an der Wand zeigte einen Zeichentrickfilm, die Lautstärke war heruntergedreht.

»Dass es hier eine Morgenzeitung gibt.«

»Geschenk von Oma«, sagte Selma.

»Ach? Das ist aber nett von ihr.«

»Mama sagt, sie braucht keine.«

Sie hätte die Kinder gern über diese Oma ausgehorcht, über Tonje und über die Oma, aber das ging nicht, ihnen könnte schließlich zu Ohren kommen, dass diese Jonetta nach allem Möglichen gefragt und nachgebohrt hatte.

»Das denkt sie sicher«, sagte sie nur.

»Oma sagt, sie soll nicht alles glauben, was sie in ihrem Handy liest«, sagte Selma.

»Und da hat sie ja recht. Da stehen so viele seltsame Dinge, ich schaue die mir fast nie an, ich finde so eine richtige Zeitung viel besser.«

»Das findet Oma auch«, sagte Selma und ließ ihren Blick wieder zum Bildschirm wandern.

Es gab eine kleine Kaffeemaschine, so eine, die furchtbaren Krach machte, aber sie war schnell, im Frühstücksraum in der Kantine hatten sie fast das gleiche Modell, obwohl sie sich eigentlich ihren Kaffee von der großen holen konnten. Sie liebte den guten Kaffee aus diesen lärmenden Maschinen. Da sie die Kinder nicht nach Mutter und Großmutter ausfragen konnte, beschloss sie, ihnen etwas über ihr Leben zu erzählen. Das könnte sie öffnen, auf eine natürliche Weise. *Clever,* dachte sie, und sie hörte die Toilettenspülung einen Stock höher. Sie hatte noch nie unter anderen Leuten gewohnt, es war komisch, fast aufdringlich. Sie fragte sich, ob die da oben von den Geräuschen hier unten genauso viel mitbekamen.

»Wer wohnt denn hier über euch?«, fragte sie, und Selma löste ihren Blick vom Bildschirm. Sie musste an Ragnar in diesem Alter denken, er hatte immer Cornflakes zum Frühstück gegessen und dabei *Daffy* oder *Das Phantom* gelesen. Diese Comics hatten dann durch Milchspritzer zusammengeklebte Seiten.

»Nur ein Mann«, sagte Selma. »Ein großer Mann mit Bart.«

»Eben war er jedenfalls auf dem Klo.«

Selma grinste.

»Der geht dauernd aufs Klo. Auch ganz früh.«

»Wenn er keine Kinder hat, ist er doch eigentlich ganz schön früh auf, um halb neun am Samstagmorgen.«

»Der geht danach sicher wieder ins Bett«, sagte Selma.

Draußen schien die Sonne, sie öffnete die Verandatür, die Kaffeemaschine lärmte weiter vor sich hin. Der Garten war ungepflegt, aber gemütlich, er gehörte sicher nicht zu Tonjes Wohnung, da das hier ja ein Vierparteienhaus war. Sie schaute hoch, die beiden Wohnungen im ersten Stock hatten Balkone und waren vielleicht billiger. Der Garten schien aber doch Tonjes zu sein, neben einem Beet lagen ein Frisbee und einige Gartengeräte, der Rasen hätte gemäht werden müssen, das könnte sie später am Tag erledigen. Zwischen diesem Gartenanteil und dem der anderen Wohnung im Erdgeschoss stand eine hohe Hecke, so hoch, dass es unmöglich war hinüberzuschauen, sie hatte von dort auch nichts gehört, sie teilten wohl kaum eine Wand, bis auf die eine in Selmas Zimmer. Sie konnte eigentlich gar nicht verstehen, warum sie das alles so genau beobachtete.

Mein Leben ist zu leer, dachte sie.

Das Leben war zu leer.

Es war so leer, dass es bis zum Bersten damit gefüllt werden konnte, Babysitterin in Jarmannsjordet zu sein. Ihr Leben war der trostlose Kantinenjob. Und Ragnar.

»Ich arbeite in einer Kantine«, sagte sie zu den Kindern, während sie Kleider für die beiden heraussuchte.

»Was ist das?«, fragte Simen.

»Das ist ein Saal, wo alle essen, während sie bei der Arbeit sind. Sie essen da am späten Vormittag etwas. Und zu Mittag. Und vielleicht treffen sie sich in der Kantine, zu Kaffee und einem leckeren Stück Kuchen. Um sechs Uhr machen wir dann zu. Danach gibt es nichts mehr zu essen. Dann gibt es nur die Automaten.«

»Solche, wo man Geld gewinnen kann?«, fragte Simen.

»Nein, die kosten Geld, und dann kommt ein belegtes Knäckebrot heraus oder ein Schokoriegel«, sagte sie und lächelte. »Und aus einem anderen Automaten bekommt man Kaffee oder Tee oder heißen Kakao.«

»Aber dann bist du schon nach Hause gegangen«, sagte Simen. »Die, die da arbeiten, auch?«

»Ja«, sagte sie, und in diesem Moment klingelte es.

»Das ist Oscar!«, sagte Simen und stürzte los.

Selma wollte einen rosa Rock anziehen, in dem so etwas

138

wie Shorts eingenäht waren, und ein grünes T-Shirt mit rosa Verzierungen auf der Brust. Die Kleider hatte Tonje im Badezimmer bereitgelegt. Am Vorabend hatte Jonetta nur einen kurzen Blick darauf geworfen. Simen war über alle Berge in seinen Shorts und einem T-Shirt. Was, wenn Winter gewesen wäre? Die Welt war so anders, je nachdem, ob Winter oder Sommer war.

Sie setzte sich mit ihrem Kaffee und der Zeitung hin. Der Kaffee war kalt geworden, aber er schmeckte gut. Es war Samstag. Ein langer Samstag, der mit den Kindern gefüllt werden sollte. Sie atmete durch die Nase ein und durch den offenen Mund aus und legte dabei den Kopf in den Nacken. Sie fühlte sich wohl. Aber es hatte nicht geklappt, von sich und ihrer Arbeit zu erzählen, in der Hoffnung, dann etwas über die Berufe von Mama und Oma zu erfahren.

In Jarmannsjordet

Gegen elf rief sie die beiden zu sich.

Noch nie hatte sie Zeitung und Wochenendbeilage so gründlich gelesen. Es tat gut, hier zu sitzen, mit dem leise laufenden Radio, der offenen Verandatür, den Kinderstimmen draußen in der Sonne. Alles schien durch ihren Körper zu ziehen, in grünen und gelben Farben, sie musste beide Hände auf die Kücheninsel stützen und sich erheben und langsam unter die Dusche gehen. Sie war nicht müde, das war es nicht, sie war nur wunderbar dösig und entspannt.

»Muss deine Mama am Montag auch wieder arbeiten?«, fragte sie Selma, während sie mit dem Rücken zu ihr in der Küche stand. Selma kam mit Schuhen an den Füßen hereingelaufen, sie selbst spülte gerade die Müslischüsseln vom Frühstück.

»Fahren wir jetzt zu dir nach Hause und holen die Glocke? Weil du doch angerufen hast?«, fragte Selma.

»Die Saugglocke, ja, ich habe auch Oscars Eltern angerufen, aber Simen ist noch nicht wieder da.«

»Der kommt sicher bald. Ich habe Durst.«

Sie hatte nur ein Kind bekommen. Und nur einen Mann gehabt.

»Hier hast du Wasser. Oder möchtest du lieber Milch?«

»Nein. Nicht, wenn ich Durst habe.«

Sie blieb stehen und betrachtete die geschlossenen Augen,

während Selma trank, trank und trank, bis das Glas leer war. Dann öffnete Selma die Augen und reichte ihr das leere Glas.

Da war Simen.

»Das Pflaster ist abgefallen.«

Er weinte, glaubte sie, aber es war schwer zu entscheiden. *Lieber Gott,* dachte sie, *mach, dass er nicht so einer ist, der sich nicht traut zu weinen, er ist doch erst fünf!*

Er legte den Kopf in den Nacken und heulte los.

Danke, Gott, dachte sie.

»Mach dir keine Sorgen, ich hole dir sofort ein neues«, sagte sie. »Ich hab die Dose im Badezimmer gesehen.«

»Mama fängt erst in einer Woche an«, sagte Selma. »Ihre Schule fängt erst so spät an.«

»Jetzt fahren wir zu mir nach Hause und holen die Saugglocke.«

»Wir nehmen immer den Bus«, sagte Simen.

»Das brauchen wir nicht, wo ich doch das Auto habe«, sagte sie.

»Oma hat auch ein Auto, ein altes. Ungefähr so eins wie du«, sagte Selma.

Sie öffnete die Türen.

»Aber in Omas sitze ich auf einem Kissen, und Simen hat einen Kindersitz.«

»Großer Gott, daran habe ich nicht gedacht«, sagte sie.

»Ist es denn weit?«, fragte Selma.

»Ja, ein bisschen. Ein bisschen weit.«

Sie blieb stehen und schaute sich um, überlegte, entdeckte ein Auto, das anhielt, ein Stück weiter die Straße hinunter, zwei Kinder sprangen heraus, gefolgt von einem langsameren Papa. Nein, sie wagte nicht zu fragen, nie im Leben würde sie es schaffen, so einen Sitz zu befestigen, und dann würde sie etwas zum Dank kaufen müssen, eine Schachtel Pralinen oder so etwas, nein, das konnte sie gleich vergessen.

»Wir holen noch ein paar Kissen, die könnt ihr euch unter den Po schieben.«

Sie hätte die Kissen, die sie unter Ragnars Kopf gestopft hatte, nicht wegwerfen dürfen.

Der Hausschlüssel machte Schwierigkeiten, sie stocherte damit im Schlüsselloch herum, drehte ihn in beide Richtungen.

»Ich glaube, das geht andersrum«, sagte Selma schließlich. »Und dann musst du gleichzeitig an der Klinke ziehen.«

Jedes Kind bekam zwei Kissen, beide saßen auf der Rückbank. Simen hatte den Sicherheitsgurt trotzdem unter dem Kinn und über dem Bauch sitzen.

»Halt den so fest«, sagte sie und zog den Gurt weiter nach unten.

»Oma will, dass Mama Auto fahren lernt«, sagte Selma.

»Das ist ganz normal, also, Auto zu fahren«, sagte sie.

»Kann dein Junge das?«

»Ragnar? Ja, der kann das.«

»Mama hat es probiert. Aber sie hat es nicht geschafft, und es war so teuer.«

»Ja, das kostet einiges«, sagte sie. »Aber den Bus nehmen geht doch auch gut.«

»Oma nervt dauernd damit«, sagte Selma und schaute aus dem Autofenster, Jonetta sah sie im Rückspiegel, sie sah viel älter aus als acht Jahre, sie sah wirklich aus, als ob sie Wimperntusche benutzte, ihre Wimpern waren so dunkel.

»Und sie ist übers Wochenende verreist?«, fragte sie.

»Ist sie verreist?«, fragte Selma und drehte sich wieder nach vorn.

»Ja … ich glaube schon.«

»Warum glaubst du das?«

»Weil … Ragnar hat das gesagt.«

»Sicher ist sie mit ihrem Freund zusammen.«

Sie wagte nicht mehr zu fragen. Drehte den Spiegel und überzeugte sich davon, dass Simen sich an den Sicherheitsgurt klammerte.

»Bald sind wir da«, sagte sie.

Zu Hause

»Sollen wir mit reinkommen?«, fragte Simen.

»Von mir aus gern.«

Sie liefen ins Haus.

»Hier ist es aber DUNKEL!«

»Das liegt daran, dass ich gerade in der Hütte wohne, da, wo Ragnar ist. Dann ist hier alles leer.«

»Und du hast Ferien von der Kantine!«, rief Simen. »Oh, du hast ja auch eine *Treppe!*«

Er rannte mehrmals die Treppe rauf und runter, dann fing er an zu niesen. Er nieste vier-, fünfmal, dann fragte Selma: »Sind hier sonst Tiere?«

»Ja, ein Hund«, sagte sie, als sie mit der Saugglocke in der Hand aus dem Badezimmer kam.

»Simen ist allergisch. So sieht das also aus.«

»Ja. Und ich glaube, das wird die Sache mit der Badewanne lösen.«

»Er ist allergisch gegen Hunde und Katzen und ein bisschen gegen Gras. Und gegen allerlei Blumen.«

»Ich wollte ja eigentlich heute bei euch den Rasen mähen.«

»Dann muss Simen eine Tablette nehmen.«

»Weißt du, wo Mama die aufbewahrt?«

»Klar, die sind im Badezimmer«, sagte Selma.

Sie stellte die Saugglocke neben die Tür und ging hinter den Kindern her ins Wohnzimmer.

»Ein bisschen wie Omas Wohnzimmer«, sagte Selma.

»Ach?«

»Aber die hat jede Menge Pflanzen auf der Fensterbank.«

»Das habe ich auch, aber jetzt stehen sie in der Badewanne, damit sie nicht vertrocknen, wenn ich in der Hütte bin. Ich hab sie gestern gegossen.«

Selma schwenkte die Arme, sah sich alles an, Jonetta folgte ihrem Blick, sah, dass der an den Büchern haften blieb.

»Liest du gern, Selma?«

»Ich weiß nicht. Mama liest uns vor. Und in der Schule … das ist doch in der Schule.«

»Ich habe keine Kinderbücher. Leider. Vielleicht hat Ragnar welche in seinem Zimmer.«

»Wohnt der hier?«

»Ja.«

»Hast du nicht gesagt, dass er erwachsen ist?«

»Das ist er.«

»Warum wohnt er dann bei dir zu Hause?«

»Na ja, das ist sicher, weil … weil …«

»Was arbeitet er denn?«

»Im Moment arbeitet er gar nicht.«

»Deshalb also. Wohnt er hier«, sagte Selma.

»Das kann sein«, sagte sie und schaute sich rasch um, suchte nach einem Thema, ging zur Verandatür und öffnete sie und sagte: »Hier müsste ich wohl auch mal Rasen mähen.«

»Mama findet es bestimmt nicht gut, dass er nicht arbeitet. Sie findet es bestimmt auch nicht gut, dass er bei dir zu Hause wohnt.«

Sie sah Selma forschend ins Gesicht. Aber es war unmöglich, da etwas zu lesen.

»Aber das hat sie doch gewusst«, sagte sie schließlich. »Ehe sie zu ihm in die Hütte gefahren ist. Er wollte gestern Tacos machen und heute Pizza.«

145

»Taco, Taco, Taco«, rief Simen und nieste wieder.

»Das ist nicht gesagt, dass sie das gewusst hat«, sagte Selma. »Ich hab ihn noch nie gesehen.«

Jonetta blieb unschlüssig stehen, versuchte, den Zusammenhang in Selmas Worten zu verstehen, und kam zu dem Schluss, dass Ragnar und Tonje sich erst ganz kurz kannten, deshalb wusste sie das womöglich nicht so genau, vielleicht über eins dieser neuen Onlineforen, Tinder.

»Hast du nichts Leckeres?«, fragte Simen und ging in die Küche.

»Ich weiß nicht … doch, ich hab Karamellbonbons«, sagte sie und öffnete eine Schublade. Simen beugte sich sofort über den Rand.

Sie öffnete die Bonbontüte und gab ihm drei, dann bekam Selma auch drei, und sie legte die Tüte wieder in die Schublade. Die Küche kam ihr leer vor. Unbewohnt. Sie sah sich um, es lag sicher daran, dass es so ordentlich war. Aber es roch auch anders, nicht wie sonst, Wände und Decke rochen, sie konnte den Holzgeruch wahrnehmen. Das hatte bestimmt damit zu tun, dass hier jetzt nicht gekocht wurde. Essen hinterließ einen unglaublich starken Geruch in einem Raum und in einem Haus.

»Hast du Limo?«, fragte Simen.

»Nerv nicht so«, sagte Selma.

»Ich weiß nicht genau«, sagte sie und öffnete den Kühlschrank.

Die Fächer waren ziemlich leer, und nichts roch faul, nicht nach nur zwei Wochen, auch wenn der Käse jetzt grüne Kissen aufwies, sie nahm ihn heraus, um ihn wegzuwerfen, zusammen mit zwei geöffneten Milchkartons und einer Packung Sahne. Sie zog eine leere Plastiktüte für den Abfall aus dem Schrank unter dem Spülbecken.

»Ich habe keine Limo, aber wir können welche kaufen«, sagte sie.

»Und jetzt fahren wir, glaube ich, zum Laden.«

Selma sah sie an und sagte: »Ja.«

Im Laden

»Wartet mal kurz«, sagte sie, als sie vor dem Kiwi-Supermarkt hielten.

Sie drehte sich zu den beiden um.

Selma hatte schon die Finger auf dem Verschluss des Sicherheitsgurtes liegen, Simen presste sich den Gurt auf den Brustkorb.

»Dürfen wir nicht mit reinkommen?«, fragte Selma.

»Klar dürft ihr, ich weiß ja gar nicht, was man für Tacos alles braucht, ich hab so lange keine mehr gemacht.«

Sie grinste dabei, verkrampft, wie sie vermutete, und sie stellte sich vor, wie es wäre, auf dem Hofplatz am Tisch zu sitzen, mit dem tauben Boje unter dem Tisch und Ragnar über alle Berge, nichts wissend, nichts ahnend, nichts erwartend. Sie schloss für einen winzigen Moment die Augen, sah sich plötzlich von außen. Wie hatte sie einfach herkommen und die Verantwortung für diese Kinder übernehmen können? Denn die waren nicht nur Kinder, sie waren zwei individuelle Menschen, aus denen individuelle Erwachsene werden sollten. Bei Ragnar war alles so schnell gegangen, Tacos am Freitag waren eine feste Routine gewesen, als er klein war, das war jetzt lange her. Bei diesen beiden würde es genauso schnell gehen. Sie riss sich zusammen, legte die Ellbogen auf die Sitzrücken und drehte sich zu den beiden um. Natürlich freute sie sich darüber, hier sein zu können, mit diesen Kindern.

»Es ist nur, dass ... ich war schon viele Jahre nicht mehr

mit Kindern in einem Supermarkt, und damals hatte ich nur ein Kind, nämlich Ragnar, und ihr seid zwei, also bitte, seid ganz brav, okay?«

Sie wussten genau, was sie für einen Taco-Abend brauchten, sie selbst wusste das nicht. Ragnar hatte es auch gewusst, sicher hatte er im Internet recherchiert. Sie legte eine Dose Kabeljaurogen und eine Plastikpackung mit Fischklößen in den Einkaufswagen, zusammen mit einer Packung Krabben, während die Kinder, vor allem Selma, fast alles fanden, was zu Tacos gehörte, bis auf den Sauerrahm. Jonetta ging hinter Selma her, die den Wagen an einem dünnen kleinen Finger hinter sich herzog, während Jonetta lenkte.

»Hier! Hier ist das weiße …«

»Sauerrahm«, sagte Jonetta.

»Weiß auf grüner Dose mit Muster«, sagte Selma.

»An welcher Schule arbeitet deine Mutter denn?«

»Weiß nicht ganz. Simen!«

Er drehte sich um und kam auf sie zu, mit einer Kekspackung in der Hand.

»An welcher Schule arbeitet Mama?«

Simen reagierte ungeheuer heftig, aber ohne einen Laut, er fuchtelte mit den Händen und nickte und schnitt Grimassen, Selma lachte laut.

»Genau so«, sagte sie.

Jonetta begriff, von welcher Schule hier die Rede war, aber sie gab vor, das nicht sofort zu verstehen.

»Hmmm, mal überlegen … ist sie Lehrerin an der … Gehörlosenschule?«

»Jepp«, sagte Selma.

»Warum denn?«

»Weiß ich doch nicht.«

149

»Hört Oma schlecht?«

»Nein«, sagte Simen. »Kaufen wir solche Kekse?«

»Aber wir waren bei Mama bei der Arbeit und haben mit denen gesprochen, für die sie Lehrerin ist, die heulen ganz laut, aber das ist denen egal, weil die ja nichts hören«, sagte Selma.

Simen legte die Kekspackung in den Wagen. Sie erwiderte seinen Blick und nickte.

»Und so eine Tüte, in die das Fleisch kommt, und rote Soße in einem Glas«, sagte Selma.

Sie fanden alles. Jonetta erfuhr, dass Soßen und Dressings unterschiedlich scharf waren, als ob sie das nicht selbst gewusst hätte, und dass hier MILD gefordert war. Die beiden gingen ruhig neben dem Einkaufswagen her, der Laden war fast leer, jetzt, mitten am Tag, draußen schien die Sonne, und es war warm, niemand wollte einkaufen. Sie freute sich darauf, mit den Einkäufen nach Hause zu kommen, zuzusehen, wie die Kinder losliefen, während sie selbst es sich am Esstisch gemütlich machte.

»Wir haben gar keine Bücher gesucht«, sagte Selma.

»Bücher? Wie meinst du das?«, fragte sie.

»Kinderbücher bei deinem Jungen.«

»Ach ja, aber ihr habt doch sicher noch andere.«

»Mama hat alle vorgelesen. Die müssen doch irgendwie für uns beide passen.«

»Alles klar. Aber wir können Zeitschriften kaufen.«

Simen fand zwei Zeitschriften, die von einem Bären handelten, Selma wollte zwei Barbie-Hefte. Sie legte alles in den Wagen und ging zur Kasse. Alle, die sie jetzt sahen, würden sie für die Großmutter halten. Wenn Ragnar die Sache mit Tonje ernst war und sie ein Kind bekam, könnte sie so oft Großmutter sein, wie sie wollte, sie könnte die Kinder von Schule und Kindergarten abholen, könnte sie bei sich übernachten lassen oder bei ihnen in Jarmannsjordet sein. Sie könnte auch Tagesmutter für das Kleine werden, in der Kantine kündigen und als Tagesmutter anfangen, obwohl das vielleicht ein bisschen schwierig werden würde, finanziell gesehen.

»Vielleicht sollten wir Oma anrufen«, sagte Selma.

»Warum denn? Ich meine, hat sie nicht zu tun? Hast du nicht gesagt, dass sie mit ihrem Freund zusammen ist?«

»Ja, aber vielleicht möchten sie und ihr Freund zu den Tacos kommen.«

»Ja!«, sagte Simen. »Und Samstagssüßigkeiten brauchen wir auch.«

»Ihr habt noch die Hälfte von gestern«, sagte sie. »Und ich hatte euch ja auch noch was zum Naschen mitgebracht, das habt ihr noch nicht gekriegt.«

»Ja«, sagte Selma. »Du vergisst alles, Simen.«

»Vielleicht möchte Oma Samstagssüßigkeiten«, sagte Simen.

Sie nahm aus dem Regal direkt vor der Kasse einige Tüten mit unterschiedlichen Süßigkeiten, Schokoladenfiguren und Drops in Goldpapier. Eine Packung mit sechs Tafeln Keksschokolade fand sie außerdem. Großer Gott, was hatten sie jetzt viele Süßigkeiten.

»Wir können anrufen, wenn wir nach Hause kommen«, sagte sie und hoffte, dass Selma nicht kommentieren würde, dass sie *nach Hause* gesagt hatte.

»Ihre Nummer steht auf dem Kühlschrank«, sagte Selma.

»Und ich muss die Samstagszeitungen kaufen«, sagte sie.

In Jarmannsjordet

Sie hatte die Daumen gedrückt, dass Selma die Sache vergessen würde, aber vergeblich. Sie sagte es, sowie sie die Wohnung betreten hatten, mit den Tüten und den Kissen, auf denen die Kinder im Auto gesessen hatten.

»Jetzt rufen wir Oma an«, verkündete Selma.

»Ich? Oder du kannst anrufen.«

Simen hatte gleich vor dem Haus diesen Oscar getroffen und war mit ihm weitergelaufen.

»Das mach ich gern. Mit deinem Handy.«

Sie entsperrte es und reichte ihr das Telefon.

»Das ist ja fast tot«, sagte Selma.

»Ich hab das Ladegerät in der Tasche, ich lade ganz schnell ein bisschen auf, ehe du anrufst.«

Sie räumten alles in Schubladen und Kühlschrank und Anrichte ein. Selma half ihr und schaute ab und zu auf das Telefon.

»Das ist ein Expressladegerät.«

»Ist express dasselbe wie smart?«

»Nein, express ist dasselbe wie schnell oder rasch. Aber du kannst sicher telefonieren, während es noch auflädt.«

Selma war acht Jahre alt, das durfte sie nicht vergessen. Sie musste daran denken, dass Selma erst acht war.

Selma wählte die Nummer und starrte dabei die Kühlschranktür an.

»Hallo?«, sagte sie kurz darauf. »Wir haben eine Babysitterin, die Mutter von einem, der Ragnar heißt, und bei dem ist Mama gerade zu Besuch.«

Selma nickte langsam einige Male, sie selbst blätterte mit gespieltem Interesse in den Zeitungen, gab vor, hier und da etwas gründlicher zu lesen, indem sie sich mit gerunzelter Stirn vorbeugte.

»Ja«, sagte Selma. »Wir waren eben einkaufen.«

Selma nickte und hörte wieder eine Weile zu, verlagerte ihr Gewicht auf den anderen Fuß, bohrte sich zerstreut ganz vorn in einem Nasenloch, den Blick noch immer starr auf die Kühlschranktür gerichtet.

»Okay, aber dann könnt ihr nicht ...«

Sie lauschte.

»... zu uns zu Tacos kommen, das ist blöd. Ja, wir machen heute Abend nämlich Tacos, aber dann ...«

Nach kurzem Zuhören sagte sie: »dann mach's gut«, beendete das Gespräch und reichte ihr das Telefon.

»Können die nicht kommen?«

»Die sind in einer Hütte«, sagte Selma. »Besuchen irgendwen.«

Dann rannte sie los, aus der Verandatür, die noch immer offen stand, wie peinlich, sie hätte die Tür schließen müssen, ehe sie losgefahren waren, um die Saugglocke zu holen, Osteuropäer hätten einfach hereinkommen und alles mitnehmen können. Sie ging langsam hinter Selma her, unendlich erleichtert und zugleich ein bisschen enttäuscht, es wäre ... lustig gewesen, die Großmutter kennenzulernen. Ein bisschen früh vielleicht, aber trotzdem lustig.

Sie wollte draußen auf der Terrasse sitzen. Die war nicht groß, aber es war genug Platz für ein Sofa und zwei Stühle aus diesem Kunststoff, der aussah wie Korb. Ein Korbsofa und zwei Korbsessel, und darauf lagen Kissen. Auf dem Tisch standen keine Pflanzen, nur ein kleiner Aschenbecher. Sie hatte im Haus keinen Zigarettengeruch bemerkt, sie hob den Deckel vom Aschenbecher, der war auch leer, nur einige vertrocknete Kirschkerne lagen darin. Und die gläserne Tischplatte glänzte. Sie machte sich einen Kaffee und legte die Zeitungen auf den Tisch, schaltete das Radio ein und setzte sich zurecht.

Setzte sich zurecht.

Sie lächelte, denn das tat sie. *Setzte sich zurecht.* Das sagte ihre Mutter immer, wie seltsam, dass ihr das gerade jetzt einfiel. Die Mutter, sie hätte sie anrufen und erzählen müssen, wie schön sie und Ragnar es in der Hütte hatten, und sie hätte eine leere Einladung aussprechen müssen, die die Mutter ein weiteres Mal abgelehnt hätte. Die Mutter wohnte auf einer Insel in einem Fjord zusammen mit mehreren anderen Familien, die nicht auf sie verzichten konnten, der Mutter zufolge, und sie wusste nicht, ob das nicht nur Unfug und Übertreibung war, vermutlich war es das.

Sie schaute auf die Armbanduhr, als könnte die ihr erzählen, ob sie anrufen sollte oder nicht, dann hob sie den Kopf und lauschte. Von drinnen hörte sie leise Popmusik, und hier draußen die Sommergeräusche, an die sie sich jetzt fast schon gewöhnt hatte: Rasenmäher, Kinder, die weinten, Kinder, die lachten, das Klopfen eines Hammers auf Metall, eine Stimme, die rief: »*Jetzt spring doch endlich!*«, und ansonsten das leise Surren von Insekten, fliegenden und kriechenden und trägen Insekten, vor allem Hummeln, die ruckartig zwischen den Zweigen der Hecke, die die beiden Wohnungen im Erdgeschoss trennte, hin und her flogen.

Nein, sie würde bestimmt nicht anrufen. Jetzt konnte sie die Mutter ohnehin nicht in die Hütte einladen, auch wenn sie wusste, dass die Mutter Nein sagen würde. Was, wenn sie sagte: »ja, ich komme heute Nachmittag«, wie würde das denn aussehen?

Sie schaute auf die Zeitungen. Hier lagen sie.

Die Sonne brannte dermaßen, dass sich die Ecken nach oben bogen. Sie ging ins Haus und holte sich eine Tafel Keksschokolade, die sie öffnete, während sie auf die Terrasse zurückkehrte. Plötzlich fiel ihr Sigvalds Beisetzung ein. *Großes Pfadfinderehrenwort.* Und die Kirche vollgestopft mit Ausländern, die danach zu ihr gekommen waren, einer nach dem anderen, die Tränen liefen ihnen über das Gesicht, ganz anders als bei den Norwegern, sie schluchzten und gestikulierten und wiederholten die ganze Zeit, wie unersetzlich Sigvald gewesen sei, sie wusste nicht mehr, welches Wort die Männer benutzt hatten, um *unersetzlich* zu sagen, aber es war dieses Wort, das in ihrem Gehirn aufgetaucht war, in den langen Wochen nach der Beisetzung, in denen sie nur geweint und geschlafen hatte, geweint und geschlafen. *Verdammt,* hatte sie gedacht, hätte er nicht *verdammt noch mal* ein ganz normaler Anwalt sein können.

Aber nein. Das konnte er offenbar nicht. *Das hat uns vielleicht auseinandergebracht,* dachte sie. Dass er seine Ambitionen gesenkt hatte, sie jedoch nicht. Nicht ihretwegen. Sondern für ihn.

Sie fragte sich, warum ihr plötzlich das mit der Beisetzung eingefallen war, dann begriff sie, dass es daran lag, dass aus dem Kaffeebecher kein Dampf aufstieg.

Das muss doch ein Fortschritt sein, dachte sie.

155

In Jarmannsjordet

Sie saß auf der Terrasse und schaute in den Garten und auf die Hecke zu den Nachbarn, sie konnte Metallgeräusche hören, danach nahm sie den Geruch von Grillflüssigkeit wahr, sie hatte nur noch die Wochenendbeilage von *Dagbladet*, alles andere hatte sie gelesen. Sie wählte die Nummer ihrer Mutter.

»Ich bin an diesem Wochenende nicht zu Hause, deshalb lade ich dich nicht ein, ich wollte nur wissen, wie es dir geht«, sagte sie.

Der Mutter ging es bestens, sie konnte nicht begreifen, warum sie irgendwohin eingeladen werden sollte. *Irgendwohin,* so sah sie also ihre einzige Tochter, ihr einziges Kind. Der Vater war vor vielen Jahren gestorben. Als sie dann allein war, war die Mutter aufgeblüht, sie behauptete, ein reicheres soziales Leben zu führen als während ihrer Ehe. Und sie hatte eigentlich keine Zeit zum Reden, sie half gerade einem Nachbarn, ein Gerüst aufzustellen, der Nachbar wollte anstreichen.

»Okay, dann mach's gut, und nicht auf das Gerüst klettern! Du bist auch nicht mehr die Jüngste.«

Die Mutter stand schon oben auf dem Gerüst, das sei also überhaupt kein Problem, sagte sie, ehe sie das Gespräch beendete.

Sie hörte auch Stimmen, von den Nachbarn im Erdgeschoss. Und sah, dass die Balkontür im ersten Stock offen stand, ohne dass sie dort jemanden hätte sehen können. Am Grill wurde gelacht. Auch hier stand ein Grill. Sie hätte vorschlagen können zu grillen, anstelle von Tacos. Aber sie konnte auf jeden Fall hier draußen decken, sie schaute auf die Armbanduhr, es war erst zwei. Sie blickte auf ihr Telefon, sie könnte Ragnar anrufen und fragen, ob sie mit Tonje sprechen dürfte. Die hatte keine Ahnung, wie es den Kindern ging, es war doch wohl normal, dass eine Mutter das wissen wollte? Vielleicht hatte Tonje es auch satt, immer nur Mutter zu sein, dass sie sich einfach gehen ließ und alle viere von sich streckte, wenn sie plötzlich ein Wochenende frei hatte, dann trank sie zum Frühstück Wein und zum Mittagessen Wodka. Sie versuchte, sich Ragnar als Tonjes Liebhaber vorzustellen, aber dieser Gedanke war absurd. Dass er sich über etwas anderes ergießen könnte als ein verschwitztes T-Shirt, überstieg ihre Vorstellungskraft.

Der Rasenmäher lag zusammengeklappt unter der Terrasse, Gott sei Dank war es kein elektrischer, sie hatte keine Ahnung, wie die funktionierten. Zwei Spinnen krabbelten über den Griff, als sie ihn hervorzog, sie wischte sie vorsichtig hinunter. Dann ging sie ins Badezimmer, machte sich auf die Suche nach Simens Allergietabletten, fand sie. Sie schaute sich auch alles andere an, das dort stand, aber es waren keine verschreibungspflichtigen Medikamente darunter, nur Simens Tabletten. *1 Tablette bei Bedarf.* Sie fragte sich, ob Tonje wohl die Pille nahm. Oder vielleicht hatte sie eine Hormonspirale. Dann fiel ihr das Kondom in der Tasche im Nachttisch ein. Aber Kondome wurden ja derzeit so oder so benutzt, zum Schutz gegen Geschlechtskrankheiten. Ragnar hatte sicher keine Geschlechtskrankheit, woher hätte er die auch haben sollen, vom im Bett liegen und Wodka trinken und onanieren? *Ich hoffe, denen geht es gut,* dachte sie und entdeckte, dass in der Badewanne noch immer Wasser stand. Sie nahm Simens Tabletten-

157

packung und legte sie mitten auf den Küchentisch, dann holte sie die Saugglocke aus dem Auto.

Sie ging ins Badezimmer und drückte die Saugglocke auf den Abfluss, der kaum Wasser durchließ, pumpte mehrere Male hart und hörte dem Gurgeln zu, dann gab der Abfluss nach, und das Wasser lief ab. Erst jetzt fiel ihr ein, dass sie Simen versprochen hatte, er dürfe zusehen, doch nun war es zu spät. Sie war so sehr daran gewöhnt, alles allein machen zu müssen, immer. Sie dachte wieder an die Mutter, die zusammen mit dem Nachbarn ein Gerüst aufbaute. Sie hatte ihrer Mutter nie nahegestanden, ihrem Vater auch nicht. Und ihr graute vor dem Tag, wenn die Mutter so alt sein würde, dass sie sich um sie kümmern musste. Was sollte sie dann tun? Sie hoffte, dass die Mutter bei einem Unfall umkommen würde oder im Schlaf einen Herzschlag erlitt, irgendetwas, das schnell ging und im Nu vorüber wäre. Sodass sie danach nur noch ihren Nachlass durchsehen und für die Beerdigung sorgen müsste. Sie würde wohl auch etwas erben, vielleicht genug, um zu kündigen und Tagesmutter für Tonjes Kinder zu sein, die Ragnar zum Vater haben würden.

Sie stellte die Saugglocke neben die Badewanne. Sie konnte ihm immerhin zeigen, wie sie das gemacht hatte.

Es tat gut, den Rasen zu mähen, den Körper einzusetzen. Während sie damit beschäftigt war, konnte sie sich ausgiebig die Balkone im ersten Stock ansehen, niemand war zu Hause dort, wo der große Mann wohnte, sie konnte sich nicht vorstellen, dass er bei nach Süden gerichteten Fenstern und geschlossener Balkontür in der Wohnung wäre. Und als sie am Ende des Gartens angekommen war, konnte sie einen Blick durch die Hecke werfen, da tollte eine Familie mit Bällen durch die Gegend, während auf der Terrasse ein rauchender Grill stand. Sie mähte noch ein bisschen, dann rief eine Frau: »Tonje! Komm doch mit den Kindern rüber und iss mit uns!«

Sie hörte auf zu mähen, wartete.

»Tonje …?«

Ein Gesicht tauchte in der Hecke auf, genau da, wo sie eben hindurchgeschaut hatte.

»Oha. Sorry.«

»Kein Grund, sich zu entschuldigen, ich bin nur die Babysitterin«, sagte Jonetta und lächelte. »Und jetzt ist die Babysitterin auch als Gärtnerin im Dienst.«

»Aber kommen Sie doch mit den Kindern rüber.«

»Wir essen nachher Tacos, aber vielen Dank.«

»Kommen Sie einfach, wenn Sie Lust haben«, sagte das Gesicht und war verschwunden.

Sie schob den Rasenmäher unter die Terrasse, als sie fertig war. Dort lag ein Rechen, sie wandte sich um und betrachtete das Gras, das konnte erst mal da liegen und trocknen, so viel war es schließlich nicht.

In Jarmannsjordet

Lange stand sie vor den Allergietabletten und sah sie an, horchte, konnte aus der Nachbarschaft Lachen hören, und Klirren von Glas an Glas, bestimmt hatten sie einen Glastisch, an dem gegessen wurde, so einen, der zu den Korbmöbeln gehörte, glatt oben und rau unten, ein bisschen grünlich gefärbt.

Ihr T-Shirt war schweißnass, sie hatte noch zwei in ihrer Reisetasche, sie wollte noch einmal duschen und schaute auf das Thermometer am Küchenfenster, das hing im Schatten und zeigte über dreißig Grad, aber es war kein Schatten dort, nicht wirklich, nur der Rand der Markise gab gerade Schatten, sie tippte auf 24 Grad, aber das reichte.

Sie stand unter der Dusche, als sie die Kinder hereinkommen hörte, zusammen mit mehreren anderen Stimmen. Kinderstimmen.

Als sie aus dem Badezimmer kam, standen sie draußen auf der Terrasse.

»Du musst das zusammenharken«, sagte Selma. Zwei andere Mädchen standen mit ihr zusammen.

»Das ist so wenig«, sagte sie.

»Aber für Simen ist es schlimmer, wenn es so da liegt.«

»Er kann doch eine Tablette nehmen, wo ist er?«

»Im Wohnzimmer.«

Sie lief ins Wohnzimmer, und da drückte er sich in eine Zimmerecke und hatte die Hände vors Gesicht geschlagen.

»Aber Herzchen«, sagte sie und hockte sich vor ihn hin.

Fünf Jahre, und sie hatte ihn allein herumlaufen lassen. Aber das hier war doch ein geschütztes Wohngebiet, die Kinder hatten überall Freunde, sie zog ihm die Hände vom Gesicht und erwiderte seinen roten Blick, dann nieste er kräftig.

»Komm, dann kriegst du eine Tablette, die liegen in der Küche, ich hab es doch gewusst.«

Sie nahm seine Hand, und er wehrte sich nicht. Die warme kleine Jungenhand. Sie presste eine Tablette aus der knisternden Folie und ließ Wasser in ein Glas laufen, gab ihm beides, er schloss die Augen und schluckte, trank das Glas leer.

»Jetzt wird es besser«, sagte sie. »Und ich werde das Gras zusammenharken, ich habe nicht daran gedacht, weißt du. Ich bin an Allergien nicht so gewöhnt.«

Er nickte. Er sah müde aus.

»Bist du ein bisschen erschöpft?«, fragte sie und dachte zugleich daran, dass Tonje ihr nichts von Simens Allergie erzählt hatte.

Er nickte. Sie hob ihn hoch und trug ihn zum Sofa. Allergien traten jetzt so häufig auf, dass alle Kinder irgendeine hatten, sicher hatte Tonje deshalb nicht daran gedacht. Sie legte ihn aufs Sofa, ihm fielen die Augen zu.

»Bist du auch ein bisschen müde?«

Er nickte träge und langsam, sie griff zu der Sofadecke und deckte ihn bis ans Kinn damit zu.

»Zu warm«, sagte er.

Sie zog die Decke herunter bis zu den Knien, nun schloss er die Augen und war eingeschlafen. Sie blieb sitzen und sah ihn an. *Großer Gott, was, wenn hier etwas nicht stimmt, etwas überhaupt nicht stimmt,* dachte sie und richtete sich auf.

»Der schläft von der Tablette immer sofort ein«, sagte Selma.

»Ja, er schläft jetzt«, sagte sie, ging hinaus, zog den Rechen, der neben dem Rasenmäher lag, heraus und harkte das gemähte Gras zusammen, während Selma und ihre Freundinnen sich über das iPhone der einen beugten und kicherten und lachten und sich voreinander aufspielten. Selma hatte kein eigenes iPhone.

Jonetta hatte soeben geduscht und war nun wieder voller Tatendrang. So war es wohl, wenn man Babysitterin war.

»Vielleicht möchten deine Freundinnen mit uns Tacos essen?«

»Haben wir denn genug?«

»Bestimmt«, sagte sie. »Ich kann ja auch noch etwas backen.«

Tonje hatte Butter, Hefe, Milch, Zucker und Zimt, also lag die Lösung auf der Hand. Sie mischte einen Hefeteig, bedeckte ihn mit Plastikfolie und stellte ihn auf dem Wohnzimmertisch in die Sonne. Mittlerweile hatte sie alle Schränke oft genug geöffnet und geschlossen, um einen Überblick zu haben. Es war nicht mehr schwer. Jetzt wohnte sie fast hier.

»Was machst du?«

»Zimtschnecken.«

»Das passt nicht zu Tacos!«, sagte Selma.

»Nein, tut es nicht«, sagte sie. »Die gibt es als Vorspeise oder als Dessert.«

»Ach so«, sagte Selma und lief wieder hinaus.

Der dünne kleine Körper. Ganz ohne Ahnung von dem langen Leben, das vor ihr lag, von allem, was vor ihr lag. Jetzt zuerst: die Schule. Sie konnte die Mädchen darüber reden hören, sicher gingen sie in dieselbe Klasse, sie redeten laut, dann fingen sie plötzlich an zu flüstern. Die verletzlichen kleinen Körper, eingeschlossen in ihre winzigen Geheimnisse, die sie für riesengroß hielten.

»Nein, wir haben heute keine Zeit!«, rief Selma plötzlich laut, kam herein und erklärte: »Cecilia nervt, wir sollen nach nebenan in den Garten kommen, aber ich habe Nein gesagt.«

»Die Nachbarin? Der Garten hinter der Hecke?«

»Ja. Die haben große Jungs, und die sind so blöd.«

»Ich habe vorhin auch gesagt, dass wir hier essen«, sagte sie. »Das ist also in Ordnung so.«

Nun hörte sie, dass Simen im Wohnzimmer aufgewacht war.

In Jarmannsjordet

Er ging aufs Klo und fing sofort an zu weinen, laut.

»Ich wollte doch zusehen!«, schrie er, und sie wusste sofort, was er meinte.

Sie lief hinüber, und da stand er mit den Händen auf dem Badewannenrand.

»Das ging so schnell, aber ich zeig es dir, schau her!«

Sie drehte das Wasser auf und drückte die Saugglocke auf den Abfluss, sodass das Wasser darum herum stieg.

»Schau her, komm mal und halt es ganz fest, dann zeig ich es dir.«

Das tat er, und sie drückte die Glocke einige Male nach unten, wobei sie die Hand auf seine gelegt hatte, dann riss sie die Glocke hoch, und das Wasser schäumte in den Abfluss.

Er lachte laut.

»Genauso war das«, sagte sie.

»Können wir auch heute Abend baden? Jeden Abend?«

»Heute Abend könnt ihr baden, aber vielleicht nicht jeden Abend. Es kommt darauf an, wie spät es ist, und Mama muss zur Arbeit und Selma in die Schule und du in den Kindergarten.«

»Ist Mama jetzt bei deinem Jungen?«

»Ich denke schon. Sie wollten sich heute Abend eine Pizza machen.«

Sie knetete den Teig und wollte ihn auf dem Küchentisch ausrollen. Der Tisch hatte eine andere Farbe als ihrer, dieser hier war schwarz und sah aus wie Glas, oder wie Marmor, ihrer war aus weißem Hartplastik. Die Butter hatte sie vor einer Weile aus dem Kühlschrank genommen, die wurde bei dieser Hitze schnell weich. Aber sie fand keine Teigrolle. Sie durchsuchte die Schränke und entdeckte alles mögliche andere. Sie fragte auch Selma, aber die glaubte, dass nur die Großmutter eine hatte, die Mutter nicht.

Und da stand sie nun mit einem großen Glas, dem einzigen Gegenstand von gleichmäßiger Dicke, den sie finden konnte, und rollte drauflos, es dauerte viel länger als sonst, aber das spielte keine Rolle. Zeit, davon hatte sie wahrlich genug, hier jedenfalls. Simen war auf einen Stuhl geklettert und schaute ihr zu, er stemmte die Ellbogen auf die schwarze Platte, sein kleines Gesicht ruhte in der Mitte.

»Bricht das nicht kaputt?«, fragte er.

»Hoffentlich nicht«, sagte sie.

»Mama hat viele. Und jetzt ist sie bei deinem Jungen. Da kriegt sie keine ab.«

»Keine Zimtschnecken?«

»Ja«, sagte er.

»Vielleicht bleiben ja welche übrig. Wo ist denn deine andere Oma? Die eine konnte ja heute nicht herkommen, weil sie in der Hütte ist.«

»Ach so.«

Er starrte Teig und Glas an und holte Atem. Seine Augen waren nicht mehr so rot, die Tabletten hatten geholfen.

»Ich glaube, die wohnt in dem Land, wo mein Vater wohnt.«

»Amerika?«

»Mm.«

»Bist du ihr denn mal begegnet?«

Er schüttelte den Kopf und starrte noch immer das Glas und ihre Hände an, die es hin- und herrollten.

»Hat dein Junge zwei Omas?«

Nun war sie mit Kopfschütteln an der Reihe.

»Nur noch eine, die andere ist tot.«

»Genau wie bei mir und Selma«, sagte er und lächelte.

Sie nickte.

Als der Teig einigermaßen rechteckig war, bestrich sie ihn mit Butter und streute Zucker und Zimt darüber, ehe sie ihn aufrollte und in schmale Scheiben schnitt, die sie auf ein Backblech legte. Die beiden Bleche bedeckte sie mit Küchenpapier und stellte sie auf den Couchtisch, wohin die Sonne schien.

»Jetzt müssen die nur noch ein bisschen gehen.«

Simen wollte helfen, die Tacozutaten klein zu schneiden, Gurke war gut, denn dafür brauchte er kein besonders scharfes Messer. Sie zeigte ihm, wie es ging.

»So«, sagte sie und hackte.

»Das kann ich, ich mach das immer!«, sagte er und kehrte ihr die Schulter zu.

Sie fand einen Stapel kleiner Dessertteller, füllte sie mit Mais und Sauerrahm und geriebenem Käse und stellte vor Simen eine Schüssel hin. Die Kinder hatten gesagt, dass sie auch Guacamole dazu aßen, deshalb mischte sie Avocado mit feingehacktem Knoblauch und etwas Tomatenpüree, zerquetschte alles mit einer Gabel, presste eine halbe Zitrone darüber aus, die sie im Kühlschrank gefunden hatte, und salzte. Es war nicht zu scharf, und sie hatten gesagt, dass sie Knoblauch mochten. Sie legte den Avocadokern hinein, damit das Gemisch nicht schwarz würde. Guacamole hatte sie schon oft gemacht, als Dip für die Tacochips.

Eine Menge Brettchen hingen an zwei soliden Lederriemen

an der Wand, es sah aus wie der altmodische Brettchenhalter, den alle in den Achtzigerjahren gehabt hatten, war nur viel rustikaler, sie nahm eins herunter. Dann stellte sie all die kleinen Schalen darauf, bedeckte sie mit Folie und packte Tacochips und Fladen in Alufolie. Das Hack gab sie in die größte Bratpfanne, die sie finden konnte, und stellte ein halbes Glas Wasser neben den Herd, legte die Tüte mit den Tacogewürzen daneben.

»Ich habe schon lange keine Tacos mehr gemacht«, sagte sie.

Simen lächelte. »Wir kriegen die immer freitags. Nur gestern nicht.«

»Es ist ja auch nicht so schwer.«

Sie schaltete den Backofen ein und holte die Backbleche mit den Zimtschnecken aus dem Wohnzimmer.

In Jarmannsjordet

Aus drei verschiedenen Richtungen waren Rasenmähergeräusche zu hören, als sie draußen den Tisch deckte.

»Kannst du mal nachsehen gehen, wo Selma und die Mädchen stecken?«, sagte sie zu Simen, der loslief.

Nun hielten sie sicher Mittagsschlaf, Ragnar und Tonje. Sie fragte sich, ob Boje wohl verwirrt war, aber Tonje konnte sicher gut mit Hunden umgehen, junge Frauen mochten Boje eigentlich immer leiden. Doch es war seltsam, dass sie nicht anrief. Früher hätte hier ein Festnetztelefon gestanden, jetzt musste man mit dem Handy telefonieren. Sie blieb stehen und sah ihres an. Nein. Die ruhten sich jetzt aus. Sie hatten sich sicher müde getollt und auf den Sonnenuntergang hinter der Wand aus Kiefern gewartet, sie hoffte, dass Ragnar sich gut mit Mückenöl eingerieben hatte. Sie hatten im Teich gebadet, waren untergetaucht und hatten sich gegenseitig nassgespritzt, dann hatte Ragnar den Karton mit der Pizza und den mit den Schinkenstücken geholt, und Tonje hatte ihn aufgezogen, weil er keinen Kühlschrank hatte, und er hatte gesagt, er habe doch nicht gewusst, dass der Kühlschrank nicht mehr funktioniere, und seine Mutter nehme das Moor als Kühlschrank, für alles mit Ausnahme von Getränken, die wurden mit dem Gartenschlauch zusammen in die Blechbütte gelegt.

Sie konnte nur hoffen, dass er Tonje auch ihre Duschvorrichtung gezeigt hatte, aber sie waren sicher im Teich sauber geworden.

»Hat Mama angerufen?«

Das war Selma.

»Nein«, sagte sie, nahm das erste Blech mit Zimtschnecken heraus, stellte das andere hinein und drehte die Platte unter dem Hack an. »Tut sie das sonst, wenn jemand auf euch aufpasst?«

»Nein ... denn eigentlich ist sonst Doris hier, die putzt bei uns, und Mama weiß, dass alles läuft *wie geschmiert,* wenn die hier ist. Sie hat sicher vergessen, dass du nicht Doris bist.«

»Warum konnte Doris an diesem Wochenende denn nicht kommen?«

»Weil Mama gesagt hat, dass du gratis bist«, sagte Selma, »Nimm dir ruhig eine Zimtschnecke. Die sind nicht mehr so heiß.«

Sie stand über dem Hackfleisch, versuchte, es in so kleine Stücke wie möglich zu zerteilen, hackte und hackte, ein bisschen sprang aus der Bratpfanne, sie warf es wieder hinein. Na ja, dachte sie. Na ja.

Aber es musste ja nichts bedeuten.

»Selma? Du hast deine Freundinnen nicht mitgebracht«, sagte sie.

»Die wollten essen«, sagte Selma.

»Ich dachte, die würden hier essen.«

»Ja, schon, aber ...«

Selma hatte den Fernseher eingeschaltet, doch das war in Ordnung. Sie hatte von der Hitze rote Wangen, Simen lag in der Diele im Schatten auf dem Boden über einer seiner Bärenzeitschriften, der Boden war ziemlich sauber. Doris hatte dafür gesorgt, dass es sauber war.

»Wer ist diese Doris eigentlich?«, fragte sie und leerte die Tüte mit den Tacogewürzen über dem Hackfleisch aus.

»Doris? Na, die ... die ist einfach Doris«, sagte Selma.

»Wohnt sie hier?«

»Die muss den Bus nehmen«, sagte Simen aus der Diele. »Die ist Putzfrau.«

»Und Babysitterin«, sagte sie.

»Ab und zu«, sagte Selma.

»Jetzt ist das hier bald fertig«, sagte sie, nahm das andere Blech mit den Zimtschnecken aus dem Backofen und stellte Tacochips und Fladen hinein. Es sah gut aus und roch gut. Ragnar hatte das Gleiche gekauft. Vielleicht sollte sie am nächsten Freitag in der Hütte ebenfalls Tacos machen, an ihrem letzten Wochenende dort. Und vielleicht könnte sie Tonje, Selma und Simen einladen, sie könnte sie mit dem Auto abholen, oder sie könnten den Bus nehmen.

Das war ein fantastischer Plan!

Sie nahm den Topf von der Platte und drehte sich um. Selma schaute auf den Bildschirm, Simens Gesicht war über die Zeitschriften auf dem Boden gebeugt, draußen war nicht viel Licht. Das waren wunderbare Kinder. Ja, sie wollte sie gern in ihrer Familie haben. Sie nahm die Tacochips und die Fladen und ließ sie ein wenig auf der Anrichte abkühlen, ohne die Alufolie zu öffnen, dann gab sie das gebratene Hack in eine Schüssel und trug es hinaus in die Sonne.

»Essen ist fertig«, sagte sie.

»Die Badewanne ist repariert«, sagte Simen ohne Zusammenhang, als er vom Boden in der Diele aufsprang.

»Wirklich?«, fragte Selma. »Dann freut Mama sich.«

»Ich auch«, sagte Simen.

»Du hast für drei zu viel gedeckt«, sagte Selma.

»Deine Freundinnen«, sagte sie, goss Limonade in die Gläser und merkte, wie die tief stehende Sonne ihr in den Augen brannte, die Sonnenbrille lag in der Hütte. Wenn sie wenigstens im Auto wäre!

»Ich möchte noch eine Zimtschnecke«, sagte Simen.

»Nachher«, sagte sie. »Nachher kriegst du noch eine Zimtschnecke.«

In Jarmannsjordet

Als sie nach dem Essen aufräumte, stellte sie Krabben und Fischklöße ganz vorn in den Kühlschrank, um sie nicht zu vergessen. Auf der Anrichte platzierte sie die Büchse mit dem Kabeljaurogen, auch diese ziemlich weit vorn. Vielleicht würde sie sich an diesem Abend etwas zu essen machen, wenn die Kinder eingeschlafen wären, aber eigentlich glaubte sie das nicht. Die Kinder hatten gesagt, dass sie eine bestimmte Sendung sehen wollten, eine Wiederholung, wie alles andere jetzt am Ende des Sommers, aber Selma hatte die Vorschau gesehen und die Uhrzeit auf einem Zettel notiert. Es war eine Sendung mit Promis, die alle möglichen körperlichen Aufgaben erfüllen sollten, es war das Letzte, was sie sich freiwillig ansehen würde, aber Ragnar mochte solche Sendungen, er würde ein guter Partner werden, eine gute Vaterfigur. In dieser Hinsicht jedenfalls.

Sie hätte ihn zu gern angerufen. Es war Samstagabend. Egal, wie viel Wodka Tonje getrunken hatte, sie musste doch eine vage Erinnerung daran haben, dass jetzt nicht Doris hier war. Doris machte sicher zwischen den Mahlzeiten und dem Vorlesen für die Kinder ab und zu sauber, kein Wunder, dass alles hier so rein war. Sie fragte sich, ob Ragnar Tonje wohl von seiner Alkoholvergiftung erzählt hatte. Wobei es wohl keine richtige Vergiftung gewesen war, aber trotzdem. Er war wegen stark übermäßigen Alkoholkonsums beim Arzt gewesen, so war das.

Sie hörte Selma draußen auf der Veranda stöhnen und ging hinaus.

»Bist du jetzt so langsam satt?«

»Ja … aber ich glaube, einen schaffe ich noch«, sagte Selma.

»Ich auch«, sagte Simen.

Sie goss den Rest Limo in die Gläser und brachte die Flasche ins Haus. Nun klingelte es, sie öffnete die Tür, es waren zwei Freundinnen von Selma, die beiden sahen sie nicht an, murmelten nur etwas, liefen an ihr vorbei und verschwanden auf der Terrasse. Ebenso schnell kam Simen hereingestürzt.

»Die sind blöd«, sagte er.

»Das wirst du vielleicht auch sein, wenn du acht bist und bei jemandem mit einem kleinen Bruder, der fünf ist, zu Hause bist.«

Er blieb stehen und überlegte.

»Nein«, sagte er. »Das werde ich nicht.«

»Was möchtest du jetzt machen?«, fragte sie.

»Auf dem Schoß sitzen.«

»Hol deine neuen Zeitschriften, dann können wir ein bisschen darin blättern.«

Es ging um einen Bären, der mit allerlei anderen Tieren befreundet war, aber es war nicht Pu der Bär, dieser Bär schien dümmer zu sein als Pu. Simen fand es vor allem wichtig, was der Bär sagte und meinte, und er blätterte zwischen den Sprechblasen mit dem vielen Text hin und her. Text, den er natürlich nicht lesen konnte.

»Hier ist er böse. Lies das mal!«

»*Und da kommt ihr einfach und nehmt unser Werkzeug mit? Wo ich gesagt habe, dass ihr das nicht dürft?*«

»Warum tun die das denn?«, fragte Simen.

»Mal sehen … *Wir haben das doch gekauft. Es gehört hier zum Hof.*«

»Stimmt das?«

»Weiß nicht so recht. Doch, das scheint zu stimmen. Wenn sie den Hof wirklich gekauft haben. Vielleicht ist es der falsche Hof.«

»Ja! Denn das Schild dreht sich doch!«

Simen blätterte in wildem Tempo weiter.

»Da! Siehst du! Das ist so ein Schild, das sich dreht!«

»Kannst du etwas davon lesen?«

Seine weichen Haare berührten ihre Wange, sie beugte sich ein Stück weiter vor, schloss die Augen und atmete die Mischung aus Haaren, Shampoo und Sommerschweiß ein.

»Nur ein kleines bisschen.«

»Was ist denn hiermit?«, fragte sie und zeigte auf ein Okay.

»O…d.«

»Nein, das ist ein k.«

»O…k. Okee! Okay! Die einen sagen o ka. Andere sagen okeh oder okay.«

»Ja. Da hast du recht.«

Sie buchstabierten noch eine ganze Weile, aber sie wurde immer müder von den kitzelnden Haaren an ihrer Wange, den vielen Tacos und Zimtschnecken, ihre Arme lagen immer schwerer um den kleinen Jungen. Die Sonne hatte jetzt ihre Füße erreicht, die brannten. Ihr Blick fiel auf seine Arme, auch die waren rot.

»Ihr hättet euch mit Sonnencreme einreiben müssen«, sagte sie.

»Das tun wir immer«, sagte er.

»Immer?«

Sie ließ ihn von ihrem Schoß rutschen und ging hinaus zu den Mädchen.

»Hast du heute Sonnencreme benutzt?«, fragte sie Selma.

»Nein, das hab ich vergessen.«

»Dann geh ins Badezimmer und mach das jetzt.«

Sie selbst holte Creme für Simen und schmierte ihm Arme und Beine, Nacken, Ohren und Gesicht ein. Das würde helfen. Nach dem Abendbad würde sie ihnen dann eine Bodylotion auftragen. Und wenn sie eingeschlafen wären, würde sie Ragnar anrufen, ja, das würde sie. Es war einfach nur albern, dass sie nicht miteinander redeten.

In Jarmannsjordet

Sie saß am Küchentisch, ganz still. Beide Kinder schliefen im Bett der Mutter, ohne dass sie ihnen vorgelesen hatte. Sie hatten lange ferngesehen, ihre Samstagssüßigkeiten verzehrt, gebadet und sich hingelegt. Sie waren erschöpft von der Hitze, glaubte sie. Sie schaute hoch zu der Tüte mit den Süßigkeiten, die sie auf dem Weg hierher an der Tankstelle gekauft hatte, die hatten sie und die Kinder vergessen, die künstliche Pflanze verdeckte die Tüte zum Teil.

Als sie ins Badezimmer gegangen waren, hatte sie den Fernseher ausgeschaltet. Selma war beeindruckt gewesen, als Simen die Saugglocke über den Abfluss stülpte, ehe die Badewanne leer war. Er hatte losgepumpt und dann losgelassen, und es hatte wirklich ausgesehen, als ob das Wasser nun schneller in den Abfluss strömte.

Jetzt würde sie anrufen. Egal, wie sauer er dann wäre. Es war fast zehn, sie klickte seinen Namen an und hielt sich das Telefon ans Ohr, spürte ihren Puls bis in den Kehlkopf. Es klingelte zweimal, dann schaltete sich der Anrufbeantworter ein, sie wartete auf den Pfeifton.

»Hier ist nur Mama«, sagte sie. »Die nur wissen möchte, wie es euch geht. Den Kindern geht es gut, sie schlafen jetzt, bis bald also.«

Sie legte auf und atmete. Schloss die Augen und atmete. Öffnete sie wieder und schaute durch die offene Verandatür in den Garten, der Tisch war blank und leer, die Stühle standen in Reih und Glied davor. Sie gähnte laut und schob den Kiefer hin und her, er war auf irgendeine Weise erstarrt.

Tonje hieß Wigsø mit Nachnamen, sie schickte eine SMS an die Auskunft und bekam die Nummer. Sie wählte sie, ohne auch nur eine Sekunde zu überlegen, und landete direkt beim Anrufbeantworter. Und sie hatte gedacht, dass Leute mit kleinen Kindern immer witzige Texte auf den Anrufbeantworter sprachen.

»Hier ist nur die Babysitterin«, sagte sie nach dem Piepton. »Dachte nur, du willst vielleicht wissen, dass hier alles gut läuft. Bis dann.«

Sie sagte nichts über die Allergie nach dem Rasenmähen, oder dass die beiden an Armen und Beinen argen Sonnenbrand gehabt hatten, als sie schlafen gingen, sie hatte sie mit einer Bodylotion, die sie gefunden hatte, dick eingeschmiert. Die sah teuer aus. Sie selbst benutzte nur Spenol.

Sie blieb sitzen und sah ihr Telefon an. Beide hatten ihre Handys ausgeschaltet. Ragnar gleich nach den ersten Klingeltönen. Es war leicht, sich vorzustellen, was die beiden jetzt machten. Nach Pizza und Wein und Wodka. Und da konnten sie sich eben nicht die Mühe machen zu antworten.

Sie ging ins Badezimmer, holte die Saugglocke und marschierte damit zum Auto. Danach suchte sie im Lederetui ihres Telefons und fand die Rechnungen aus dem Supermarkt. Ein ansehnlicher Betrag. Und mitten in der Aufzählung: Kabeljaurogen, Krabben, Fischklöße. Nein, so ging das nicht. Wenn sie die durchstrich, würde das komisch wirken. Wenn sie es so gut durchstrich, dass es unleserlich wäre, würde es noch komischer wirken. Ihr Plan, die Rechnung unter etwas Schweres auf die Anrichte zu legen, war damit verdorben. Auch die Idee, mit *Gruß, die Gratis-Babysitterin* zu unterschreiben, taugte nichts. Sie musste versuchen, sich wieder auf die Gedanken von vorhin zu konzentrieren.

Wie waren die noch gewesen? Sie schob einen Fingernagel in den Mund. Doch, Tonje würde von Ragnar schwanger werden, und sie selbst würde Tagesmutter für das Kind werden, nach dem Tod ihrer Mutter, der ganz plötzlich eintreffen würde, sie musste dann nur noch schnell begraben werden. Aber zuerst – hatte sie nicht vorgehabt, sie alle am nächsten Wochenende in die Hütte einzuladen? Am Freitag Tacos zu machen und vielleicht Pizza am Samstag, Ragnar hatte nicht so danebengelegen, was sein Menü anging. Ihr Telefon klingelte. Sie sah rot, alles um sie herum flimmerte, sie schaute auf das Display, konnte aber nicht lesen, wer anrief, sie atmete im Takt des Klingeltons, und plötzlich konnte sie durch das Rote sehen, dass dort Ragnar stand, sie meldete sich sofort.

»Ja, hallo!«

Er fragte, ob sie gerannt sei.

»Gerannt? Nein, wieso fragst du?«

Sie wirke atemlos, sagte er.

Ja, das war seltsam, hier saß sie auf der Stuhlkante und versuchte, ihn und Tonje zu erreichen, dachte sie.

»Nein, atemlos? Das bin ich nicht. Ich wollte nur wissen, wie es bei euch aussieht, und ob … ob Tonje nicht wissen will, wie es den Kindern geht. Die schlafen jetzt übrigens.«

Die Kinder, sagte er, wieso um alles in der Welt solle Tonje das wissen wollen, die sei doch am Morgen schon nach Hause gefahren.

»Tonje ist gefahren? Nach Hause gefahren? Hierher?«

Ja, sie habe am Morgen den ersten Bus genommen, sagte er, da sei sie jetzt doch wohl zu Hause.

»Aber ich bin doch hier zu Hause. Ich meine, zu Hause bei Tonje, bei den Kindern.«

Wieso zum Teufel das denn? Wo Tonje doch wieder bei sich zu Hause sei, meinte er, warum sei sie nicht bei sich zu Hause im Reihenhaus?

Nun ging ihr auf, dass er Wodka getrunken hatte. Tonje war sicher nach einem Streit nachts oder am frühen Morgen aufgebrochen, und seither hatte er getrunken.

Aber warum war Tonje dann nicht hier?

»Tonje ist nicht nach Hause gekommen«, sagte sie. »Vielleicht ... vielleicht hat sie die Gelegenheit genutzt und eine Freundin besucht oder so, wo sie doch eine Babysitterin hat?«

Vielleicht, aber nun müsse er pissen, sagte er und legte auf.

In Jarmannsjordet

Sie lag steif auf dem Rücken in Simens Bett und lauschte.

Das hier war ein besserer Stadtteil, es gab draußen keinen Lärm von Betrunkenen, die Nachbarn feierten keine Party. *Dein Busen hängt ja nach unten,* hatte Simen gesagt, als sie sich das große T-Shirt angezogen hatte, während die Kinder badeten, sie hatte in Simens Zimmer gestanden, und er hatte sie im Badezimmerspiegel gesehen. Sie lag also in einem besseren Stadtteil. Was keine Hilfe gegen die Schlaflosigkeit war. Das zu große T-Shirt klebte zwischen ihren Brüsten an der Haut fest, da war es warm.

Die Verandatür war geschlossen und verriegelt, wie auch die Haustür. Die Kinder waren mutterlos, die Mutter war verschwunden, jetzt musste sie auf die beiden aufpassen, jetzt war sie verantwortlich. Sie hob die Beine über den Bettrand, stellte die Füße auf den Boden und blieb mit dem Kopf in der Hand sitzen, gähnte wieder, gähnte und bewegte den Kiefer hin und her. Sie konnte sicher die Großmutter anrufen, aber nicht mehr an diesem Abend. Die Großmutter war bei irgendwem in der Hütte, lebte glücklich und sorglos mit ihrem neuen Freund und dachte weder an Tochter noch an Enkelkinder. Wobei, sie hatte ja keine Ahnung, ob dieser Freund neu oder alt war. Aber da die Kinder den Freund nicht bei seinem Namen genannt hatten, ging sie davon aus, dass er neu war.

Die Schlaftabletten hatte sie in der Hütte gelassen. Sie betrat das Wohnzimmer und öffnete das, was sie für einen Barschrank hielt, aber der war mit Papieren gefüllt, sie machte ganz schnell wieder zu und schaute sich um. Hier drinnen fand sie keine logische Aufbewahrungsstätte für Getränke, aber im Kühlschrank entdeckte sie eine halbvolle Flasche Aquavit, die ihr vorher nicht aufgefallen war. Sie hätte gern Ragnar angerufen, aber wozu sollte das gut sein? Inzwischen würde er noch mehr Wodka getrunken haben. Sie goss ein wenig Aquavit in ein Wasserglas und nippte. Sie verbrannte, *verbrannte!* Wer trank puren Schnaps, Aquavit, Whisky? Das war Folter, sie hielt den Mund seitlich unter den Wasserhahn, hatte zuerst das warme aufgedreht, konnte dann aber auf kalt umstellen. Sie goss auch in das Glas ein wenig kaltes Wasser und trank in kleinen Schlucken. Gut schmeckte es nicht. Aber sie merkte, dass es half, es half gegen den Drang, zu gähnen und den Kiefer hin und her zu bewegen. Sie stellte sich vor, dass sie dampfte, dass ihr Körper dampfte, und dachte an Sigvald, fragte sich, was er getan hätte, doch der Gedanke blieb bei der Frage stecken. In den letzten Jahren hatten sie kein Zusammenleben gehabt, sie hatte keine Ahnung.

Er war ein Fremder, er blieb ein Fremder. Für sie.

Sie trank Aquavit und Wasser und weinte. Sie war allein gewesen, abgesehen von Boje, bis sie Selma und Simen kennengelernt hatte.

Diese wunderbaren Kinder, es war nicht zu begreifen, dass die Mutter sich dermaßen ausklinkte. Was sollte sie machen, wenn Tonje plötzlich kam, die Tür aufschloss, sie schaute auf die Armbanduhr, es war fast ein Uhr nachts. Sie goss den Aquavitrest ins Spülbecken und spülte auch den Geruch weg, spülte auch das Glas, trank einige Schluck Wasser und spülte sich den Mund aus, spuckte aus. Ihr Kiefer kam ihr offen vor, locker, ihr Plan war aufgegangen, sie ging langsam die Treppe hinauf. Was sollte sie tun? Sie beschloss, die Großmutter anzurufen, wenn Tonje morgen früh noch nicht zu Hause wäre. Sie ging zu den Kindern, stand da und sah sie an.

Es wäre schön gewesen, sich zusammen mit ihnen hinzulegen. Sie setzte sich auf die Bettkante und streichelte Selmas Kopf und Simens Wange, sie bewegten sich beide nicht, sie hörte ihren Atem, den Kinderatem. Aber Tonje konnte in der Nacht nach Hause kommen, es war unmöglich, sich hierhinzulegen, oder? Aber dann könnte Tonje ihre Gratis-Babysitterin doch einfach wecken oder in Simens Zimmer schlafen?

Sie ließ sich ins Bett sinken, es war Platz genug für sie, auch wenn die beiden schon dort lagen. Doch, sie würde sich ein breiteres Bett kaufen, zu Hause und für die Hütte. Nicht für Ragnar, warum um alles in der Welt sollte sie neue Betten für einen Kerl kaufen, bei dem es eine Frau höchstens einen halben Tag aushielt. Einen Kerl, der nicht einmal eine Wand streichen konnte. Einen Kerl, der Wodka trank und die leeren Flaschen unters Bett warf und der nicht einmal um Entschuldigung bat. Einen Kerl, der sich nicht dafür schämte, dass er aufgrund seines Alkoholkonsums zum Notarzt gefahren worden war. Einen Kerl, der vom Schnaps so benebelt und verhagelt war, dass er sie nicht wieder angerufen hatte, nachdem er pissen gewesen war, wo er doch gerade erfahren hatte, dass sie hier saß und *noch immer* Kinder hütete, obwohl deren Mutter ihn schon vor vielen Stunden verlassen hatte?

Sollte sie ihn vor die Tür setzen? Ihn einfach hinauswerfen, sodass er sich Arbeit suchen musste? Hatte sie ihm bisher nur Bärendienste geleistet? Natürlich hatte sie das. Natürlich.

Sie richtete sich wieder auf und setzte sich auf die Bettkante. Der Aquavit ließ sie so klar denken, ohne Zweifel. Natürlich hatte er den Respekt vor ihr verloren, wenn sie ihm alles durchgehen ließ. Schlafzimmer *unten* in der Hütte, das beste Schlafzimmer. Er musste weg. Sie lauschte, hatte ein Auto gehört, aber das fuhr weiter. Tonje würde sicher nicht mit dem Taxi kommen, aber was wusste sie denn, sie wusste oder begriff hier doch gar nichts. Außer dass Ragnar wegmusste. Sie holte Atem und hielt ihn an, ließ ihn langsam entweichen und legte sich wieder hin, erleichtert und voller Todesangst. *Aber das schaffe ich,* dachte sie.

In Jarmannsjordet

»Das schaffe ich«, sagte sie, als sie aufwachte. Beide Kinder waren wach und starrten sie an. Simen hatte den Daumen im Mund.

»Was hast du gesagt? Warum sagst du so was?«, fragte Selma.

»Wir haben noch fünf Zimtschnecken«, sagte sie.

Die beiden sahen sie an, es klang fast, als ob sie den Atem anhielten.

»Ich hab so komisch geträumt«, sagte sie.

»Warum liegst du hier?«, fragte Selma.

Sie hob die Beine aus dem Bett und blieb auf der Bettkante sitzen, eine Weile, mit geschlossenen Augen, dann raffte sie sich auf, hob den Kopf und sah ein Kind nach dem anderen an.

»Ich hab so komisch geträumt«, sagte sie.

Selma nickte, sagte: »Aber jetzt nicht mehr.«

»Nein«, sagte sie. »Jetzt bin ich hellwach.«

»Hell?«, fragte Simen.

Sie nickte und schaute auf die Armbanduhr, es war halb acht. Halb acht am Sonntagmorgen. Vielleicht war Tonje nach Hause gekommen, sie stand auf und schaute in Simens Zimmer, sein Bett war leer. Sie ging auf die Toilette und überlegte. Selma und Simen kamen und stellten sich neben dem Klo an. Warum gingen sie nicht auf das Klo unten in der Diele?

Sie kannten offenbar keine Hemmungen, sie wischte sich ab und sorgte dafür, dass ihr T-Shirt über ihren Hintern hing.

Ihre Brüste hatte Simen bereits gesehen, er hatte in seinem Leben wohl noch nicht sehr viele Brüste gesehen. Seine Mutter hatte offenbar keinen *Hängebusen,* da er nichts darüber gesagt hatte.

»Warum geht ihr nicht auf das andere Klo?«, fragte sie.

»Weil du komisch bist«, sagte Simen.

»Hast du die nicht selbst gegessen? Als wir schon im Bett waren?«, fragte Selma, als sie sich auf das Klo setzte.

»Nein«, sagte sie. »Die liegen auf dem Küchentisch. Und weil Sonntag ist, können wir doch Zimtschnecken zum Frühstück essen.«

Sie wartete, bis die beiden fertig waren, dann schloss sie die Badezimmertür hinter sich ab, duschte und zog sich an, mochte sich nicht schminken, putzte sich aber die Zähne. Nun würde der Kaffee seltsam schmecken, sie hatte wohl die Reihenfolge verwechselt. Erst essen und trinken, dann putzen.

Sie hängte das Handtuch über den Badewannenrand, sammelte Unterhose und T-Shirt ein und ging in Simens Zimmer, wo sie alles in ihre Reisetasche stopfte. Sie konnte die beiden in der Küche hören. Sie stritten sich um die fünfte Zimtschnecke.

»Das ist meine«, sagte sie, als sie den Raum betrat.

»Deine?«, fragte Selma.

»Natürlich ist das meine. Ihr habt beide zwei gegessen. Lasst die in der Plastiktüte liegen, bis ich mir einen Kaffee gemacht habe.«

Sie stellte eine Tasse unter die Espressomaschine, schaltete sie ein und rief Ragnar an.

»Wen rufst du an?«, fragte Selma. »Die können doch gar nichts hören, die Maschine ist so laut.«

»Ich rufe Ragnar an. Meinen Sohn!«

Sie landete direkt beim Anrufbeantworter. Sie griff zur Kaffeetasse.

»Warum denn?«, fragte Selma in die plötzliche Stille.

»Ich muss ihn nur etwas fragen.«

»Vielleicht schlafen sie. Er und Mama«, sagte Simen.

»Bist du wach, Ragnar? Gruß, Mama«, sagte sie ins Telefon. Beide Kinder starrten sie an. Sie atmete langsam durch den Mund aus und ein. Wann würde sie die Großmutter anrufen können? Ragnar hatte sein Telefon offenbar auf lautlos gestellt, sie musste ihn also erwischen, wenn er zum Pissen oder Kotzen aufstand und dabei zufällig auf das Display sah und die entgangenen Anrufe entdeckte. Sie freute sich ja so darauf, ihn vor die Tür zu setzen. Alles, was zwischen ihr und diesem Rauswurf stand, waren die Kinder. Selma und Simen.

Sie biss in ihre Zimtschnecke. Die war außen trocken, wurde weiter innen aber saftiger, sie klebte ihr am Gaumen, sie lief zu der kleinen Toilette in der Diele und spuckte den Rest ins Klo.

»Wollt ihr Rührei?«

»Was ist das?«, fragte Simen.

»Zusammengerührte Eier.«

»Zusammen mit was?«, fragte er.

»Ich mach einfach welches«, sagte sie und rief noch einmal Ragnar an, wartete auf die Stimme des Anrufbeantworters.

»Jetzt fliegst du raus«, sagte sie. »Gruß, Mama.«

»Zu wem hast du das gesagt?«, fragte Simen. Er sah ängstlich aus.

»Zu meinem Sohn, Ragnar.«

»Fliegt der raus? Zusammen mit Mama?«, fragte Selma.

»Macht euch keine Gedanken.«

»Ich bin satt«, sagte Selma.

»Ich auch«, sagte Simen.

»Okay, dann verzichten wir auf das Rührei. Zwei Zimtschnecken pro Person reichen auch«, sagte sie und trank einen großen Schluck von dem Kaffee, der viel zu heiß war.

In Jarmannsjordet

Sie gurgelte mit eiskaltem Wasser und schaute dabei auf ihre Armbanduhr. Es war erst Viertel nach acht. Sie spuckte aus und gab einen winzigen Spritzer kaltes Wasser in ihre Kaffeetasse. Draußen brannte schon die Sonne auf die Hecke zum Nachbargrundstück. Sie riss die Verandatür sperrangelweit auf, es war bereits heiß. Die Kinder waren in ihren Zimmern, um sich anzuziehen, auch wenn sie annahm, dass sie dort schon wieder fernsahen. Selma hatte einen eigenen Fernseher, wahrscheinlich den alten, ausrangierten aus dem Wohnzimmer. Im Wohnzimmer wollten ja jetzt alle riesige Flachbildschirme haben, die an der Wand klebten. Sie rief wieder Ragnars Anrufbeantworter an und sagte abermals: »Du fliegst raus. Gruß, Mama.«

Dann rief sie ein weiteres Mal an, weil sie plötzlich dachte, sie sei vielleicht nicht deutlich genug gewesen.

»Du ziehst aus. Und zwar sofort. Ich will meine letzte Woche *allein* in der Hütte sein. Du kannst in deinem Zimmer zu Hause wohnen, während du dir etwas Eigenes suchst. Wenn ich in einer Woche nach Hause komme, fliegst du auch da raus. Und DAS war Mama, ja.«

Sie ging mit der Kaffeetasse hinaus und setzte sich an den Glastisch. Dass sie das wirklich getan hatte! Dass sie sich jetzt so frei und lebensbejahend fühlte. Fünfundzwanzig Jahre war er alt, das musste man sich mal vorstellen! Und sie dachte tatsächlich jetzt erst zum ersten Mal an diesem Tag an Sigvald. Das alles war ein Wunder.

Sie drehte sich zur Seite, damit die Sonne ihr ins Gesicht schien, ließ sie auf Nase und Wangen brennen, es tat so gut, und sie hatte nicht die geringste Angst. Nicht die geringste. Dann fiel ihr Tonje ein. Mutter von zwei Kindern und verschwunden. Aber das war das Problem der Großmutter, sie hatte an diesem Wochenende ihr Bestes getan, in dem Glauben, Tonje amüsiere sich im Wodkarausch bei Ragnar in der Hütte. Die Kinder hatten es gut gehabt. Und da standen sie plötzlich in der Verandatür, ganz still. Sie waren angezogen.

»Ihr müsst euch eincremen«, sagte sie.

»Ich schaff das nicht allein«, sagte Simen.

»Ich auch nicht«, sagte Selma. »Nicht hinten.«

»Dann holt die Creme, und ich mach das.«

Die kleinen Körper. Die feste Haut. Es war gut, die beiden einzuschmieren.

»Wenn ihr eure T-Shirts auszieht, müsst ihr daran denken, dass ich … müsst ihr euch auch da eincremen lassen.«

»Ich zieh meins nicht aus«, sagte Selma.

Acht Jahre, und schon ein Mädchen, dachte sie.

»Ich wohl«, sagte Simen.

Als sie fertig war, rannten die beiden davon.

»Wo wollt ihr hin?«

»Ich will zu Oscar«, sagte Simen.

»Ich will nur schnell die anderen anrufen«, sagte Selma.

Sie machte sich keine Sorgen, sie hatte die Liste an der Kühlschranktür. Als die Kinder weg waren, rief sie noch einmal an: »Raus! Der Bus geht um Viertel nach zwölf. Und mach ja die Türen zu, damit Boje nicht weglaufen kann. Ich bin nachmittags wieder zu Hause. Zu Hause in der Hütte.«

Sie drehte den Stuhl um und saß mit geschlossenen Augen in der prallen Sonne. Ihr Atem neigte dazu, in ihrer Kehle stecken zu bleiben, jetzt zog sie ihn bis tief in den Bauch hinunter und hielt ihn dort lange fest, ehe sie ihn unendlich langsam entweichen ließ. Das wiederholte sie dreimal.

Sie schaute auf die Armbanduhr. Gleich neun. Es war noch immer zu früh, um diese Großmutter anzurufen. Noch eine halbe Stunde, dann würde sie die Nummer wählen, die am Kühlschrank stand. Ärgerlich, dass Sonntag war und sie sich keinen Kühlschrank für die Hütte bestellen konnte. Wenn sie nicht online bestellte, natürlich.

Sie hatte das noch nie gemacht, hatte noch nie etwas online bestellt. Sie suchte auf Google, *kleiner Kühlschrank für die Hütte,* und fand mehrere Möglichkeiten, die beste davon war Lieferung innerhalb von zwei bis drei Tagen, sie zog ihre Kreditkarte hervor und tippte drauflos. Sie konnten bei ihr anrufen, dann würde sie erklären, wie sie fahren mussten, schrieb sie. Und da war wieder die Sonne auf ihrem Gesicht. Es war unvorstellbar, so einfach war das also! Jetzt konnte sie tatsächlich verstehen, warum Ragnar so irritiert darüber gewesen war, dass sie keinen Kühlschrank hatten.

Aber dass er das nicht einmal *bemerkt* hatte. Was für ein Trottel.

So über den eigenen Sohn zu denken, das war nicht normal. Vermutlich nicht, aber nun hatte sie sich einen Kühlschrank gekauft. Saß auf einer fremden Terrasse in Jarmannsjordet, einem besseren Stadtteil, an einem Sonntagmorgen, und hatte einen Kühlschrank für die Hütte gekauft. Sie merkte, wie in ihr alles hell wurde, als sie wieder das Gesicht in die Morgensonne hob, wie gut das tat. So warm und rund und wohltuend zugleich. Das mit dem Kühlschrank war geritzt, und Ragnar hätte sie praktisch in der Sekunde vor die Tür gesetzt, in der er sein Telefon wieder zum Leben erweckte und die Beine aus dem Lager hob, für das er keine fünf Öre bezahlt hatte.

Jetzt würde sie die Großmutter anrufen. Seltsamerweise merkte sie, dass sie keine Lust hatte, noch weiter mit diesen Kindern zusammen zu sein. Es war noch nicht lange her, dass sie es genossen hatte, die beiden einzucremen, die feste Haut zu spüren, die kaum nachgab, so anders als ihre eigene, sie konnte sich die Oberarme eincremen und die Haut fast zur Hälfte um den Arm herum bewegen.

Sie wollte nicht, dass die Kinder wieder angestürzt kamen, sie wollte nur, dass die Großmutter kam, damit sie die Kinder nicht mehr zu sehen brauchte. Die hatten nichts mehr mit ihrem Ragnar zu tun.

In Jarmannsjordet

Bevor sie anrief, nahm sie Kabeljaurogen, Krabben und Fisch-klöße und wickelte sie in einige alte Zeitungen, die auf einem Hocker neben der Haustür lagen. Danach stopfte sie die Päck-chen zwischen die wenigen Kleidungsstücke, die sie mitge-bracht hatte. Nun hatte sie doppelt so viel Krabben und Kabel-jaurogen.

Sie schaute sich im Badezimmer um, nein, hier hatte sie nichts vergessen. Sie fand Tonjes Nummer unter *neueste An-rufe* und wählte sie, als eine Art letzte Chance, ehe sie Tonjes Mutter anrief. Sie landete sofort beim Anrufbeantworter und sagte nur: »Hier ist Jonetta, Ragnars Mutter.«

Danach stellte sie sich vor die Kühlschranktür und wählte die Nummer der Großmutter.

Die Stimme der Großmutter klang schläfrig, als sie beim drit-ten Klingeln ranging. *Sie hat eine Tochter von fast dreißig,* konnte Jonetta noch denken, dann nannte sie ihren Namen.

»Ich bin zum Kinderhüten bei … Tonje, an diesem Wochen-ende«, fuhr sie dann fort, »aber nun habe ich erfahren, dass Tonje gestern Morgen bei meinem Sohn Ragnar losgefahren ist, ohne dass ich sie seitdem gesehen hätte. Ohne dass sie hierher nach Jarmannsjordet nach Hause gekommen wäre.«

»Aha«, sagte die Großmutter und klang wacher, aber die-sen *Ragnar* habe Tonje ihr gegenüber nie erwähnt, der müsse also neu sein.

192

Genauso neu wie dein Freund, von dem die Kinder auch keinen Namen wissen, dachte sie.

»Sie müssen also herkommen und die Kinder übernehmen«, sagte sie. »Denn ich muss jetzt nach Hause.«

Sie sei in einer Hütte zu Besuch, sagte die andere.

»Das weiß ich, das haben wir herausgefunden, als die Kinder Sie gestern zu den Tacos einladen wollten.«

Aber sie sei fast drei Stunden mit dem Auto entfernt.

»Dann heißt es wohl gleich ins Auto steigen«, sagte Jonetta. »Gute Fahrt und bis nachher.«

Sie blieb stehen und atmete einige Male tief durch. Spürte, wie ihr Puls in ihren Vorderzähnen und im Kehlkopf hämmerte, sie hatte noch nie etwas von jemandem verlangt und keine Ahnung gehabt, dass es so schön war. Einfach zu … verlangen. Sie setzte sich auf einen Küchenstuhl, sprang gleich wieder auf, um sich eine Tasse Kaffee zu machen, ging hinaus auf die Terrasse und kam wieder herein, während der Kaffee fertig blubberte. Sie stellte sich vor, wie sich die Großmutter jetzt anzog, wie sie ihren schlafenden Freund im Bett zurückließ, stellte sich vor, wie die Frau alles zusammenraffte, was ihr gehörte, wie sie es in eine Tasche stopfte, dann lief sie in das kleine Badezimmer der Hütte und warf Wimperntusche und Zahnbürste in ihre Reisetasche und schlich hinaus. Die anderen schliefen alle noch, deshalb legte sie einen Zettel auf den Hüttentisch. *Muss leider los und Ordnung in das Chaos bringen, das Tonje angerichtet hat. Gruß* … Wie hieß sie eigentlich? Sie schrieb an die Auskunft, teilte die Nummer mit. Die Antwort kam sofort. Merethe Wigsø. Also war Tonje nicht verheiratet gewesen. Jedenfalls hatte sie ihren Nachnamen nicht geändert.

Als ob das eine Rolle spielte, mit dieser Familie war sie sowieso fertig. Und jetzt setzte sich Merethe Wigsø in ihr Auto und fuhr los in Richtung Jarmannsjordet. In drei Stunden würde sie hier sein.

Sie ging mit dem Kaffee in die Sonne auf der Terrasse, konnte sich nicht dazu überwinden, Ragnar noch einmal anzurufen. Sie ließ sich an den Glastisch sinken und nippte am Kaffee, versuchte, so tief zu atmen, dass ihr Puls sich beruhigte. Merethe Wigsø musste wohl in ihrem Alter sein, oder vielleicht ein bisschen älter, aber es war ja auch egal, wie alt sie war. Sie war nun auf dem Weg hierher, sie saß in ihrem Auto, war sicher ziemlich außer sich, weil sie ihren Freund in dieser Hütte zurücklassen musste, vermutlich versuchte sie, ihre Tochter anzurufen, wieder und wieder, versuchte, das Ganze zu verstehen, dass ihre Tochter einfach verschwunden war, dass sie nicht zu ihren *eigenen beiden Kindern* nach Hause gekommen war.

Eigentlich war es kaum zu glauben. Alles war so gediegen hier. So standesgemäß, wenn auch ein bisschen unordentlich. Manche wurden eben unordentlich geboren. Dennoch, einfach so zu verschwinden, die eigenen Kinder zu verlassen, das war schon sehr besonders. Wenn Merethe Wigsø kam, wäre sie selbst fertig damit, fertig mit der ganzen Angelegenheit. Der Kaffee war jetzt trinkbar, sie leerte die Tasse fast in einem Zug, und plötzlich waren die Kinder da. Alle beide, allein, ohne Freundinnen oder Kumpels, sie standen nebeneinander in der Verandatür.

»Was machst du?«, fragte Selma.

»In der Sonne Kaffee trinken.«

Sie zogen sich jedes einen Stuhl heraus und setzten sich in ihre Nähe.

194

»Waren die nicht wach?«, fragte sie. »Oscar, und die Mädchen, bei denen du klingeln wolltest, Selma?«

»Doch«, sagte Selma. »Aber ich wollte nach Hause.«

»Warum denn? Eure Oma ist übrigens auf dem Weg hierher.«

»Jess!«, sagte Simen und hob die Arme in die Luft.

»Freust du dich jetzt?«, fragte sie.

»Ja.«

»Das ist gut. Und dann siehst du mich nicht mehr.«

»Warum nicht?«, fragte Simen.

»Weil ich dann fahre«, sagte sie.

Er schaute sie an. Seine Augen waren braun, sie erwiderte seinen Blick nur kurz, er war erst fünf, sie öffnete die Arme, und er ließ sich auf ihren Schoß fallen, sein Stuhl kippte um, sie konnte noch sehen, dass Selma ihn sofort wieder aufstellte. Er schlang die kleinen Arme um ihren Bauch.

»Aber, aber, jetzt kommt Oma ja bald …«

In Jarmannsjordet

Die Diele war zu klein für sie, so wirkte das. Die Großmutter pflügte sich einen Weg durch Kleider und Schuhe und stand plötzlich mitten im Wohnzimmer.

»Hallo«, sagte sie. »Merethe Wigsø.«

»Hallo, Jonetta Hågsnes.«

»Wo sind die Kinder?«

»Draußen auf der Terrasse. Möchten Sie eine Tasse Kaffee?«

Sie konnte es nicht fassen, dass sie Merethe Wigsø Kaffee angeboten hatte, statt sich ihre Tasche zu schnappen und dieses Haus zu verlassen. Jetzt musste sie in die Küche gehen, zwei Tassen lärmenden Kaffee kochen und die zusätzlichen Knabbereien, die sie gestern gekauft hatte, in zwei der Schalen kippen, die neben der Brottrommel aufgestapelt waren. Bonbons mit Goldpapier und Schokoladenfiguren in die eine Schale, die mit dem Brotmesser zerschnittene Keksschokolade in die andere. Dann fielen ihr die Süßigkeiten ein, die sie am Freitag gekauft hatte, die lagen oben auf der Dunstabzugshaube, sie griff nach der Tüte und riss dabei die Pflanze herunter. Aber die kullerte einfach nur über den Boden, zum Glück war sie ja künstlich. Sie stellte die Pflanze wieder hin und leerte die Tüte auf der Anrichte aus. Sollte doch alles hier liegen, dann würden sie es später finden. Es waren Kindersüßigkeiten, die sie selbst nicht interessierten, kleine Schachteln und Dosen und Tüten. Eine größere Tüte enthielt Popcorn, aber ihr wurde vom bloßen Anblick schon schlecht. Merethe Wigsø war nicht mit in die Küche gekommen, durch den Kaffeelärm hindurch konnte sie Stimmen und Lachen von der Terrasse hören.

Sie stellte alles auf ein Brett, das sie aus dem witzigen Brettchenhalter aus Lederriemen zog, und ging damit auf die Terrasse. Hier gab es keinen Sonnenschirm, und sofort war ihr klar, dass alles schmelzen würde. Aber das konnte ihr egal sein. Sie würde nur einen Schluck trinken und dann losfahren.

»Meine Güte«, sagte die Großmutter, als sie das Tablett auf den Tisch stellte. »Das ist ja ein Service. Die Kinder sagen, dass Sie so lieb zu ihnen waren, das ist doch schön.«

»Das sind so pflegeleichte Kinder, da war das wirklich nicht schwer«, sagte sie, sah die Kinder nacheinander an und rang sich ein Lächeln ab.

»Und Sie haben einen Sohn namens Ragnar, was ist er denn von Beruf?«

»Er hat keine Arbeit«, sagte Selma. »Und er wohnt zu Hause.«

»Ach herrje«, sagte die Großmutter.

»Aber diese Woche zieht er aus«, sagte Jonetta.

»Wirklich?«, fragte Selma.

»Ja.«

Sie trank einen Schluck Kaffee und aß ein Stück Keksschokolade. Die würde sie nicht auskotzen, sie war auf dem Sprung weg von hier, sie war auf dem Sprung zu Boje, um alles zu regeln, Ordnung zu schaffen. Sie würde nicht erst noch beim Reihenhaus vorbeifahren, sondern gleich zur Hütte.

Die Kinder hängten sich von beiden Seiten an die Großmutter.

»Jetzt geht spielen!«, sagte die Großmutter, und plötzlich waren die zwei auf dem Rasen und warfen eine Frisbeescheibe.

»Haben Sie versucht, sie anzurufen ... Tonje, meine ich?«, fragte Jonetta leise.

»Ich habe es unterwegs immer wieder versucht, und ich habe eine Freundin von ihr angerufen, die andere Freundinnen angerufen hat. Aber keine hat etwas von ihr gehört. Sind Sie sicher, dass sie nicht mehr mit Ihrem Sohn zusammen ist?«

»Ich denke doch, dass er es mir gesagt hätte, wenn sie dort wäre«, sagte sie.

»Ja, ja«, sagte Merethe Wigsø. »Aber dann warten wir heute einfach ab, sie wird schon auftauchen. Es gibt für alles eine Erklärung.«

Sie wirkte nicht besonders besorgt, Tonje schien so etwas schon häufiger getan zu haben.

»Als alleinstehende Mutter von zwei Kindern hat man sicher manchmal Lust, aus allem auszusteigen«, sagte Jonetta.

Merethe Wigsø seufzte tief und schloss in der Sonne die Augen, dann sagte sie: »Aber man kann vorher Bescheid sagen.«

Sie wollte nicht weiter über Tonjes Beweggründe diskutieren, sie kannte die Frau nicht.

»Dann bin ich mal weg«, sagte sie stattdessen und erhob sich.

Ihre Tasche hatte sie neben die Haustür gestellt.

»Jetzt sagt richtig Auf Wiedersehen, Kinder«, sagte die Großmutter und winkte die zwei her.

Sie wurde von beiden umarmt, gleichzeitig, beugte sich vor und nach unten, umfangen von vier Armen. Simen schniefte ein bisschen, Selma flüsterte: »*Mach's gut.*«

Als sie im Auto saß, umgeben von den vertrauten Gerüchen im Wageninneren, dachte sie, dass sie erst vor zwei Tagen hergekommen war. Zwei Tage, die so viel verändert hatten.

Ihr graute nicht mehr davor, zwanzig Liter braune Frikadellensoße zu kochen. Die Kinder standen auf der Treppe und winkten. Sie winkte zurück und fuhr. Als sie die Hauptstraße erreicht hatte, gab sie dermaßen Gas, dass ihr am Ende der Fuß vom Gaspedal rutschte und der Wagen einfach stehen blieb, worauf sie wieder aufs Gas drückte, und das Auto einen Sprung nach vorn machte. Sie bog zu einer Tankstelle ab und schlug die Hände vors Gesicht. Aber nur für einen kurzen Moment, jemand könnte sie sehen, fragen, ob sie fahrtüchtig sei. Warum graute ihr nicht mehr davor, zwanzig Liter Frikadellensoße zu kochen?

Sie schaute über das Lenkrad, blickte einem orangen Lastwagen hinterher. Sie würde sich eine andere Arbeit suchen. Nicht sofort. Aber auf längere Sicht. Und dann spielte es keine Rolle, dass sie mit zwanzig Litern Soße anfangen musste, denn es würden nicht bis in alle Ewigkeit jeden Montag zwanzig Liter Soße gekocht werden müssen. Was konnte sie sonst? Sie konnte Handarbeit, sie hätte die Möglichkeit, sich Arbeit in einem Handarbeitsladen zu suchen, vielleicht in einem Trachtengeschäft.

Ihr Telefon klingelte. Sie glaubte, die Nummer zu erkennen, es war Merethe Wigsø. Jonetta meldete sich sofort. Darüber sei sie froh, sagte Merethe Wigsø, viele gingen nämlich nicht ran, wenn sie Auto fuhren.

»Weil es verboten ist. Aber ich stehe an einer Tankstelle.«

Doch, es sei erlaubt, wenn das Telefon in einem Halter stecke und sie so einen Knopf am Lenkrad habe.

»Das habe ich aber nicht.«

Merethe Wigsø sagte, sie wolle nur sichergehen, dass sie nicht beleidigt sei.

»Beleidigt? Warum sollte ich denn beleidigt sein?«

Weil Tonje nicht nach Hause gekommen sei und weil das

doch unangenehm gewesen sei. Wenn sie nur wüsste, wie dankbar sie und Selma und Simen seien, dass sie gekommen war, Simen habe furchtbar geweint, als sie wegfuhr.

»Ich bin doch gekommen, weil Tonje meinen Sohn besuchen wollte, er hatte das verabredet.«

Ja, ja, wenn sie nur nicht beleidigt sei, dann …

»Das bin ich nicht.«

Sie sagte: »bis dann«, und Merethe Wigsø solle Simen einen Kuss von ihr geben, Selma auch, natürlich.

Jetzt würde sie fahren können. Ihre Füße gerieten nicht durcheinander. Sie entdeckte im Spiegel die Saugglocke. Da stand sie, auf der Rückbank, und wippte. Sie könnte sie bei den Abflüssen in der Hütte ansetzen, die waren auch ein bisschen verstopft. Sicher, weil sie so alt waren.

In der Hütte

Gegen halb drei fuhr sie bei der Hütte vor. Sie hielt an, öffnete die Tür, hob die Füße hinaus und blieb sitzen. Alle Türen waren geschlossen. Ragnars Fenster war gekippt. Dann hatte er getan, was sie geschrieben hatte. Dass er Boje einschließen sollte.

Es war fast ganz still.

Die brütende Hitze sorgte dafür, dass sich Insekten aller Art ruhig verhielten, nur ab und zu flog eine Hummel träge und ziellos zwischen den Büschen beim Plumpsklo herum. Jonetta erhob sich schwerfällig, vielleicht sollte sie im Teich baden. Sie war froh darüber, dass sie an der Tankstelle eingekauft hatte, frisches Brot, ein wenig Aufschnitt und Obst. Am Dienstag oder Mittwoch würde sie wohl einen Kühlschrank haben, was für ein Luxus! So vieles hatte sich verändert. Jetzt musste sie nur in dieser kleinen Woche hier zur Ruhe kommen, aber das würde sie schaffen. Sie überlegte, ob sie auch das Schloss auswechseln sollte, er hatte ja einen Schlüssel, aber das wäre vielleicht ein bisschen übertrieben.

»Nein, ist es nicht«, sagte sie. »Wenn Unbefugte einen Hüttenschlüssel haben, dann wechselt man das Schloss aus.«

Sie ging mit Saugglocke, Reisetasche und Einkaufstüte in die Küche. In diesem Moment stand er in seiner Schlafzimmertür.

»Verdammt, das ist ja vielleicht heiß«, sagte er.

»Bist du hier?«, fragte sie.

»Wo sollte ich denn sonst sein?«, erwiderte er und kam auf dem Weg nach draußen an ihr vorbei.

Sein Geruch hing in der Luft, er erinnerte an einen alten Gaul. Durch das Fenster konnte sie sehen, wie er den Hofplatz überquerte und in Richtung Teich verschwand. Ein alter, verschwitzter Gaul. Er hatte weder Seife noch Handtuch bei sich. Und kein Telefon. Sie ging in sein Zimmer. Da lag es. Ausgeschaltet oder mit leerem Akku. Auf dem Boden vor dem Bett. Und Tonje war nirgendwo zu sehen.

Sie beschloss, das Schloss umgehend auswechseln zu lassen. Sie räumte ihre Einkäufe in den Küchenschrank. Dann setzte sie sich mit einem Glas Wasser an den Tisch, um auf ihn zu warten. Boje kam angetrottet, trank ein bisschen Wasser aus seinem Napf, entdeckte sie plötzlich und leckte und wedelte wie besessen, dann trottete er zurück ins Wohnzimmer. Sie nahm an, dass er sich auf den Flickenteppich legte, dort, wo die Sonne durch das Fenster fiel, diesem Hund wurde es nie zu heiß, aber sie mochte nicht aufstehen, um nachzusehen, und was in aller Welt spielte es auch für eine Rolle. Die Saugglocke stand neben dem Küchentisch auf dem Boden, sie wünschte, die wäre schwer genug, um damit zuzuschlagen, oder jedenfalls, um jemanden damit zu bedrohen.

Sie saß am Küchentisch und beobachtete ihn durch das Fenster. Er schüttelte im Gehen den Kopf, für eine kurze Sekunde malte die Sonne einen Regenbogen in die Wassertropfen aus seinen Haaren, das sah ziemlich gut aus. Sie leerte das Glas und dachte: *Mir graut nicht davor.*

»Du fliegst raus«, sagte sie in der Sekunde, als er zur Tür hereinkam.

Er gab keine Antwort, ging einfach nur an ihr vorbei und knallte die Zimmertür hinter sich zu.

Sie stand auf und ging an die Tür und redete durch das Holz: »Du packst jetzt deine Sachen, um Viertel nach vier fährt ein Bus. Dann hast du zu Hause eine Woche, um dir eine Wohnung und eine Arbeit zu suchen. Wenn ich am nächsten Sonntag nach Hause komme, bist du auch von dort verschwunden. Hast du das verstanden?«

Ihr Puls stieg nur wenig, während sie das alles sagte, es war erstaunlich.

»Hast du den Verstand verloren?«, fragte er.

»Nein. Im Gegenteil.«

»Na gut. Dann hau ich eben ab.«

Würde er das wirklich tun? Bestimmt, schließlich könnte er dann in ein leeres Haus zurückkehren und da weiter herumsumpfen.

»Gut«, sagte sie. »Und in einer Woche bist du ausgezogen.«

»Das werden wir sehen. Und jetzt nerv hier nicht weiter rum.«

»Der Bus fährt bald. Und du musst zu Fuß zur Straße, ich hab keine Lust, dich zu fahren.«

Er gab keine Antwort. Aber sie hörte, dass die Schranktür mehrmals geöffnet und geschlossen wurde, dann wurde es mucksmäuschenstill. Er riss die Tür auf, hielt dabei sein Telefon in der Hand, das Display leuchtete. Also hatte er ihre vielen Mitteilungen gehört.

»Bist du denn vollkommen wahnsinnig geworden?«, fragte er.

Zum Glück war er jetzt angezogen, und sie sah seine Reisetasche auf der Bettdecke stehen, etwas passierte, etwas war im Gang.

Sie schloss die Augen und spürte ihren Puls, der war noch immer niedrig. Sie öffnete die Augen und schaute in seine, direkt hinein.

»Ah ja, du hast meine Mitteilungen gehört. Mach jetzt, dass du fortkommst, damit du ihn nicht verpasst. Den Bus, meine ich.«

Er stand nur in der Tür und glotzte. Sie stand auf und füllte ein Glas mit Wasser.

»Mach den Mund zu«, sagte sie. »Du hast zu Hause eine Woche. Nicht einen Tag länger, ist das klar?«

»Aber … du kannst doch nicht einfach …«

»Kann ich nicht?«

»Hat Tonje dir diese idiotischen Vorstellungen in den Kopf gesetzt?«

»Tonje? Nein, die hab ich doch kaum gesehen.«

»Du musst sie doch gesehen haben, als du gekommen und als du gefahren bist, verdammt noch mal. Wie du da, wo sie wohnt, angekommen und weggefahren bist, verdammt noch mal.«

»Nein, nicht als ich gefahren bin, *verdammt noch mal*. Heute. Da kam Merethe Wigsø, um bei ihren Enkelkindern zu bleiben.«

»WAS SOLL DAS HEISSEN?«

»Dass Tonje gestern nicht nach Hause gekommen ist. Und heute musste ich ihre Mutter anrufen, damit ich loskonnte. Von den Kindern. Erinnerst du dich nicht mehr, dass wir telefoniert haben und dass du gesagt hast, sie sei am Samstagmorgen gefahren?«

In der Hütte

Er blieb stehen und starrte sie an.

»Ich glaub dir kein Wort«, sagte er schließlich, drehte sich um und griff nach der Tasche. Sie lauschte seiner Stimme. Sie hatte sich eingebildet, ihn zu kennen, was sie natürlich nicht tat, aber wenn sie zurückspulte, etwas über zehn Jahre, dann hatte sie ihn als resigniert empfunden. Ihm hatte Sigvald natürlich ebenfalls gefehlt, auch wenn sie darüber nie gesprochen hatten.

»Also fährst du«, sagte sie. »Jetzt hast du etwas mehr als eine halbe Stunde, bis der Bus kommt.«

»Ist Tonje wirklich nicht nach Hause gekommen?«, fragte er.

»Ich habe dich gestern Abend angerufen, zu dem Zeitpunkt war sie nicht mehr hier.«

»Aber da dachte ich doch, dass du zu Hause wärst. In un...«

»In UNSEREM Haus? Wolltest du das sagen?«, fragte sie.

»Ja.«

»Das ist MEIN Reihenhaus. Und das hier ist MEINE Hütte. Du bist fünfundzwanzig Jahre alt, es wird Zeit, dass du ... aus dem Nest fliegst, wie man so schön sagt. Also, beeil dich!«

Sie musterte ihn, wie der Schweiß seine Schläfen benetzte, wie sein Pony ihm über das eine Auge hing, sie versuchte, sich zu sagen, dass sie diesen Menschen lieben müsste, und das tat sie ja auch, sie liebte es nur nicht, dass er so klammerte, dass er sich in sie hineinbohrte, dass dieser Mensch ihr die Luft zum Atmen nahm. Sie wollte eine Woche allein hier in der Hütte haben.

»Dann mach's gut«, sagte er und ging aus der Küchentür, ließ sie hinter sich offen stehen.

Und in derselben Sekunde hatte sie unendliche Sehnsucht nach ihm, sie sank vor dem Schrank in die Knie und fragte sich, wo ihre Kraft geblieben war, die ihr in so einer Fülle zufloss, als sie sich um die Kinder kümmerte. Es war, als ginge ein Strahl der Kraft von Ragnar aus und in alles andere hinein, und wenn dieses andere verschwand, verschwand auch die Kraft. Sie lag auf Knien und wartete auf die Stille, als sie das Auto losfahren hörte. Die Schlüssel. Die lagen im Wagen. Nun nahm er das Auto.

Er nahm doch tatsächlich einfach das Auto!

Sie hatte die Schlüssel auf dem Fahrersitz liegen lassen, wie sie das hier draußen oft machte, um sie nicht zu verkramen. Sie kam auf die Beine und durchquerte die Küchentür mit einem Satz, aber er war schon weg.

Dass er einfach so …

Sie ging zu dem Tisch im Freien und setzte sich. Stützte die Ellbogen auf die Tischplatte und starrte auf das alte graue Holz. Dass er das Auto genommen hatte, bewies nur, dass alles, was sie gesagt und getan hatte, richtig gewesen war. Er wusste, dass sie allein hier draußen war, dass sie Lebensmittel besorgen musste. Er wusste, wie selten der Bus fuhr. Damit hatte er ihr den Fehdehandschuh hingeworfen.

Im Moor lagen der Pizzateig und die Schinkenpackung, er hatte sie nicht an den grünen Fäustling gebunden. Sie zog die Tüte heraus, außen braun und verschleimt, innen frisch und fein. Sie wollte jetzt nicht an das Auto denken, vielleicht hatte sie genug zu essen. Nein, das hatte sie bestimmt nicht. Aber dann könnte sie ja per Anhalter zum Laden fahren und wieder zurück.

Sie hatte keine Angst, hatte vor gar nichts mehr Angst. Sie konnte sich von denen, die den Kühlschrank brachten, zum Laden mitnehmen lassen und dann per Anhalter zurück zur Hütte fahren. Das war ein guter Plan. Und wenn sie am nächsten Sonntag zurück in die Stadt müsste, würde sie den Bus nehmen. Boje war noch nie Bus gefahren, das würde ihm Spaß machen.

Es hätte jedenfalls keinen Zweck, Ragnar wegen des Autos zusammenzustauchen. Damit würde sie riskieren, dass er zurückkäme. Sie würde ihn nicht anrufen, ehe sie selbst nach Hause fuhr. Dann würde das Auto zu Hause stehen, und er würde verschwunden sein. Jetzt hatte sie es ausgesprochen. Sie hatte eigentlich am Samstag heimfahren wollen, um einen ganzen Tag zu Hause zu haben, vor den zwanzig Litern, aber nun hatte sie wohl Sonntag gesagt, und da musste sie ihm den zusätzlichen Tag lassen. Dann würde sie anrufen und seine neue Adresse in Erfahrung bringen, selbst wenn das eine Notunterkunft für Obdachlose wäre. Und wenn das Auto nicht dastünde, würde sie ihn anzeigen.

Auf der Anrichte lag eine Packung Tacochips, dick in Plastikfolie gewickelt, daneben ein Glas mit *hotter* Tacosoße. Sie sah einen verknoteten Müllsack an der Wand lehnen, und die Mülltonne war fast voll.

Sie rollte den Teig auf einem Backblech aus. Der Ofen, in dem sie die Zimtschnecken gebacken hatte, war da schon etwas ganz anderes gewesen. Ein breiter, moderner Herd. Dagegen dieser ehemals weiße mit braunen Ecken überall, die Scharniere kaputt, es war fast ein Wunder, dass er nicht auseinan-

207

derfiel. Sie könnte sich einen neuen kaufen, ja, das könnte sie, von dem Geld, das sie durch Ragnars Auszug sparen würde, sie könnte sogar sein Zimmer vermieten. Aber Untermieter wollten heutzutage ja auch die Küchen mitbenutzen, nein, das wollte sie nicht, wo sie nun endlich allein wohnen durfte.

»Ein Untermieter ist ausgeschlossen«, sagte sie. »Absolut ausgeschlossen.«

Aber sie könnte umziehen. Das Reihenhaus verkaufen und sich eine Zweizimmerwohnung nehmen. Denn was sollte sie mit einem zusätzlichen Schlafzimmer?

Sie hatte keine Lust, viel mit der Pizza zu machen. Sie spritzte Ketchup auf den Teig und verstrich es mit einem Messer, dann packte sie Käse und Schinkenstücke darauf und streute groß- zügig Salz darauf. Sie glaubte nicht, dass sie Oregano hatte, aber als sie in den Schrank schaute, entdeckte sie ein Glas. Das Verfallsdatum lag sieben Jahre zurück, ein bisschen Ge- schmack war aber sicher noch vorhanden. Als die Pizza fertig auf der Anrichte stand, streifte sie ihre Kleidung ab, direkt in der Küche, die Unterhose landete in der Mitte, als wären die Kleider ein Stern. Sie rannte über den Hofplatz in Richtung Teich. Der Teig musste schließlich gehen. Sie drehte den Back- ofen an, bevor sie loslief.

In der Hütte

Ragnar konnte die Matratzenauflage unten im Teich nicht gesehen haben, sie konnte die ja selbst gerade noch erahnen, jetzt war sie vollständig von braunem Schlamm bedeckt. Wenn man badete, wirbelte man Schlamm auf, und der legte sich dann auf das Weiße. Aber sie vermochte die Ecken noch zu erkennen und tastete mit den Zehen. Sie dachte an die Archäologen in der Zukunft, die die Matratzenauflage finden und die Stirn runzeln würden, sie würden sie zerpflücken und sich den Kopf darüber zerbrechen, was die auf dem Grund eines Teichs zu suchen hatte.

Sie legte sich auf den Rücken und schwamm fast bis zum anderen Ufer. Wieder allein, endlich allein. Aber da kam Boje, zwischen den Bäumen, er hatte sich wohl gefragt, was aus ihr geworden war. Sein Schwanz bewegte sich langsam hin und her, nicht im Takt seines Hechelns.

»Komm schon!«, rief sie, aber er legte sich ganz schnell ins Heidekraut, wo er einen Pulk schlafender Insekten aufschreckte. Die Sonnenstrahlen durchdrangen den Schwarm.

Sie schloss die Augen und dehnte den Hals, bewegte träge die Arme rückwärts, fast wäre sie gesunken, das hier war totes Süßwasser. Sie horchte nach fremden Geräuschen, nahm jedoch keines wahr. Sie hörte das Wasser dröhnen, als ihre Ohren unter die Oberfläche gerieten, hörte Boje hecheln, als ihre Ohren wieder über Wasser kamen, hörte Insekten und hitzeträge Vögel, aber sie hatte keine Ahnung, welche. Mit Vögeln hatte sie sich noch nie gut ausgekannt, auch wenn sie nie vergaß, sie zu füttern, vor allem, wenn es draußen kalt war, und sie dachte daran, dass die Vögel wirklich die ganze Zeit draußen sein mussten. Jetzt ging das gut, bei dieser Hitze, wo es überall von Insekten wimmelte.

Großer Gott, wie gut es tat, hier zu liegen, auch wenn das Auto verschwunden war. Fast, *weil* das Auto verschwunden war, dachte sie. Sie war isoliert. Wenn Winter wäre, würden die Schneehaufen himmelhoch und wie Kerkermauern sein, würden sie ersticken, aber jetzt hatte es fast dreißig Grad, und der Bus fuhr unten auf der Straße, und Autos kamen vorbei. Natürlich würden die anhalten, wenn sie den Daumen hob, eine ältere Frau bei hellem Tageslicht mit einigen Müllsäcken in der Hand, sie könnte erzählen, dass ihr Auto streikte und dass sie den Müll wegwerfen und Essen kaufen müsste, das war überzeugend und beinahe wahr.

Sie kroch ans Ufer und richtete sich auf, strich sich die Haare aus dem Gesicht und nach hinten, schüttelte das Wasser ab, sah Boje an. Unter ihrem einen Fuß klebten Fichtennadeln.

»Boje, du musst auch nass werden, verstehst du?«

Dann ging sie die wenigen Schritte zu ihm, packte ihn am Halsband und zog ihn zum Teich und hinein, das ging schnell. Sie überlegte gar nicht lang, hatte sich rasch entschlossen und den Entschluss sofort in die Tat umgesetzt. Boje strampelte und prustete und bewegte die Vorderbeine wie zwei Kolben, er stand lotrecht im Wasser, ohne sich von der Stelle zu rühren. Sie sprang hinein und schob ihn aufs Gras am Ufer, dort blieb er hechelnd liegen. Er blieb hechelnd *liegen,* sie kletterte aus dem Wasser und kniete sich neben ihn.

»Boje ... Boje ...«

210

Seine Augen verdrehten sich einige Male, dann hob er den Kopf und schaute sie rasch von der Seite her an.

»Entschuldigung, Boje«, sagte sie und nahm seinen Kopf, küsste sein triefnasses Fell. »Das war nicht so gemeint. Aber hat es nicht doch ein bisschen gutgetan? Jetzt, so im Nachhinein?«

Er trottete langsam hinter ihr her, als sie zurück zur Hütte ging, offenbar hatte er ihr verziehen oder es schon vergessen. Die Sonne brannte herunter, traf ziellos und glühend auf alles, was in Reichweite war, nicht zuletzt auf Haut und nasses Fell, sie dachte an die Pizza und den Backofen, der jetzt sicher heiß genug war, sie freute sich auf die fertige Pizza und einen Abend allein, sogar mehrere Abende allein, sie konnte sich auf den Rest des Lebens und *alle* Abende allein freuen, sie fing an zu tanzen und die Arme zu schwenken, es war so schön, ihn los zu sein, er war fünfundzwanzig Jahre alt, da durfte sie das ja wohl verlangen.

»Das hast du so gut gemacht!«, rief sie in den Wald.

Ja, das habe ich, dachte sie. Jetzt war Schluss mit den Bärendiensten. Warum hieß das Bärendienst? Sie hatte keine Ahnung. Sie würde googeln müssen. Sie lief über den Hofplatz und in die Küche, dachte, sie müsste sich etwas anziehen, aber warum eigentlich? Sie konnte in ihrer eigenen Hütte splitternackt herumlaufen, das war Freiheit, ein guter Anfang.

Der alte Backofen tickte vor Hitze. Die Pizza warf an mehreren Stellen Blasen, es war heiß hier drinnen, sie schob das Blech hinein, die Hitze schlug ihr ins Gesicht, und sie dachte an Sigvald. Aber das wollte sie nicht, sie brachte es jetzt nicht über sich, an ihn zu denken. Sie wollte es gut haben. Sie googelte *Bärendienst,* es war ein »Dienst«, aber mit negativen Folgen, stand dort, eigentlich ein Undienst. Und der Ausdruck

211

stammte aus einer Geschichte von einem zahmen Bären, der eine Fliege töten wollte, die auf dem Gesicht seines schlafenden Besitzers krabbelte, und dann kam es, wie es kommen musste. Das hatte sie also mit Ragnar getan, ihm einen Stein mitten ins Gesicht geknallt. Sodass er sterben konnte.

Er hätte drogensüchtig sein können. Dann wurde Eltern oft geraten, ihren Kindern nicht die Tür zu öffnen. Das hatte sie ganz alleine begriffen, aus eigenen Kräften, ohne irgendwelchen Druck von außen. Drogensüchtig zu sein war wohl nicht so viel anders, als sieben leere Wodkaflaschen unter dem Bett zu haben. Und jetzt war die Pizza fertig.

In der Hütte

Danach schlief sie auf dem Sofa ein, während in der Küche leise das Radio lief. Die Fliegen summten vor dem Fenster. Boje atmete ruhig auf seiner Decke, es war so heiß, dass sie selbst keine Decke brauchte, obwohl sie nur eine Armbanduhr anhatte. Die Küchentür stand offen, sie konnte die Vögel hören, und sie lag so gut, und ihr Atem war so ruhig, ihr Herz war so ruhig. Nun fiel ihr ein, dass *Bärendienst* vielleicht doch nicht das richtige Wort war. Es konnte sich auch um *Zucker in den Hintern blasen* handeln. Es hatte angefangen, als Sigvald gestorben war und Ragnar keinen Vater mehr hatte. Seither hatte sie ihm Zucker in den Hintern geblasen und ihm damit einen Bärendienst erwiesen. So war es, das stand fest. Sie hatte alles richtig gemacht, als sie ihn vor die Tür setzte, und sie würde weiterhin ruhig und entschlossen sein. Kein Schwächling, der je nach Gefühl und Wellenschlag seine Meinung änderte.

Als sie erwachte, hatte sich die Sonne hinter die Wand aus Bäumen zurückgezogen, und sie fröstelte. Sie hatte vom Garten zu Hause geträumt, der überwuchert war. Falls sie umzog, nein, wenn sie umzog, sie hatte sich schon entschieden, wollte sie nur noch einen Balkon haben. Dort würden Blumentöpfe hängen und stehen, und nicht ein einziger Grashalm würde gemäht werden müssen. Wie egoistisch von Tonje, unten in einem Vierparteienhaus wohnen zu wollen, wo Simen doch gegen Gras allergisch war.

Sie freute sich auf den Umzug. Schon nächste Woche Montag würde sie anfangen, im Schuppen und in den Kellerverschlägen aufzuräumen. Sie würde sicher einige Kronen herausschlagen können, auch wenn das Reihenhaus klein und abgewohnt war. Aber es hatte drei Schlafzimmer und war damit perfekt für eine genügsame kleine Familie.

Wie sie selbst eine gewesen waren. Eine kleine Familie, die genügsam geworden war, nachdem Sigvald die Arbeit für die Asylbewerber auf sich genommen hatte. Bald würde auch Boje nicht mehr da sein, sie fragte sich, wie sie darauf reagieren würde. Sigvald hatte ihn damals angebracht, er hatte einer afghanischen Familie gehört, die abgeschoben worden war, mitten in der Nacht. Sie hatten nie darüber gesprochen, sich einen Hund zuzulegen, aber sie hatten ihn aufgenommen, alle drei, als wäre er ersehnt gewesen, erwartet. Am Abend des Brandes wollte Sigvald ihn eigentlich mit zur Arbeit nehmen, tat es aber nicht, weil Boje ein bisschen gekotzt hatte, er hatte draußen irgendwelchen Abfall gefunden und verschlungen, und Sigvald wollte keine Kotze auf dem Teppichboden im Büro. Sie war so froh darüber gewesen. Es war gut gewesen, ihn zu haben, Boje, in der Zeit nach Sigvalds Tod.

Unter ihren Brüsten juckte es, sie hatte auf der Seite gelegen, sie musste aufstehen und einen BH anziehen, wie idiotisch, einen BH zu tragen, nur weil die Brüste hingen. Aber deshalb trugen Frauen wohl meistens einen BH. Als sie klein gewesen war, hatten Frauen BHs getragen, damit die Brustwarzen durch die Bluse nicht zu sehen wären, das war das Allerallerschlimmste gewesen, die Umrisse von Brustwarzen zu zeigen, sie erinnerte sich, dass einige sogar Watte in ihren BH stopften.

Sie ging in das kalte Badezimmer. *Dass man Wasser und Waschbecken einbaute und den Boiler vergaß,* dachte sie zum soundsovielten Mal. Aber das kostete wohl, sicher war das der Grund. Sie suchte sich einen sauberen Lappen und feuchtete ihn an, ehe sie sich damit leicht unter den Brüsten abrieb. Im Spiegel entdeckte sie eine große lachsrosa Kulturtasche, die auf dem Hocker stand, sie fuhr herum. Sie hatte ihre Tasche vorhin einfach hereingeworfen, ohne dass sie irgendeine Kulturtasche gesehen hätte. Die musste Tonje gehören. In diesem Moment klingelte ihr Telefon. Sie hängte den Waschlappen über den Waschbeckenrand und stürzte in die Küche. Boje war von seiner Decke aufgestanden, das Klingeln hatte er also gehört.

»Hier ist Merethe Wigsø«, sagte die Stimme.

»Ach ja, ja, hallo.«

Sie wolle wegen der Sache mit Tonje fragen, ob die wirklich nicht mehr in der Hütte sei.

»Sie ist am Samstagmorgen gefahren. Gestern Morgen, also.«

Ob sie das wisse, oder ob ihr das nur erzählt worden sei.

»Das hat mein Sohn gesagt, ja. Und als ich gestern hier angekommen bin, nachdem ich von ... von euch losgefahren war, war sie nicht hier. Sie war gefahren. Um Viertel nach acht geht von hier ein Bus, den hat sie genommen.«

Ihr Sohn, dieser Ragnar, könne sich demnach keinen Scherz erlaubt haben?

»Einen Scherz? Wie das denn? Und warum hätte er das tun sollen, wenn ich fragen darf?«

Nein, das wisse Merethe Wigsø auch nicht.

»Ich verstehe nicht, was Sie damit sagen wollen. Die hatten sich wohl gestritten, und dann ist sie gefahren, ich glaube, sie kennen sich noch nicht so lange, ich bin Tonje am Freitag in

215

Jarmannsjordet zum ersten Mal begegnet. Sie wollten es wohl einfach ausprobieren ...«

Aber dass Jonetta sich so bereitwillig als Babysitterin zur Verfügung gestellt habe, das könne Merethe Wigsø nicht begreifen.

»Nicht? Ich begreife wirklich nicht, was Sie meinen.«

Das sei egal, sie werde sich bald an die Polizei wenden, da sie ihre Tochter telefonisch einfach nicht erreichen könne.

»An die Polizei?«

Ja, an die Polizei, die sei ja wohl für vermisste Personen zuständig.

»Aber meinen Sie nicht, dass sie es nur ausnutzen wollte, dass sie jemanden zum Kinderhüten hatte? Und dass sie auf ein Fest gegangen ist oder so etwas?«

Das sei schon möglich, aber nun sei bald Sonntagabend, Tonje habe doch eine Tochter, die morgen auch zur Schule müsse, und ...

»Ja, ich habe gesehen, wie fein sie sein wird, Sie müssen Selma ganz herzlich grüßen ... und Simen auch. Ich weiß auch nicht, was ich sonst für Sie tun kann, ich wünsche Ihnen viel Glück.«

Merethe Wigsø sagte Danke.

Sie nahm den BH von dem Kleiderhaufen auf dem Boden und ging damit ins Badezimmer. Während sie ihn anzog, starrte sie auf die volle lachsrosa Kulturtasche. Dann ging sie hinaus, schloss die Tür und kleidete sich in der Küche fertig an.

Die Küchentür stand weit offen, jede Menge Geräusche drangen herein, jetzt, da die Sonne untergegangen war, und sie dachte: *Wie seltsam, dass die Vögel abends so überbordend singen, unmittelbar vor dem Schlafengehen.* Sie war froh darüber, dass sie angezogen war, denn als sie die Augen schloss und die Kulturtasche im Geiste vor sich sah, rutschte Jonetta an der Schranktürwand nach unten und blieb auf dem Boden liegen.

In der Hütte

Dass sie wirklich über den Bus gelogen hatte. Dass am Samstagmorgen um Viertel nach acht ein Bus fuhr und dass Tonje den genommen hatte. Sie lag auf der Seite und presste die Wange auf den Boden, der ist unvorstellbar schmutzig, dachte sie. Boje kam auf sie zu, riesige Pfoten und darüber ein großer Leib, was war er groß, und außerdem sabberte er. Konnte sie sich bewegen? Sie presste die Wange noch fester auf den Boden und spreizte die Finger, spürte aber nichts.

Sie war gelähmt. Sie hatte einen Schlaganfall erlitten, das stand fest. Bei einem Schlaganfall konnte man die Arme nicht über den Kopf heben und nicht lächeln. Sie lächelte, sie spürte, dass sie lächelte, sie spürte es in den Wangen, die wurden straffer und spitzer. Sie hob die Arme über den Kopf, während sie auf der Seite lag, das ging, selbst wenn der untere Arm ein bisschen träge war. Sie hatte keinen Schlaganfall.

Ragnar war weg. Er hatte ihr Auto genommen. Tonje hatte am Samstagmorgen den Bus genommen. Was hatte er gesagt, als sie mit ihm sprach und er betrunken war? Er war grässlich streitsüchtig gewesen, das war er auch, wenn sie ihm eine ganz einfache Frage stellte, ob er Hunger habe, zum Beispiel, oder wie lange er dieses T-Shirt noch tragen wolle, wenn er unangenehm roch.

Sie setzte sich mit dem Rücken an die Schranktür. Der Boden musste geputzt werden. Das musste passieren, sowie sie aufgestanden war, der Wasserkessel war ununterbrochen eingeschaltet gewesen, seit sie zu Hause war, sie war froh, dass ihr das jetzt einfiel. Sie richtete sich langsam auf, bewegte sich dann aber rascher, als sie entdeckte, dass ihr nicht schwindlig war. Nicht, dass sie Angst gehabt hätte. Wenn Merethe Wigsø die Polizei anrief, würden die wohl hier vorbeischauen. Aber Merethe Wigsø wusste ja gar nicht, wo die Hütte lag, woher hätte sie das auch wissen sollen?

Sie würden sicher anrufen, und dann würde sie erklären müssen, wo sie sich befand. Sie hatte nichts zu verbergen. Bis auf diese Kulturtasche. Das war nicht so gut, aber die konnte sie im Moor verschwinden lassen, das wäre sicher das Einfachste. Es war praktisch, dass sie das Moor gleich um die Ecke hatte.

Sie ging in sein Schlafzimmer und riss das Fenster auf, dann zog sie das ehemals frische Bettzeug vom Bett. Sie mochte es nicht auf Flecken untersuchen, es war ihr so was von egal, was die beiden unternommen hatten, ob es Reste von Lippenstift oder Menstruationsblut oder Sperma oder *whatever* gab. Danach kniete sie sich hin und hielt unter dem Bett Ausschau nach weiteren leeren Flaschen. Da waren keine. Er hatte sie sicher mitgenommen, nachdem sie die vorigen sieben entsorgt hatte.

Sie trug die Bettwäsche zur Bütte und presste alles hinein. Danach holte sie den Wasserkocher, kippte Biotex und kochendes Wasser über die Bettwäsche und rührte mit einem Holzstock um. Sie machte abermals Wasser heiß und stellte die Küchenstühle umgekehrt auf den Tisch. Den Flickenteppich brachte sie hinaus und schüttelte ihn aus, ehe sie ihn auf die Wäscheleine hängte. Da entdeckte sie, dass er dermaßen verdreckt war, wirklich pfui, auch der Teppich musste gewaschen werden, aber sie hatte nur eine große Bütte, er musste warten.

Im Wohnzimmer rollte sie die beiden Flickenteppiche zusammen, es war unschwer zu erkennen, dass sie genauso dreckig waren. Sie würde viel Wasser brauchen, daher fiel ihr wieder der Teich ein. Auch wenn die Teppiche nass waren, würde sie es schaffen, sie herauszuheben. Sie brauchte ja keine Seife zu verwenden. Nur bei den Flecken. Aber es waren ganz schön viele Flecken.

Sie trug alle drei Flickenteppiche zum Teich, zusammen mit der Zaloflasche. Allerlei Mücken umwirbelten sie, setzten sich auch, stachen jedoch nicht. Aber es kitzelte, wenn die in ihren Haaren verschwanden. Was, wenn die Teppiche auch einfach verschwanden, wenn sie vom Schlamm braun wurden und in immer tiefere Tiefen sanken. *Wenn niemand badet, während sie hier liegen, werden sie sicher schön sauber,* dachte sie, *und wenn ich nicht bade, badet hier überhaupt niemand.*

Sie spritzte Zalo auf die Flecken, von beiden Seiten, dann tauchte sie die Teppiche vorsichtig unter, sodass sie sich im Wasser gewissermaßen entfalteten und Luftblasen aufsteigen ließen, es war so schön, wie gut, dass ihr das eingefallen war.

Sie lief zurück in die Hütte, summte, jetzt würde sie putzen und dafür sorgen, dass alles nach grüner Seife roch.

Sie machte die Fenster auf und ließ sie weit offen stehen, während sie arbeitete. Ragnars Kissen und Decke hängte sie hinaus, dort würden sie so lange wie möglich hängen bleiben. Wenn sie in einer Woche nach Hause fuhr, dann würde sie alles in den Holzschuppen werfen. Sie legte ein sauberes Laken auf und trug ihr eigenes Kissen und ihre Decke nach unten, und sie freute sich darauf, dass sie zu Hause bald ein breiteres

Bett haben würde. Sie wischte noch einmal über alle Flächen in Ragnars Zimmer, und jetzt hieß es *ihr Zimmer,* das Zimmer gehörte jetzt ihr.

Die Luft, die durch die Wohnung zog, wurde nach und nach kühler, sie schloss das Wohnzimmerfenster und holte sich eine halbe Schlaftablette, die sie mit einem Schluck Wasser hinunterspülte.

Dann setzte sie sich auf einen Küchenstuhl und hörte Radio, trank noch ein Glas Wasser, saß mit gesenktem Kopf da und lauschte den Erklärungen über landwirtschaftliche Subventionen und fruchtbares Ackerland, das in Bauland umgewandelt wurde. Nach zwanzig Minuten, als sie merkte, wie die gute Ruhe von ihren Waden her nach oben stieg, ging sie ins Badezimmer und griff nach der lachsrosa Kulturtasche. Die war reichlich schwer. Sie stellte sie mitten auf den Küchentisch.

In der Hütte

Dank der Schlaftablette wurde sie diesmal nicht ohnmächtig und glaubte auch nicht, einen Schlaganfall erlitten zu haben.

Da stand sie nun und starrte die Kulturtasche an, ohne an etwas anderes zu denken, sah der Tasche gewissermaßen ins Weiße der Augen. Die Schlaftablette verlieh der Tatsache, dass sie hier eine lachsrosa Kulturtasche anstarrte, etwas leicht Komisches. Aber sie mussten sich gestritten haben, wenn Tonje ohne die Tasche gegangen war. Vielleicht hatte Ragnar sie hinausgeworfen. So etwas in der Art musste passiert sein. Die jungen Frauen heutzutage verließen das Haus nicht ohne Make-up und eine Menge Schminke. Und junge Frauen verließen schon gar nicht früh am Morgen eine fremde Hütte ohne Kulturtasche, sofern sie ruhig und entspannt aufbrachen, ohne es eilig zu haben.

Die Tasche sah nicht neu aus, die Ecken unten waren schon ein bisschen braun. Außerdem war drinnen irgendetwas ausgelaufen und hier und da in den Stoff gezogen. Oben am Reißverschluss saß eine lachsrosa Perle, daran zog sie, jetzt war die Tasche offen.

Sie wusste nicht, was sie erwartet hatte, aber darin lagen nur massenhaft Tuben und Döschen und Pinsel. Sie beugte sich vor und schnupperte, nahm ein buntes Gemisch von Gerüchen wahr. Sie kippte alles auf den Tisch, um es sich genauer anzusehen. Großer Gott, so viel war das! Sie selbst besaß Lidschatten und Wimperntusche und eine Feuchtigkeitscreme. Und sie hatte einen Kultur*beutel*, keine Tasche. Sie entdeckte einen Blister mit winzigen weißen Tabletten. Sie googelte den Namen. Es waren Antibabypillen. Und Antibabypillen ließ man nicht einfach zurück, das stand fest. Ganz bestimmt hatte er sie vor die Tür gesetzt.

Das Radio brachte jetzt schmissige Musik, die Landwirtschaftspolitik war abgehakt, zwischendurch redeten ein Mann und eine Frau genauso schmissig drauflos. *Ich googele ja ganz schön oft,* dachte sie und betrachtete das als Fortschritt. Dass sie überhaupt etwas wissen wollte, das war neu. Sie suchte einen anderen Sender, aber es gab wie üblich keine große Auswahl, sie hatte hier kein DAB, und das Schmissige musste weiterlaufen.

Sie öffnete eine Tube und drückte etwas Hellbraunes heraus, öffnete einige Schachteln und Etuis und sah noch mehr Hellbraunes, ein schwarzes Etui enthielt eine Menge Farben, das war sicher Lidschatten, sie öffnete eine Flasche und schnupperte, es roch gut. In ihrer Erinnerung sah Tonje durchschnittlich hübsch aus, mehr aber auch nicht. Und dazu brauchte sie das alles.

Bis auf die Flasche mit dem Duft stopfte sie sämtliche Utensilien zurück in die Kulturtasche. Die Flasche stellte sie ins Badezimmer neben das Waschbecken, bevor sie losging, zwischen den Bäumen hindurch zum Moor.

Die Sonne schien, das Moor lag da in einem Wirrwarr von kräftigen, leuchtenden Farben. Sie musste einen Moment stehen bleiben und den Anblick auf sich wirken lassen, die Sonne brannte auf ihren Wangen, sie schloss die Augen. Eigentlich witzig, dass sie keinen Hautkrebs bekam, wo sie doch nie Sonnencreme benutzte. Aber sie sonnte sich ja auch nie im Bikini. Sie *geriet* nur in die Sonne, *bewegte sich* hier und da mit Sonne am Leib, das war sicher etwas anderes.

Sie blieb bei dem Müllsack mit den Lebensmitteln stehen, und ihr fiel ein, dass sie vergessen hatte, ihre Tasche auszupacken. Nun lag ihr Essen seit Stunden darin, nur in Zeitungspapier gewickelt.

»O verflixt!«

Sie warf die Kulturtasche ins Moor, merkte zu spät, dass das keine gute Idee war, die Tasche landete einige Meter vom Land entfernt auf Moorgras. Das lag an der Schlaftablette, die veränderte sie, und an dem Gedanken an das Essen, das sie in ihrer Reisetasche vergessen hatte.

»*Scheiße!*«

Sie packte den Stock, mit dem sie sonst den Müllsack ins Moor schob, und stützte sich darauf, während sie langsam ins Moor hinausging, den Blick starr auf den Untergrund gerichtet.

Die Welt schwankte unter ihr. Braunes Wasser sickerte über die Birkenstocks und stieg an ihren nackten Waden hoch, sie trat einen Schritt zur Seite, nun stand sie besser, versuchte, die Kulturtasche mit dem Stock zu erreichen, aber die war zu weit weg. Sie tastete sich zu einer Stelle vor, wo sie Grasbüschel aus dem Wasser ragen sah, und war schließlich nahe genug. Mit dem Stock schob sie die Kulturtasche in glattes schwarzes Wasser, und nun war sie verschwunden. Sie wusste, dass die Tasche direkt unter der Oberfläche liegen konnte, aber auch, dass das Moor alles langsam verschlang, allem die Luft aussaugte. Nichts kam je aus eigener Kraft wieder herauf. Und die Kulturtasche war schwer.

Langsam ging sie auf demselben Weg zurück zum Rand des Moores. Es war ein seltsamer Gedanke, dass ein Moor vor langer Zeit ein Teich gewesen war. Und dass der Teich, in dem jetzt die Flickenteppiche lagen, zu einem Moor werden würde. Sie kehrte zur Hütte zurück, öffnete im Badezimmer sofort ihre Tasche und wickelte alles Essen aus dem Zeitungspapier. Es fühlte sich nicht warm an. Auch nicht kalt, aber auch nicht warm, und jetzt würde es ins Moor kommen, das hier würde sie morgen zubereiten, sie freute sich jetzt schon.

Sie lief wieder zum Moor und verstaute alles im Müllsack, stopfte diesen hinein und legte den schweren Stein darauf, hatte keine Lust, es an den Fäustling zu binden, und ging zurück, um ihre Schuhe am Wasserhahn abzuspülen. Während sie die Schuhe unter den Wasserstrahl hielt, blickte sie auf ihre Füße und stellte fest, dass die ebenfalls schmutzig waren. Sie hielt einen Fuß nach dem anderen unter den Hahn, konnte das Bein gerade über den Waschbeckenrand heben, das kalte Wasser jagte einen Kälteschauer von ihren Fußsohlen bis zu ihrer Kopfhaut, sie wackelte unter dem Wasserstrom mit den Zehen und stöhnte leise.

Sie könnte sich einen Boiler bestellen, aber damit wollte sie warten, bis sie das Reihenhaus verkauft und sich eine Zweizimmerwohnung gekauft hätte. Jetzt hatte sie erst einmal einen Kühlschrank gekauft. Alles zu seiner Zeit. Es passierte so viel. Heute früh hatte sie noch mit Selma und Simen in einem Doppelbett gelegen, und nun stand sie hier und spülte Birkenstocks und ihre Füße ab, nachdem sie die Kulturtasche der Mutter der beiden ertränkt hatte.

Sie kicherte und schaute auf ihr Telefon, niemand hatte angerufen. Sie hatte Lust, sich wieder auszuziehen, aber es war zu kühl. Sie holte den Duschtank, füllte ihn und stellte ihn bereit für die Morgensonne.

An diesem Abend würde sie sich in Ragnars Zimmer legen, alles war vorbereitet. Sollte sie die Tür abschließen? Nein, warum denn, das Fenster stand ja ohnehin offen. Offen nach Osten, wo die Sonne zuerst hinkam. Ihr Fenster, nein, ihr *altes* Fenster, schaute nach Norden, daran hatte sie überhaupt nicht gedacht. Sie schlief morgens gut. Ragnar erwachte immer schweißnass und erhitzt, wenn draußen die Sonne schien.

Sie mischte Bojes Trockenfutter mit etwas Wasser und zerkrümelte den letzten Pizzarest darüber. Boje behielt hingerissen noch ihre kleinste Bewegung im Auge.

»Du bewegst dich im Moment ja wirklich nicht viel«, sagte sie. »Aber immerhin warst du heute schwimmen, also …«

Er wedelte mit dem Schwanz. Und sprang auf, sowie sie ihm den Fressnapf hinstellte.

Sie blieb stehen und beobachtete ihn. Wie gut er es haben musste. Warm, ohne Durst, satt, dachte nie weiter als bis zu der Sekunde, die er gerade erlebte, schlief fast die ganze Zeit, träumte heftig.

»Du bist ein feiner Junge, Boje.«

In der Hütte

Der Regen prasselte gegen die Fensterscheibe, der eine Vorhang wehte fast waagerecht ins Zimmer herein und war patschnass. Sie hörte nie den Wetterbericht, weil sie sich doch im Binnenland befanden, für diese Gegend gab es keine Vorhersage, glaubte sie. Sie sprang aus dem Bett und schloss das Fenster, der Vorhang fiel triefend nach unten, der Boden war nass vom Regenwasser, gut, dass die Fensterangeln solide waren, sonst wäre das Fenster wohl in tausend Stücke zersprungen.

Aber sie war nicht von Regen und Wind wach geworden. Sie hielt Ausschau nach Boje, ging in die Küche, wie seltsam es war, von ihrem eigenen Zimmer aus gleich in die Küche gehen zu können, und da lag Boje und schnarchte. Das Telefon klingelte. Wieder. Das hatte sie geweckt. Sie kannte die Nummer nicht.

»Hallo«, sagte sie.

Es war ein gewisser Vika von der Polizei, ob er mit Jonetta Hågsnes spreche, er wolle nur wissen, wo ihre Hütte liege, sie wollten vorbeischauen. Sie ließ sich auf einen Küchenstuhl sinken.

»Hier? Hier bei der Hütte?«

Das hätten sie vor, ja. Sie schaute auf die Armbanduhr, es war halb zehn. Nun kamen sie also, Merethe Wigsø war keine Frau von leeren Worten.

»Geht es um diese Tonje?«

Das sei der Fall.

»Ist sie nicht ... noch nicht nach Hause gekommen?«

Darüber dürfe er nicht viel sagen, aber ...

»Sie können ja wohl sagen, ob sie nach Hause gekommen ist? Wenn sie nach Hause gekommen ist, dann wäre es doch sinnlos, dass Sie mich anrufen ...«

Da habe sie wohl recht, sie wollten also gern kurz mit ihr sprechen. Seine Stimme war jung, das war sicher so ein Auftrag, auf den blutjunge Dienstanwärter angesetzt wurden. Mutter von kleinen Kindern auf einem Fest verschwunden, nachdem sie sich eine Babysitterin besorgt hat. Aber die Tochter hatte heute doch den ersten Schultag, und Tonje war Lehrerin.

Sie wollten also vorbeischauen. *Sie.* Die Polizei fuhr nie allein zum Einsatz, das wusste sie immerhin aus dem Fernsehen.

»Aber warum wollen Sie mit mir sprechen? Ich bin doch nur die Babysitterin«, sagte sie.

Habe sie nicht einen Sohn, einen gewissen Ragnar Hågsnes?

»Doch, aber der ist gestern in die Stadt gefahren.«

Er fragte, wo Ragnar wohne.

»Er wohnt bei mir zu Hause, aber da zieht er jetzt aus, deshalb ist er nach Hause gefahren, er hat einiges zu erledigen.«

Polizist Vika wollte die Adresse in der Stadt und bekam sie. Aber er sagte, sie wollten trotzdem mit ihr sprechen, weil Tonje dort zuletzt gewesen sei. Tonje habe die Hütte am Samstagmorgen verlassen, habe Merethe Wigsø gesagt.

»Ja, das hat Tonje, ja.«

Und das habe ihr Ragnar Hågsnes mitgeteilt?

»Mitgeteilt? Mein Sohn hat das gesagt, ja.«

Habe ihr Sohn gesagt, weshalb?

Ihr ging auf, dass sie ja jetzt redeten, warum um alles in der Welt wollten sie dann noch herkommen?

»Sie brauchen zwei Stunden bis hierher«, sagte sie.

Aber habe ihr Sohn, dieser Ragnar Hågsnes, etwas darüber gesagt, warum Tonje gefahren sei?

»Nein, nichts Besonderes.«

Okay, aber darüber könnten sie weitersprechen, wenn sie zur Hütte kämen, also in zwei, drei Stunden.

Sie blieb in der Küche stehen und atmete durch. Boje öffnete plötzlich ein Auge, schloss es aber langsam wieder. Dieser Hund hatte wirklich eine gute Blase, dafür, dass er so alt war. Es war kalt hier, sie schaute auf das Thermometer, siebzehn Grad, das Wetter war wirklich umgeschlagen. Sie blieb stehen und überlegte. Die Polizei würde kommen. Selbst wenn es ein junger Mann war, er hatte ja *wir* gesagt, also waren es wohl zwei: Er war trotzdem von der Polizei, auch wenn er so jung war.

»BOJE! KOMM!«

Sie war gerade erst aufgewacht, sicher hatte sie deshalb diese seltsamen Gedanken. Sie brauchte Kaffee. Kaffee und Luft. Boje erhob sich langsam von seiner Decke und kam zu ihr an die Tür. Sie lief hinaus und setzte sich ins Gras und pisste, während der Wind an ihrem dünnen Nachthemd riss und der Regen auf ihren Kopf prasselte. Das war schön, einfach wunderbar, sie blieb noch ein bisschen sitzen, dann stand sie auf und schüttelte den Kopf. Boje stand noch immer in der Küchentür. Sie lief hinein und riss Küchenpapier ab, um sich unten abzuwischen, ehe sie Boje hinaus in den Regen schob. Die Tür schlug jetzt hin und her. Sie warf das Stück Küchenpapier in den Ofen, dort hatte sie schon lange nicht mehr hineingeschaut, nun baute sie einen Turm mit Reisig aus dem Holzkorb hinein, darüber legte sie größere Stücke, im Zickzack, der Holzkorb war fast leer. Dann nahm sie Streichhölzer aus der Ablage über dem Ofen und machte Feuer. Es flammte sofort auf, so trocken war das Holz, und da war Boje wieder, er schüttelte sich derart heftig, dass er auf dem teppichlosen Boden ausglitt. Sie hatte die Streichhölzer gefunden, die hatten wohl die ganze Zeit im Regal gelegen, sie sah nach den Teelichten, die waren allesamt heruntergebrannt. Dann hatten sie es immerhin *so lange* gemütlich gehabt.

Die Polizei würde bald hier sein. Warum hatte sie nicht gesagt, nein, ihr dürft nicht kommen, ich habe einen winzig kleinen Urlaub von meinem Höllenjob, und ich möchte meine Ruhe haben, ich möchte so gern meine Ruhe haben, dass ich meinen Sohn nach Hause geschickt und ihm befohlen habe, ganz auszuziehen, und jetzt habe ich das ganze Wochenende zwei reizende Kinder gehütet und bin eben erst in die Hütte zurückgekommen und …

Sie ließ sich weinend auf einen Küchenstuhl sinken. Sie hatte die Stuhlbeine nicht gesäubert, fiel ihr jetzt ein, ehe sie die Stühle wieder hingestellt hatte, nachdem sie umgedreht auf dem Tisch platziert gewesen waren. Sie weinte noch heftiger, mit der Stirn auf den Knien. Auf diese Weise konnte sie die Staubklumpen unten an den Stuhlbeinen sehen. Sie brauchte doch nur Küchenpapier und ein wenig Wasser und musste die Stühle noch einmal umdrehen. Warum konnte sie nichts richtig machen? Sie holte die Küchenrolle und hielt ein Stück davon für einen winzigen Moment unter den Wasserhahn, dann hob sie die Stühle hoch und wischte jeden Fuß ab, alle zwölf. Dann fuhr sie sich mit der Rückseite des Papiers über die Augen und merkte, wie verschwitzt sie war.

Okay. Genug geheult. Den Rest würde sie doch mit links erledigen.

In der Hütte

Staub. Unten am Stuhlbein. Warum war das so wichtig? Egal, es war eben wichtig. Weil er da nicht sein sollte. Es gab so viel, was da sein sollte, zum Beispiel genug Klopapier und Seife und Zahnpasta, und ebenso viel, was nicht da sein sollte, wie Staubklumpen an Stuhlbeinen und Popel am Kopfende des Bettes und schmutzige Unterhosen mitten im Badezimmer. Sie ging in die Hocke und dachte über all das nach. Dass sie sich daran erinnern musste, an alles, dass es wichtig war. Fremde Kulturtaschen sollten auch nicht in einem Haus sein. Sie nickte langsam. Wieder und wieder. Und das Auto sollte direkt vor der Hütte der Besitzerin stehen.

Die Armbanduhr zeigte kurz nach zehn Uhr morgens. Demnach blieben ihr noch anderthalb Stunden, bis sie kommen würden. Sie schniefte heftig, holte sich neues Küchenpapier und putzte sich die Nase. *Mein Auto hast du auch mitgenommen, Ragnar.*

Was bildete die Polizei sich eigentlich ein? Eine besorgte Frau rief am Sonntagabend oder Montagmorgen an, weil ihre Tochter nicht nach Hause gekommen war. Das war doch kein Grund zur Aufregung, bestimmt hatte die Tochter sich auf einem Fest volllaufen lassen und vergessen, dass ihre kleine Tochter den ersten Schultag hatte, in einer neuen Klasse, und dass ihr Sohn in den Kindergarten musste. Sie sagte sich das alles immer wieder: *Das ist kein Grund zur Aufregung, bestimmt hat sie sich auf einem Fest volllaufen lassen und vergessen, dass ihre kleine Tochter den ersten Schultag hat, in einer neuen Klasse, und dass ihr Sohn in den Kindergarten muss.* Sie glaubte, dass die Polizei mehrere Tage abwarten musste, ehe Nachforschungen angestellt werden konnten. Merethe Wigsø hatte die Sache offenbar dringend klingen lassen, oder die Polizei hatte wenig zu tun. Oder beides.

Die Regenjacke hing, wo sie hingehörte, sie zog sie an. Dann ging sie mit Ragnars Kissen und Decke in den Schuppen und legte die Decke über den Holzstapel, wie zum Trocknen. Das Kissen lehnte sie daneben an die Wand. Und nun wollte sie Kaffee und ein Brot mit Ziegenkäse.

Sie kaute langsam und nippte am Kaffee, während sie eine Stimme aus dem Radio hörte, so leise, dass nebenbei auch das Knacken des Ofens zu vernehmen war. Warum hatte sie kein Holz geholt, als sie die Decke über den Holzstapel gelegt hatte? Sie schaffte nicht das ganze Brot und gab den Rest Boje, dem der Ziegenkäse am Gaumen kleben blieb, er blieb stehen und kratzte sich mit der Pfote an der Schnauze und schmatzte und schmatzte und rieb sich mit der Zunge über den Gaumen. Sie lachte sonst immer über ihn, wenn er sich so seltsam aufführte, aber nun leerte sie nur ihren Kaffeebecher, dann zog sie wieder die Regenjacke an, ging mit dem Holzkorb hinaus in den Schuppen und füllte ihn.

Wohnzimmer und Küche sahen nackt aus ohne die Flickenteppiche. Vielleicht sollte sie die Teppiche waschen und auf die Leine hängen, ehe die Polizei kam, dann hätte sie immerhin bewiesen, dass sie Teppiche hatte. Stattdessen lief sie zum

Moor, blieb bei dem Müllsack stehen und starrte nach vorn, sie konnte kein Fitzelchen Lachsrosa sehen. Als sie zurück zur Hütte kam, fauchte das Wasser auf der Platte, der Wasserkocher war mehr als fertig, sie nahm ihn mit hinaus und holte die Mangel aus dem Schuppen. Sie kurbelte die Bettwäsche hindurch und spülte nach jeder Runde mit lauwarmem Wasser. Der Schlauch lag auf einer Schieferplatte bereit, zusammen mit dem Wasserkessel. Sie stand in einer Dampfwolke da, ganz und gar erfüllt vom Gedanken an Sigvald, ohne Form oder Plan oder Fragen. Sie war einfach da.

Der Regen machte keine Pause, sie schüttelte die Bettwäsche nach der letzten Mangelrunde aus und hängte sie auf. Es war eine seltsame Beschäftigung, Wäsche bei strömendem Regen aufzuhängen, aber sie wollte die Sachen nicht im Wohnzimmer haben, über Möbel und Stehlampe gebreitet, es war schlimm genug, dass die Flickenteppiche nicht dort lagen. Sie schätzte die Länge der Wäscheleinen ab und beschloss, die Teppiche sofort zu holen, da die Mangel ohnehin hier stand, es wäre Platz genug.

Sie packte jeden Teppich an einem Ende und schüttelte ihn einige Male unter Wasser aus, bevor sie ihn an Land zog. Das ging überraschend gut, und die Farben waren klar und leuchtend geworden, sie überlegte, wer die Teppiche wohl gewebt haben mochte, die Großmutter des früheren Besitzers vielleicht. Sie schaffte es, alle drei hinter sich her zur Hütte zu ziehen, es spielte keine Rolle, ob Blätter oder Zweige oder Fichtennadeln daran hängen blieben, der Weg hier führte nicht über Erde, sondern nur über plattgetrampelte Gewächse. Sie bugsierte die Teppiche einen nach dem anderen durch die Mangel und hängte sie so auf die Leine, dass auf jeder Seite die Hälfte herunterhing, damit sie keine Wäscheklammern brauchte. Als sie fertig war, erkannte sie, dass das eine gute Idee gewesen war. Sie würde einen beschäftigten und geschäftigen Eindruck machen, wie eine, die durchaus nicht der Typ war, um eine Kulturtasche ins Moor zu werfen.

Unter ihrer Regenjacke war sie triefnass vom Schweiß und vom Wasser, das in ihre Ärmel gelaufen war, als sie diese nach Hause schleifte. Eine Dusche konnte sie jetzt gut brauchen, auch wenn das Wasser im Duschtank bei dieser Temperatur sicher eiskalt war. Sie zog sich im Haus aus und rannte bibbernd aus der Tür, mit dem Wasserkessel in der einen und einem Handtuch in der anderen Hand. Sie hatte noch immer nicht daran gedacht, Shampoo zu kaufen, aber das war ihr jetzt egal. Sie goss einen Teil des kalten Wassers aus dem Tank und füllte mit Wasser aus dem Kessel nach.

Es tat gut, sich einzuseifen, in der Kälte, aber zu wissen, dass das Wasser, das bald über sie fließen würde, ein wenig Wärme enthielt. Die Geräusche aus dem Wald waren schön, nicht ein Vogelzwitschern, nur das Rauschen und Rascheln von den vielen Blättern, die den Regen entgegennahmen, und es war so still. Sie stellte sich vor, wie Vögel und kleine Tiere in Höhlen und Schlupflöchern zusammenkrochen, im Schutze der Blätter, sah vor sich, wie sie die Augen schlossen und die Körper zusammendrückten und lauschten, so wie sie selbst. Sie öffnete den Tank und ließ das Wasser strömen, spülte sich überall ab und hüllte sich in das Handtuch, ehe sie ins Badezimmer lief. Dort entdeckte sie die Flasche mit Tonjes Duft und griff danach, was stand auf der Flasche? *Chanel Nº 5. Eau de Toilette.* Sie trocknete sich gründlich ab und zog ihren schweißfeuchten BH, eine saubere Unterhose, eine lange Hose und ein T-Shirt an. Die Chanel-Flasche steckte sie in den Müllsack, unter allerlei anderen Abfall, hier hatte die nichts zu suchen.

Sie kochte sich einen weiteren Kaffee, entdeckte die Packung grünen Tee, auch die landete im Müll. Dann holte sie das Kreuzworträtsel hervor und setzte sich an den Küchentisch, auf die Seite, wo sie den Weg sehen konnte. Ihr fiel ein, dass sie im Ofen Holz nachlegen müsste, dabei fiel ihr Blick auf die Wäscheleinen. Es war ein Wunder, dass sie diese schweren, nassen Dinger halten konnten. Aber sie waren alt. Alles Alte hielt durch.

Sie ging ins Schlafzimmer und machte ihr Bett, ein bisschen achtlos und eilig, damit es nicht übertrieben wirkte, sie hatte schließlich Urlaub, dann stieg sie nach oben und überprüfte ihr altes Schlafzimmer. Die Matratze lag dort, befreit von Matratzenauflage und Bettwäsche. Sie schloss das Fenster. Dann fiel ihr ein, dass sie vergessen hatte, unten in den Schlafzimmerschränken nachzusehen, sie lief die Treppe hinunter, sah hinein. Dort lag das rote Hemd.

Sie sah nur das rote Hemd und hätte ans Fußende des Bettes sinken mögen. Aber sie blieb stehen. Sie stützte sich mit den Händen auf die Matratze und atmete heftig aus und ein, ein und aus, hob einen Finger und überzeugte sich davon, dass ihre Augen trocken waren. In diesem Moment hörte sie ein unbekanntes Auto.

Jetzt waren sie da.

In der Hütte

Sowie ihr Blick auf die beiden traf, spürte sie, wie sie sich physisch verschloss, es war, als hätte sie einen Krampf mitten in ihrer Brust, sie nahm an, im Solarplexus. Sie spürte, dass sie niemandem in die Augen sehen wollte, und dachte nur daran, dass Montag war und sie Urlaub hatte und sie sich abends Fischklöße und Krabben in Currysoße machen würde. Oder vielleicht mittags, wenn sie wieder weg wären.

Sie reichten einander die Hand, sie ließ die anderen ihre Hand drücken, erwiderte aber den Händedruck nicht. Boje freute sich, denn der jüngere Polizist ging vor ihm in die Hocke, sie sah, dass sie mit einem normalen Auto gekommen waren, sie trugen auch normale Kleider.

»Das ist ja kein junger Spund mehr«, sagte der Polizist und kraulte Boje im Nackenfell.

»Bald dreizehn«, sagte sie.

Die beiden mussten bitten, eintreten zu dürfen. Der Regen machte eine Pause, dadurch wirkte es nicht so albern, dass die Wäscheleinen voller Dinge hingen, die trocknen sollten, sie schaute kurz hinüber, durch das Fenster, alles hing brav und gerade nach unten.

Sie blieben in der Küche stehen, sie selbst setzte sich auf ihren Platz vor dem Kreuzworträtsel, aber sie griff nicht nach ihrem Bleistift, stattdessen hob sie den Mamabecher mit dem kalten Kaffee an den Mund und schaute aus dem Fenster. Sie hatte das Verfallsdatum auf der Currypackung nicht überprüft, aber sie könnte ja etwas mehr ins Essen geben, wenn das Gewürz alt war und an Geschmack verloren hatte. Die Polizisten würden bereuen, dass sie so weit gefahren waren, wie sollte sie ihnen denn helfen können?

Sie fingen an, über ihr Auto zu reden, wollten wissen, warum es nicht dort stand und wie sie zum Laden käme.

»Sie müssen doch einkaufen?«, fragte der eine, sie konnte sich nicht erinnern, welcher von ihnen Vika war und mit wem sie telefoniert hatte. Sie waren jedenfalls beide junge Hüpfer, total uninteressant.

»Ich lasse mich mitnehmen«, sagte sie.

»Von wem denn?«

»Von denen, die den Kühlschrank bringen.«

»Einer, den Sie zur Reparatur gegeben haben?«

»Nein, ein neuer. Ich habe mir online einen Kühlschrank gekauft.«

»Es war Ihnen also recht, dass Ragnar gestern mit Ihrem Auto losgefahren ist?«

»Es kann ja sein, dass er zurückkommt«, sagte sie.

»Was hat er darüber gesagt, dass Tonje am Samstagmorgen gefahren ist?«

»Dass sie nach Hause wollte. Ich glaube, sie hatten sich ein bisschen gestritten.«

»Und der Bus fährt um Viertel nach acht, meinten Sie, das hat Merethe Wigsø gesagt.«

»Stimmt«, sagte sie.

»Und er hat Sie einfach weiter die Kinder hüten lassen.«

»Ja«, sagte sie. »Er wusste ja nicht, dass sie nicht nach Hause kommen würde. Er dachte, ich wäre nach Hause gefahren, ins Reihenhaus in der Stadt.«

»Wo ist sein Schlafzimmer?«

»Oben.«

»Zeigen Sie uns das mal?«

Danach ging ihr auf, dass eine Genehmigung hätte vorliegen müssen, eine Genehmigung, sich private Dinge anzusehen, aber sie zeigte ihnen einfach alles. Was hatte sie denn wohl zu verbergen? Sie zeigte ihnen die nackte Matratze und sagte, hier habe Ragnar geschlafen, und seine Decke und das Kissen lägen im Schuppen, weil sie die Bettwäsche gewaschen habe, das sei so üblich, montags Bettwäsche zu waschen, und eine Matratzenauflage habe er nicht gehabt, falls sie das interessiere, er schlafe immer direkt auf der Matratze. Sein Rücken war so stark, dass er keine weiche Matratzenauflage brauchte, darüber habe er sich nie beklagt.

»Aber warum haben Sie die Sachen in den Schuppen gelegt?«, fragte der eine, der vielleicht Vika hieß.

»Weil sie zuerst auf der Wäscheleine hingen, aber dann hat es angefangen zu regnen.«

»Aber da hängen jetzt ja andere Dinge. Haben Sie ein Badezimmer?«

Sie ging als Erste die Treppe hinunter und öffnete die Tür zum Waschbecken mit dem kalten Wasser. War erleichtert darüber, dass sie die Chanelflasche weggeworfen hatte, die passte wirklich nicht zu dem blöden Waschbecken und dem Kaltwasserhahn, der eine sah sofort, dass sie nur kaltes Wasser hatte.

»Sie haben fließendes Wasser, aber kein warmes?«

»Richtig«, sagte sie. »Deshalb wasche ich die Kleider draußen, mit Gartenschlauch und allem.«

»Mit der Bettwäsche, die dort draußen hängt, war also Ragnars Bett bezogen, als Tonje hier war?«

»Ja«, sagte sie und ging in die Küche und setzte sich wieder. Sie dachte an die Matratzenauflage unten im Teich. Auf

238

der hatte Tonje nicht gelegen. Sie musste auf ihrer eigenen Matratzenauflage gelegen haben, auf der, die sie nach unten geschleppt hatte.

»Können wir diese Bettwäsche mitnehmen?«

Zum ersten Mal sah sie dem, der das gesagt hatte, ins Gesicht.

»Was mitnehmen?«, fragte sie.

»Die Bettwäsche, die da draußen hängt.«

»Nasse Bettwäsche mitnehmen?«

»Sie bekommen die doch zurück.«

»Ja, nehmen Sie sie nur mit. Aber warum eigentlich?«

»Wir untersuchen sie auf Haare und so was«, sagte der andere.

»Ich habe sie doch gewaschen«, sagte sie.

»Sie hat nichts hinterlassen, oder? Unterwäsche oder Ohrringe oder so was.«

»Nein«, sagte sie und schaute aus dem Fenster. »Jetzt fängt es wieder an zu regnen.«

In diesem Moment klingelte das Telefon des einen. Er blieb stehen und nickte und stieß kleine Lauschgeräusche aus, dann sagte er: »bis nachher« und drückte das Gespräch weg. Das alles registrierte sie, während sie aus dem Fenster schaute und einige Male zu dem Polizisten hinüberlugte. Sie würde die weiße Soße machen, sobald die beiden weggefahren wären, aber sie hatte keine Milch für die Soße, also würde es keine weiße Soße werden, die würde dünner aussehen und sehr gelb von dem Curry. Sie könnte auch die Brühe aus der Dose mit den Fischklößen verwenden, und die aus der Krabbendose.

»Das war ein Kollege«, sagte er. »Er war bei der Adresse, die Sie uns genannt haben, um mit Ihrem Sohn zu sprechen.«

»Ach«, sagte sie.

239

»Aber der war dermaßen benebelt von Alkohol oder etwas anderem, dass kein vernünftiges Wort aus ihm herauszubringen war.«

»Das ist Wodka«, sagte sie. »Den trinkt er immer.«

»Auch mitten am Tag?«

»Ab und zu.«

»Wo arbeitet er?«

»Er hat keine Arbeit.«

»Aber haben Sie nicht gesagt, dass er ausziehen wird?«

»Ja, das habe ich gesagt. Auch zu ihm«, sagte sie.

»Dass er ausziehen soll?«

»Ja.«

»Wie soll er sich das denn leisten können? Wenn er keine Arbeit hat?«

»Er bekommt doch die Stütze. Und jetzt muss er sich Arbeit suchen«, sagte sie.

»Wann haben Sie ihm gesagt, dass er ausziehen muss?«

»Das weiß ich nicht mehr.«

Der eine ging hinaus und nahm die Bettwäsche von der Leine, ließ die Wäscheklammern hängen, faltete die Bettwäsche zusammen und legte sie ins Auto.

»Wollen Sie eine Plastiktasche?«, fragte sie.

»Wir haben welche im Auto«, antwortete der, der stehen geblieben war, der, der den Anruf erhalten hatte.

Sie nippte am Kaffee, er schmeckte scheußlich.

»Wir melden uns wieder. Vielen Dank erst mal«, sagte er und ging hinaus.

Sie schaute auf den Boden. Keiner von beiden hatte seine Schuhe ausgezogen, sie würde fegen müssen.

In der Hütte

Nie im Leben würde sie Ragnar anrufen, wenn er nüchtern wäre, wann immer das sein könnte. Damit war sie jetzt fertig. Sie hatte der Polizei alles gesagt, was sie über diese verschwundene Tonje wusste, und das war minimal, aus und vorbei und Schluss. Sie hatte Geld ausgegeben, um auf Tonjes Kinder aufzupassen, hatte Essen gekauft und allerlei zum Knabbern, und jetzt würde sie keinen von ihnen jemals wiedersehen. Das hier war ein abgeschlossenes Kapitel. Polizei in der Hütte. Am Sonntag hatte er weg zu sein, wenn sie nach Hause kam.

Sie holte ganz tief Luft und atmete langsam wieder aus, während sie dem Polizeiwagen hinterhersah, dem Polizeiwagen, der aussah wie ein normaler Wagen, beobachtete, wie der beim Holzschuppen zurücksetzte, ehe er über den unebenen Weg davonhuckelte, mit der Bettwäsche auf der Rückbank.

Untersuchen auf Haare und so was... Die war doch frisch gewaschen. Aber natürlich, Haare verschwanden ja nicht, wenn sie in der Bütte wusch und durch die Mangel drehte, wieder und wieder. Dann wurden die Haare wohl nur reichlich plattgedrückt. Aber was spielte es für eine Rolle, wenn sie einige Haare von Tonje Wigsø auf Laken oder Kissenbezug fanden, großer Gott, und das nannten sie polizeiliche Ermittlung.

»Fertig«, sagte sie laut und schlug mit der flachen Hand auf den Tisch.

241

Sie lief durch strömenden Regen zum Moor, ging mit zum Himmel erhobenem Gesicht und ließ die Füße den Weg suchen, wäre einige Male fast gestolpert. Wie unbeschreiblich schön das hier war, sie los zu sein, *ihn* los zu sein, bis auf Weiteres alle los zu sein, und sie würde sich eine Wohnung und eine neue Arbeit suchen. Vielleicht sollte sie sich auch von Sigvald befreien. Sie blieb stehen und senkte den Kopf, stemmte die Hände auf die Knie und holte Luft, behielt sie eine ganze Weile im Körper, ehe sie sie langsam entweichen ließ. Vielleicht. Warum sollte sie die ganze Zeit an Sigvald denken?

Wenn sie nur wüsste, wie sie das vermeiden konnte.

Sie verharrte noch eine Weile in dieser Haltung und atmete. *»Sigvald, du bist tot«,* sagte sie, wusste aber nicht so genau, ob es half. *»Sigvald ist tot«,* sagte sie und merkte, dass es sinnvoller war, das zu sagen. So fantastisch war er auch wieder nicht gewesen, eigentlich ziemlich langweilig, dachte sie, während sie ihre Zehen in den Birkenstocks anstarrte, sie waren tropfnass und bedeckt von Fichtennadeln und kleinen Blättern, sie hatte ihre Regenjacke nicht angezogen, die Tropfen trafen sie im Kreuz. Sie hatte auch Boje nicht mitgelockt, sie fror. *Großer Gott, ich bin ja so allein,* dachte sie.

Sie zog den Müllsack aus dem Moor und holte die Packung Fischklöße und die Dose Krabben heraus. Dann legte sie den leeren Müllsack beschwert mit Steinen an den Rand des Moores und hielt dabei Ausschau nach etwas in Lachsrosa weiter draußen, doch das war nach wie vor verschwunden, verschlungen.

»Ich bin ja so allein«, sagte sie laut.

Der Regen prasselte herab, aber er war offenbar wärmer geworden, ihr war so heiß.

Ein dicker Butterklumpen schmolz in der Pfanne, dann rührte sie Mehl hinein und goss die Brühe von den Fischklößen und den Krabben dazu, es war dumm, dass sie keine Milch hatte, sie hatte sich in einem Becher eine Bouillonmischung gemacht und kippte die in die Pfanne, am Ende rührte sie eine Menge Curry in die Soße, und die schlaffen Fischklöße wurden sofort elastischer, als sie untertauchten und aus dem gelben Matsch wieder auftauchten. Kartoffeln hatte sie total vergessen, aber das war ihr egal, das hier wollte sie haben. Als sie glaubte, dass die Fischklöße fast warm waren, gab sie die Krabben dazu und holte eine Schüssel, die sie dann gegen einen tiefen Teller tauschte. Sie dachte an den spitzen Mann im oberen Stockwerk im Haus in Jarmannsjordet. Wie seltsam es sein musste, mit fremden Menschen *über sich* zu wohnen, das hatte sie noch nie getan. Selma und Simen fehlten ihr, vielleicht könnte sie die beiden anrufen, ja, das könnte sie bestimmt, auch wenn sie sie nie mehr wiedersehen würde. Aber erst wollte sie essen.

Als sie sich mit vollem Magen auf dem Sofa zurücklehnte, wurde ihr klar, dass sie die beiden keineswegs anrufen konnte. Simen war im Kindergarten, Selma war in der Schule, und Merethe Wigsø, die für die zwei verantwortlich war, entschied über Essen und Schlafenszeit. Auch sie wartete sicherlich auf Tonje. Jonetta hätte gern gewusst, wie lange sie warten musste.

Sie schloss für einen Moment die Augen, und als sie sie wieder öffnete, war die Sonne zum Vorschein gekommen, Fliegen brummten auf der Innenseite des geschlossenen Küchenfensters, und eine Hummel hatte sich ins Wohnzimmer verirrt. Boje schlief lautlos, alles war still, auch ihr Herz, es ging ihr gut, sie fühlte sich überhaupt nicht einsam. Sie schaute auf die Uhr, sie hatte fast zwei Stunden geschlafen.

Und wie merkwürdig, dass die Welt eine andere wurde, sowie die Sonne kam. Sie riss die Küchentür sperrangelweit auf, ehe sie das Radio einschaltete, es gab Bingo, sie setzte Wasser auf, machte eine Tasse mit Kaffeepulver bereit, holte tief Luft.

»B 14«, sagte sie und trat in die Küchentür. »B 1, 4.«

Die Flickenteppiche dampften. Sie hingen jetzt, wo die Bettwäsche nicht mehr da war, an komischen Stellen. Und die leere Stelle, wo das Auto gestanden hatte, schnitt ihr in die Augen, sie ärgerte sich über die nackten Steinplatten, wo ein alter Volvo hätte sein müssen. *Verdammter Idiot.* Der sturzbesoffen zu Hause lag. Er war jetzt vermutlich nicht weniger besoffen als am Morgen, als die Polizei dort gewesen war.

Sie kratzte die Essensreste aus dem Topf und kippte sie in Bojes Fressnapf, danach gab sie etwas Trockenfutter dazu, rührte um und stellte es für ihn hin. Er hob nur ein wenig den Kopf und schaute zum Napf hinüber, dann ließ er ihn wieder sinken. Dabei hatte Boje sonst immer Appetit.

»Jetzt werde du mir bloß nicht krank, jetzt, wo es mir hier so wunderbar geht. Ich habe noch sechs Tage von meinem Urlaub übrig, nur damit du's weißt.«

Er schlug einige Male mit dem Schwanz auf die Bodenbretter, also musste er sie gehört haben. Sie ging zu ihm und kraulte ihn hinter den Ohren, er schloss die Augen.

»Du bist sicher auch müde von dem Polizeibesuch«, sagte sie und streichelte ihn gründlich, von den Ohren über den Nacken, viele Male, das gefiel ihm.

Der Kessel polterte und schaltete sich aus, sie goss heißes Wasser auf das Pulver und gab ein wenig kaltes dazu, setzte sich draußen auf das, was zu ihrem Platz geworden war, wenn sie hier allein war. Es war eine *Gottesgabe,* dass die Mücken sie nie stachen, das hatte ihr Grundschullehrer gesagt. Eine Gottesgabe. Davon gab es nicht viele in ihrem Leben. Aber dass die Mücken nichts von ihr wissen wollten, war eine davon. In dieser Nacht starb Boje.

In der Hütte

Der Elektroladen rief um halb neun am Morgen an und teilte mit, dass sie am selben Tag den Kühlschrank bringen könnten, wenn sie ihnen den Weg erklärte. Sie stand mitten im Schlafzimmer, als sie mit ihnen redete, sie war senkrecht aufgesprungen, aus purem Reflex, sie wurde angerufen, also musste es irgendeine Krise geben. Es musste etwas sein, das sie geträumt hatte.

Natürlich war es etwas, das sie geträumt hatte.

Es rief so selten jemand an, und schon gar nichts morgens. Sie erläuterte, wie sie zur Hütte kämen, und bat sie, sich alles gründlich aufzuschreiben, dann ging sie in die Küche. Sie begriff sofort, dass Boje tot war.

Es hatte damit zu tun, wie er lag. Teilweise auf dem Rücken, teilweise nicht. Verrenkt, irgendwie. Seine Augen standen offen, er hatte den Kopf in den Nacken gelegt, sie kniete nieder, um den Kopf umzudrehen, aber sein Körper war wie erstarrt. Damit kannte sie sich nicht aus. Es war irgendetwas, mit *mortis* im Namen. Sie hatte zwei Stunden, dann würden die Kühlschrankmänner kommen. Er war am Vorabend zum Pissen draußen gewesen, an seinem Essen hatte er danach aber nur kurz geschnuppert.

Sie hob den unberührten Fressnapf hoch, kippte den Inhalt in den Mülleimer, blieb mit dem Napf in der Hand stehen und schluchzte laut, sank in die Knie, zog sich zu Boje hinüber und schmiegte das Gesicht in sein Fell.

»Boje, Boje, Boje ...«

Sie betastete den harten Körper unter dem kalten Fell, das hier war nicht Boje, das hier war ein *Körper*. Boje war nicht mehr da. Sie hatte keine Ahnung, wo er war. Aber er war nicht mehr da. Und sein Körper bestand aus Fleisch und Knochen. Er war auch aus Fleisch und Knochen gewesen, als Sigvald ihn damals angebracht hatte. Boje hatte verzweifelt ihr Gesicht geleckt, aber damals hatten sich Fleisch und Knochen zusammenhängend bewegt. Sigvald und sie hatten gelacht und einander in die Augen geschaut, und sie hatten sich an diesem Abend sogar geliebt, das letzte Mal davor lag Monate zurück, und Boje hatte die Vorderpfoten auf das Bett gelegt und gebellt, als *sie,* und geheult, als *er* gekommen war. Jetzt war er ein harter alter Klumpen, sie richtete sich kniend auf, schaute auf ihn hinunter. Nein. Boje war nicht mehr da.

Hinten und aus seinem Schwanz waren Absonderungen ausgelaufen. Sie riss einen Müllsack von der Rolle und streifte ihn über Boje und die Decke, der Sack reichte nicht weit über Bojes Körper, wenn die ganze Decke auch mit drin sein sollte, und seine Pfoten bildeten seltsame Winkel. Nein, das war wirklich nicht ihr Boje. Sie musste ihn begraben. Irgendwo im Wald. Hatte sie einen richtigen Spaten?

Sie ging zum Holzschuppen. Es war seltsam, im Nachthemd die Tür zu öffnen und hinauszugehen, die Sonne an Schultern und Waden zu spüren, die Sonne war ganz normal, die Hummeln flogen taumelnd durch die Luft, die kümmerten sich nicht um Boje, keine von ihnen, so war es nun einmal. Wenn sie eine von diesen Hummeln zerquetschte, würden die anderen Hummeln kein bisschen reagieren. Tot oder lebendig, für die Wesen, die noch lebten, war das gleichgültig.

Sie fand einen Spaten, der war schmutzig, aber sie lehnte

247

ihn einfach an die Küchentür, dann kochte sie sich Wasser für einen Pulverkaffee und überlegte, wo sie Boje begraben sollte. Im Wald, aber es durften dort nicht so viele Wurzeln sein, ein bisschen offen, ein Stück entfernt von Bäumen.

Ihr erster Gedanke war das Moor gewesen, aber sie wusste nicht, wo es am tiefsten war, und sie würde sich zum Graben nicht hinauswagen. Der Teich war auch eine Möglichkeit, aber der wäre dann für immer ruiniert. Sie könnte unmöglich in dem Teich baden, in dem Boje auf dem Grund lag und verweste. Deshalb musste er auf die altmodische Art begraben werden. Aber sie hatte keine Ahnung, wie sie es schaffen sollte, ihn zu dem Loch zu bringen, deshalb musste sie jetzt graben, dann könnte sie die Leute fragen, die den Kühlschrank brachten. Die waren es doch gewöhnt, Lasten zu transportieren. Den Kühlschrank hatte sie online bezahlt, sie schaute gleich in ihrer Brieftasche nach, sie hatte fast dreihundert Kronen in bar, das war wahrscheinlich zu wenig, sie wusste es nicht. Sie könnte sie doch auch bitten, danach bis zum Laden mitfahren zu dürfen, da könnte sie Geld abheben, um die Männer zu bezahlen.

Das Graben war hart. Denn es musste nicht nur ein Loch gegraben werden, es musste auch tief gegraben werden. Kein anderes Tier sollte kommen und Boje wie ein Aas auffressen dürfen. Sie würde auch einige Steine darüberrollen. Arme und Schultern schmerzten, sie musste viele Pausen einlegen. Die Erde nässte weiter unten, ihre Farbe änderte sich und ging immer mehr ins Orange, und auch das Wasser war orange. Es verliefen kleine Fäden im Boden, das waren wohl Wurzeln, aber keine Wurzeln von etwas, das an der Oberfläche wuchs. Ein komisches Gefühl, an all das zu denken, was dieser Fle-

248

cken Erde wohl erlebt hatte, sie hätte gern gewusst, wie alt die Schichten da unten waren. Sie dachte an die Leute, die sich damit auskannten, sie selbst hatte keine Ahnung, wie hießen die noch? Geologen. Ja. Geologen. Die kannten sich aus mit Geologie. Sie konnte braune Soße kochen. Und weiße. Und sie kannte sich mit Handarbeiten aus, deshalb wollte sie sich Arbeit in einem Wollladen suchen und den restlichen Soßenmontagen des Lebens den Rücken kehren. Sie stützte sich auf den Spaten und merkte, wie der Schweiß unter ihrem Nachthemd troff. Er brannte ihr auch in den Augen. Aber bei allem tat es gut, den Körper zum Einsatz zu bringen.

War es tief genug? Nein, oben musste es eine breite Schicht Erde geben. Sie fragte sich, ob er Angst gehabt hatte. Aber sie wäre aufgewacht, wenn er gefiept oder gebellt hätte, ja, das wäre sie auf jeden Fall. Also war er einfach gestorben. Und sie bereute, was sie gestern zu ihm gesagt hatte, dass er nicht krank werden dürfe, weil sie noch sechs Tage von ihrem Urlaub hatte.

Danach warf sie das Nachthemd in die Wäscheecke, stand eine Weile nackt auf dem heißen Hofplatz, dann ging sie in die Küche und merkte, wie es dort nach ihm roch. Nach seinen Exkrementen. Er lag wie vorher da, mit offenen Augen. *Rigor Mortis* hieß es, jetzt wusste sie es wieder. Totenstarre.

Ihr blieben noch fünf Tage von ihrem Urlaub.

In der Hütte

Sie kamen erst drei Stunden später. Sie hatte sich wegen des Geruchs nach draußen gesetzt. Eine Menge Fliegen surrten jetzt um ihn herum, versuchten, unter den Rand des Müllsacks zu kriechen. Und sie setzten sich auf seine Augen, deshalb hatte sie seinen Kopf mit Alufolie umwickelt, es war ein scheußlicher Anblick, wie sie auf den blanken Hundeaugen herumkrochen, auch wenn die nicht mehr so blank waren.

Der eine war Pole, oder Ausländer, sie tippte auf Pole. Der Jüngere war Norweger. Sie begrüßte die beiden und bestätigte, dass sie zur richtigen Adresse gekommen waren, dann deutete sie auf die Küchentür. Die beiden fingen sofort an, den Kühlschrank aus dem Wagen zu bugsieren. Sie dachte sich, wie witzig es sei, dass ein kleiner Kühlschrank mehr kostete als ein großer, und das sagte sie auch.

»Die meisten wollen einen mannshohen, müssen Sie wissen«, sagte der Norweger. »Und dann werden die kleinen teurer.«

»Ihr nehmt doch sicher die Verpackung wieder mit«, sagte sie, als sie den Kühlschrank auf den Boden gehoben hatten.

»Kein Problem. Sie haben kein Auto?«

»Im Moment nicht.«

»Der soll wohl da rein?« Er nickte in Richtung Küchentür.

Sie konnte sehen, dass die beiden den Geruch sofort bemerkten, als sie den Kühlschrank hineintrugen.

»Mein Hund ist heute Nacht gestorben«, sagte sie und ging hinter ihnen her.

»Ach je.«

»Und ich habe ein Grab ausgehoben. Stellt den einfach da ab, wo ich Platz gemacht habe.«

»Das da ist aber eine uralte Steckdose«, sagte er. »Und rissig außerdem.«

»Ist die nicht ... zugelassen?«

»Sie könnten einen Stromschlag kriegen.«

»Doch nicht vom Kühlschrank? Der ist schließlich ganz neu«, sagte sie.

»Trotzdem«, sagte er.

»Ich rufe nachher einen Elektriker an«, sagte sie. »Können Sie den Stecker nicht schon reinstecken?«

»Doch, das ist kein Problem.«

Sie stellten den Kühlschrank hin, der Pole fummelte eine Weile an der Rückseite herum, dann hörte sie, wie der Stecker eingeschoben wurde, der andere öffnete die Tür und sah, dass das Licht brannte. Wie weiß und rein und blank der Kühlschrank war, ganz anders als alles andere hier, zu Hause bei Tonje hätte er besser hingepasst.

»Der muss vier Stunden lang ganz ruhig hier stehen, Sie dürfen die Tür nicht aufmachen. Ich kann ihn für Sie einstellen. Und dann, schauen Sie her ...«

Er zeigte auf einen Schalter. »Den stellen Sie auf 2, wenn Sie die Hütte verlassen, oder Sie können ihn auch ganz ausdrehen, wenn der Kühlschrank leer ist.«

Sie nickte.

»Ich habe ein Grab ausgehoben«, sagte sie noch einmal.

»Aha.«

»Und da wollte ich fragen, ob Sie *bitte, bitte* meinen Hund dorthinbringen können. Er ist zu schwer für mich. Es ist gleich hier im Wald.«

»Ihn zum Grab tragen?«

»Ich bezahle natürlich dafür. Ich habe nur dreihundert Kronen hier, oder fast dreihundert, aber ich kann doch noch mit zum Laden fahren, dann bekommt ihr … jeder zweihundert?«

Die beiden standen da und füllten ihren Hüttenkokon bis zum Bersten, der Pole ging hinaus, der Jüngere nickte. Dann sagte er etwas auf Englisch zu dem Polen, und der kam wieder herein.

Sie ging voran. Sie wollte sich nicht umdrehen und es mitansehen. Boje war noch immer so steif, sie hatte den Männern den einen Flickenteppich von der Leine gegeben, auf den hatten sie ihn geschoben, um ihn tragen zu können wie in einer Hängematte. Sie hätte gern gepfiffen, sie wollte zurück zu ihren Gedanken von früher an diesem Tag. Jemand starb, jemand lebte, so war es eben. Und Boje war nicht mehr in diesem Körper. Wo er war, das konnte sie nicht sagen. Und es wäre auch keine Hilfe gewesen, wenn sie Christin gewesen wäre, denn das galt nur für Menschen, Hunde … das wäre ja etwas, wenn das Christentum eine Antwort darauf hätte, was aus der *Seele* eines Hundes wurde.

Sie hörte, dass der eine stolperte und dass er ein paar Wörter auf Ausländisch fauchte, aber sie wurde nur langsamer, drehte sich nicht um, und da war auch schon das Grab, das sie ausgehoben hatte.

»Hier«, sagte sie und drehte sich doch um.

Die Alufolie war heruntergeglitten, die Fliegen tobten um seinen Kopf herum, es war mitten am Tag, und die Sonne brannte, es gab absolut keinen Schatten auf der kleinen Lichtung, wo sie gegraben hatte. Keiner von den beiden hatte etwas zu der Folie gesagt.

»Ich glaube, Sie müssen etwas tiefer graben. Oder noch etwas warten«, sagte er.

»Wie meinen Sie das?«

»Er nimmt zu viel Platz weg. Aber nach ein oder zwei Tagen lässt die Totenstarre ja nach.«

»Ach so. Ich verstehe.«

Sie sah Boje an. Seine Beine standen in alle Richtungen. Wenn er so läge, wie er gelegen hatte, wenn er schlief, wäre das Grab mehr als tief genug.

»Ich kann noch ein bisschen tiefer graben«, sagte sie.

»Aber wir müssen jetzt los. Und Sie wollten mitfahren, haben Sie gesagt?«

Sie ließen Boje am Rand des Grabes zurück, die eine Pfote in die Luft gehoben, von den Fliegen umschwärmt wie von einem schwarzen Brausen.

Im Laden

Sie musste in der Mitte sitzen. Da gab es keinen Sicherheits-gurt. Sie nahm die Gerüche der beiden wahr, sauren Schweiß von dem einen, süßen von dem anderen, Schweiß roch immer unterschiedlich. Keiner sagte etwas, im Nu waren sie beim Laden. Sie spürten wohl, dass sie trauerte, deshalb sprachen sie weder miteinander noch mit ihr, ließen sie lediglich wissen, dass zweihundert Kronen für jeden in Ordnung seien. Der Transport hatte höchstens zwei Minuten gedauert, aber es ging ja auch darum, wie ernst die Sache war und dass es zusätzlich zu ihrer normalen Arbeit passieren musste.

Sie hatte zwei Müllsäcke im Fußraum vor sich. Aber wo sollte sie an den letzten Tagen in der Hütte den Müll lassen. Ihn vergraben? Sie würde ihn wohl mitnehmen müssen, jetzt brauchte sie ja nicht mehr an Boje zu denken. Sie bat die beiden, auf die Rückseite des Ladens zu fahren und stieg mit den Müllsäcken aus, dann lief sie auf die Vorderseite, während der Lastwagen langsam hinter ihr herfuhr. Sie ging in den Laden und kaufte eine Packung Kaugummi.

»Und dann brauche ich hundert Kronen«, sagte sie.

Bodil blickte sie verwundert an, als sie ihr den Geldschein reichte.

»Ich muss nur kurz draußen jemanden bezahlen«, sagte sie. »Dann komm ich wieder rein.«

»Jetzt habe ich einen Kühlschrank«, sagte sie und holte sich einen Einkaufswagen.

»Hat der nur hundert Kronen gekostet?«, fragte Bodil.

»Nein, mein Hund ist heute Nacht gestorben, und sie haben ihn mir für zweihundert Kronen für jeden zum Grab getragen. Die, die mir den Kühlschrank gebracht haben.«

Sie kaufte Remoulade für den Kabeljaurogen, Leberwurst und Aufschnitt, Brot und Eier, Zwiebeln und Kartoffeln und viel Butter. Sie holte sich Bier und Knabbereien, dachte ans Abendessen. Fünf Tage, aber am letzten würde sie fahren, also brauchte sie zwei Essen, wenn sie den Kabeljaurogen und die übrigen Krabben und Fischklöße abzog. Sie lud alles in den Wagen. Dann fiel ihr wieder ein, dass sie mit dem Bus nach Hause fahren musste, und sie würde sicher einiges zu essen übrig haben.

»Habt ihr Kühltüten?«, fragte sie.

»Sicher.«

»Und Kühlelemente?«

»Solche blauen, ja, die liegen in der Tiefkühltruhe.«

Sie dachte an die Kühlschränke, die alle gehabt hatten, als sie klein war, niemand hatte damals eine Tiefkühltruhe gehabt. Im Kühlschrank gab es ein kleines Gefrierfach mit Platz für Eiswürfel und anderen Kleinkram. Und für Kühlelemente. So ein Gefrierfach hatte ihr neuer Kühlschrank nicht. Aber ein Packen Kühlelemente, die im Kühlschrank gelegen hatten, würde sicher auch helfen, jedenfalls ein Stück weit.

Ihr fielen plötzlich die Moltebeeren ein, großer Gott, die Moltebeeren, die würde sie nicht holen können, der Bus hielt hier sonntags ja gar nicht, und wer hätte für sie den Laden öffnen sollen? Sie hatte doch am Samstag nach Hause fahren wollen. Ursprünglich.

Sie blieb unschlüssig stehen.

»Hast du Angst, dass du etwas vergessen hast?«, fragte Bodil.

»Shampoo«, sagte sie plötzlich.

»Welche Sorte?«

»Ist egal, die billigste. Und dann habe ich die Moltebeeren vergessen.«

»Vergessen?«

»Ich hab kein Auto mehr, verstehst du.«

»Ist das defekt?«

»Nein, mein Sohn braucht es, er musste in die Stadt fahren.«

»Kommt er denn nicht zurück, ehe du nach Hause musst?«

»Nein, das glaube ich nicht.«

»Wenn du am Samstag fährst, kann ich mit ihnen parat stehen, gut eingepackt in alte Zeitungen«, sagte Bodil.

»Ich wollte eigentlich erst am Sonntag nach Hause fahren.«

»Dann bleiben sie eben hier, bis du das nächste Mal kommst. Und ein Auto hast.«

»Geht das?«

»Natürlich«, sagte Bodil. »Du hast doch gesehen, wie viel Platz hier in der Tiefkühltruhe ist. Aber wie willst du denn jetzt zur Hütte kommen?«

»Per Anhalter.«

»Ich glaube, du hast den Verstand verloren. Hier ist doch kein Mensch. Ich schließ die Tür ab, häng einen Zettel an die Tür und fahr dich schnell hoch.«

So ist das auf dem Land, dachte sie, während Bodil Gas gab. Sie schaute auf die Rückbank, entdeckte auf der einen Seite einen Kindersitz. Bodil war schließlich mehrfache Großmutter.

»Das ist ungeheuer lieb von dir.«

»Du hast doch deinen Hund verloren und überhaupt«, sagte Bodil. »Das wäre ja noch schöner. War der alt?«

»Fast dreizehn. Ich werde ihn begraben, wenn ich jetzt … nach Hause komme. Komisch, bei einer Hütte ›nach Hause‹ zu sagen.«

»Das ist doch deine, oder nicht?«

»Doch.«

»Dann ist sie zu Hause, wenn du da bist, das ist doch klar. Ich weiß nicht so genau, wo ich abbiegen muss. Und du willst am Sonntag also den Bus nehmen?«

»Da! Da rechts, bei der kleinen Ausfahrt. Ja, das werde ich wohl. Und am Montag muss ich wieder arbeiten.«

»Aber heute ist ja erst Dienstag. Da musst du dir die letzten Tage schön machen. Heute hast du ja genug eingekauft für deinen restlichen Urlaub«, sagte Bodil.

Sie blieb stehen und schaute hinter dem Auto her, bevor sie ihre Einkäufe in die Küche brachte. Sie musste vier Stunden warten, hatte der Mann gesagt. Sie stellte die Tüten in eine Ecke, dann holte sie ihre Decke und umwickelte alles damit, sortieren konnte sie später. Jetzt war Boje an der Reihe.

Im Wald

Die Pfote hatte sich um einige Zentimeter gesenkt, bildete sie sich ein, war sich aber nicht sicher. Sie ließ die Schuhe am Rand des Lochs stehen. Sie trug jetzt die ganze Zeit die alten Birkenstocks, wischte die Sohlen ab, ehe sie damit ins Haus ging. Sie hatte ohnehin beschlossen, die sauberen Flickenteppiche erst am Sonntag auszulegen. Bis dahin brauchte sie nur kurz durchzufegen. Sie ließ sich ins Loch gleiten und stemmte die Füße in den orangen Schlamm, der war schön kalt.

Während sie grub, sah sie überallhin, nur nicht zu Boje. Aber sie hörte die Fliegen summen und bemerkte, dass nicht eine einzige Fliege auf ihr landete. Die legten jetzt sicher auch Eier in Boje, dachte sie, Eier, aus denen Larven werden würden. Larven, die im tiefen Grab erwachten, sie fragte sich, ob die in der Erde überleben konnten oder ob sie nach oben kriechen mussten.

Jetzt sollte es tief genug sein. Sie kletterte wieder nach oben und hob den Flickenteppich an der einen Seite an, sodass Boje ins Loch rutschte, mit einem dumpfen kleinen Platschen. Er blieb auf der Seite liegen, er schien die Lehmwand anzustarren. Sie stand mit dem Flickenteppich in den Händen da und betrachtete ihn einfach nur. Feiner, feiner Boje. Es tat weh, ihn so liegen zu sehen, mit der ausgestreckten Pfote, den Kopf halb im orangen Wasser. Und nun würde sie ihn mit Erde bedecken. Es hatte seinen Grund, dass Menschen in Särge gesteckt wurden. Man konnte sich einbilden, dass in einem Sarg alles Mögliche lag, nur kein toter Körper mit einem Gesicht, einem Blick.

Sie legte den Flickenteppich zusammen und trug ihn zurück zur Hütte, hängte ihn wieder auf die Leine. Dann pflückte sie einen Strauß aus grünen Blättern vom Fliederbusch. Der Flieder in der Stadt war auch schon vor einer Ewigkeit verblüht. Sie wusste noch, wie stark er gerochen hatte. Ein Junge in ihrer Grundschulklasse war schrecklich allergisch gegen Flieder gewesen, sie konnte sich erinnern, wie sie für ihn in der Luft geschnuppert hatten, wenn sie auf einen unbekannten Weg abbogen. Und sie waren stehen geblieben, wenn sie Fliedergefahr gewittert hatten.

Sie ging zurück zu Boje, hockte sich an den Rand des Grabes und ließ den grünen Strauß auf den Körper fallen, dann griff sie zum Spaten.

»Von Erde bist du gekommen, zu Erde wirst du zurückkehren, aber du kehrst nie zurück«, sagte sie und fing an, das Loch zu füllen. Sie ließ zuerst Erde auf seinen Kopf fallen, sie konnte seinen von Fliegen bedeckten Blick nicht mehr ertragen. Das hätte Ragnar tun können, dachte sie, aber hätte er es getan? Sie fragte sich, ob es ihr möglich gewesen wäre, ihm eine vernünftige Reaktion zu entlocken, wenn er hier gewesen wäre. Sie hatte es nicht über sich gebracht, ihm auch nur eine SMS zu schicken.

Es war gut, dass Schluss war. Es war gut, dass sie es geschafft hatte, ihm den Rücken zu kehren. Und jetzt war auch Boje nicht mehr da. Sie strich die Oberfläche mit dem Spaten glatt, fand einige größere Grasstücke, die sie mit kleinen Zwischenräumen dort auslegte. Sie hatte Blutgeschmack im Mund, als sie fertig war, und sie hatte ja solchen Durst.

Mit dem Spaten in der Hand ging sie zurück zur Decke, zog darunter ein Bier hervor und öffnete es. Das Bier zischte gegen ihre Zunge, und ihr kamen die Tränen, aber sie trank und trank einfach nur, bis es wehtat, dann stellte sie das Bier auf die Bank und holte keuchend Luft. Sie blickte zum Kühlschrank, horchte auf dessen Geräusche, Geräusche, die sie bisher mit dieser Küche nicht verbunden hatte.

Sie war froh darüber, dass die Decke zusammen mit ihm begraben worden war, aber sie hätte auch den Rest dazulegen können. Seinen Fressnapf und die Leine. Die konnten einfach hierbleiben, sie wollte sie nicht mit zurück nach Hause nehmen. Vielleicht würde sie sich eines Tages einen Welpen kaufen. Im tiefsten Herzen wusste sie jedoch, dass das nicht passieren würde. Sigvald war in der Lage gewesen, unbedacht ein Hundebaby mit nach Hause zu bringen. Sie war das nicht.

Sie leerte die Bierdose, zog sich aus und ging zum Teich hinunter. Die Sonne kam und ging, die Wolken segelten vor ihr dahin. Es war eigentlich gut, dass Boje nicht durch einen Unfall ums Leben gekommen war, oder in jüngeren Jahren. Sie hatte sich daran gewöhnt, dass er zu längeren Wanderungen nicht mehr mitkam, dass er ein bisschen faul war und nicht mehr viel schaffte, dass er mehr oder weniger den ganzen Tag schlief. Er war schon eine Weile nicht mehr richtig da gewesen, zugleich aber lebendig. Und hungrig. Sie hätte es verstehen müssen, als er kein Futter haben wollte.

Der Teich lag teilweise im Schatten der hohen Bäume. Nicht ein Lüftchen wehte, deshalb war das Bild an seiner Oberfläche genau dasselbe wie in der Wirklichkeit darüber. Diese Bäume mussten gewaltige Wurzeln haben. Lang und dick. Vielleicht würden einige davon sich bis zu Boje hinstrecken. Im Laufe der Zeit.

Sie konnte ihr eigenes Spiegelbild sehen. Eine weiße, nackte Frau vor dunklen Bäumen. Sie setzte sich auf den mit Gras bewachsenen Rand, es war, wie auf einem Sofa zu sitzen, mit den Beinen im Wasser. Sie überlegte, was wohl der Unterschied zwischen einem Teich und einem kleinen See sein mochte. Vielleicht, dass ein See von einem Ufer umgeben war, einem steinigen Ufer. Während ein Teich einfach nur ein Loch im Boden war, mit schlammigem Grund.

Sie ließ sich langsam ins Wasser gleiten und drehte sich auf den Rücken; sofort schien ihr die Sonne in die Augen, sie kniff sie zu, sah Boje im Geiste vor sich und fing an zu weinen. Im Wasser zu weinen war schön, man wusste nicht, was was war, Teichwasser oder Tränen, man wusste es erst, wenn man davon gekostet hatte. Aber sie brauchte nicht davon zu kosten.

Denn jetzt war Boje tot. Tot und begraben. Wer hätte das ahnen können. Er war zwar alt gewesen, aber der Tod war trotzdem plötzlich gekommen. Jählings. Eine winzig kleine Sekunde, und alles war anders. Nicht alles, aber das, was mit Boje zu tun hatte. So unendlich belanglos das auch für den Rest der Welt wirken mochte. Fast niemand hatte von seiner Existenz gewusst. Die Kühlschrankleute hatten ihn schon vergessen, obwohl sie ihn zu Grabe getragen hatten, sie tranken jetzt sicher Bier für die zweihundert Kronen, die sie dafür bekommen hatten, und sprachen auf Englisch über Fußball. *Immerhin bleibt ihm jetzt die Busfahrt am Sonntag erspart,* dachte sie.

Sie glaubte nicht, dass sie ihm gefallen hätte. Zwei Stunden auf dem harten Busboden. Sie drehte den Kopf und schluckte ein wenig Wasser. Es schmeckte wunderbar nach Moor.

In der Hütte

In dieser Nacht konnte sie nicht schlafen. Sie weinte nur. Gegen zwei nahm sie eine halbe Schlaftablette. Sie schaute in die Ecke, in der Boje immer gelegen hatte, und konnte ihn fast vor sich sehen. Die Nächte wurden jetzt dunkler. Sie holte sich einen Kerzenhalter, ohne Sigvalds Tod auch nur eine Sekunde zu würdigen, zündete die halb heruntergebrannte grüne Kerze an, die darin stand, stellte den Kerzenhalter in der Ecke auf den Boden, öffnete den Kühlschrank, nahm ein Bier heraus, suchte sich im Radio Musik.

Dann saß sie da und nippte am Bier, während sie in die Flamme schaute, die ganz gerade brannte, ohne Flackern, sie leuchtete Bojes gemütliche Ecke aus. Sie hatte dort noch nicht geputzt. Aber er hatte ja auf einer Decke gelegen, schmutzig war es also nicht. Die Hütte war jedoch voller Haare. Sie war so an Hundehaare gewöhnt, dass sie die kaum bemerkte, auf dem Boden lagen jede Menge Hundehaare, schon eine halbe Stunde, nachdem sie gewischt hatte. Vor allem im Sommer, wenn es heiß war. Aber in ihrem Bett hatte er nicht mehr liegen können, nachdem sie es frisch bezogen hatte. Und nachdem sie Bett und Zimmer gewechselt hatte.

Sie öffnete die Küchentür und sah im selben Moment den Schwanz eines Fuchses, der hinter dem Plumpsklo verschwand. Sie drehte sich rasch um, um zu sehen, ob Boje Witterung genommen hatte, aber da war nur der Kerzenhalter. Die Flamme flackerte im Luftzug der Tür. Sie setzte sich an den Küchentisch.

Sie musste die restlichen Tage planen. Also zog sie die Schublade unter dem Tisch heraus, musste dazu den Stuhl ein wenig zurückschieben. Dort lagen ein Schreibblock und etliche Kugelschreiber und Bleistifte. Das Kreuzworträtsel lag noch immer auf dem Tisch, einen Bleistift hatte sie also.

X-Wort, schrieb sie. Dahinter *putzen, streichen.* Mehr fiel ihr nicht ein. Sie sonnte sich nie, und noch mehr Moltebeeren mochte sie nicht suchen. Mit Boje spazieren gehen konnte sie auch nicht. *Holz stapeln. Ein paar Bäume fällen.* Vielleicht umgekehrt. *Holz im Schuppen stapeln.*

Sie ließ den Bleistift sinken. Dann griff sie wieder danach, schrieb *fernsehen.*

Sie leerte die Bierdose, holte sich noch eine. Der Sinn von Urlaub war doch gerade, nichts zu tun. Keine Listen zu schreiben. Sie riss das Blatt vom Block und knüllte es zusammen, ging ins Wohnzimmer und warf es in den Ofen. Spielte mit dem Gedanken, Feuer zu machen, überlegte sich die Sache aber anders. Es war warm genug, um bei offener Küchentür zu sitzen.

Dort lag der blanke Block, ohne einen einzigen Buchstaben. Sie schrieb *Ragnar,* und dann saß sie da und betrachtete den Namen. Er hatte sie doch einmal sehr geliebt, das hatte er. Er hatte *Mama* gerufen und sich in ihre Arme geworfen, er hatte böse geträumt und verzweifelt gerufen und sich an sie gepresst, wenn sie ins Schlafzimmer gekommen war. Er hatte Blumen gepflückt und Muscheln gesucht und sie ihr geschenkt. Aber das war, als er kleiner gewesen war, vor Sigvalds Tod. Wie idiotisch, zu sterben und seinen sechzehn Jahre alten

263

Sohn zu verlassen. Wie unangebracht. Unter »Ragnar« schrieb sie *Umzug, Job, Trinken, Auto.*

Sie trank ein bisschen Bier und schaute auf dem Telefon nach, das sie lautlos gestellt hatte, als sie schlafen gegangen war. Sie sah, dass die Großmutter angerufen hatte. Keine Nachricht hinterlassen, keine SMS. Dann hatten sicher die Kinder ihr etwas sagen wollen, sie prüfte die Uhrzeit, so spät waren Kinder nicht mehr wach. Was um alles in der Welt wollte die Großmutter von ihr? Sie wieder zum Babysitten holen, vielleicht, damit sie mit ihrem Freund zusammen sein könnte?

Sie konnte sich die Großmutter durchaus mit einem Freund vorstellen. Sich selbst nicht, aber die Großmutter, auch wenn sie ungefähr gleich alt waren. Aber die Großmutter lackierte sich die Nägel und zog sich modisch an. Sie selbst benutzte nur Wimperntusche und ein bisschen Lidschatten, das hatte sie schon als hoffnungsvolles junges Mädchen getan.

Sie legte die Hand auf den Tisch neben den Schreibblock, spreizte die Finger und drückte die Hand nach unten. Doch, es war deutlich zu sehen, dass diese Hand etwas über sechzig war, aber mit ein wenig Nagellack ließe sie sich bestimmt aufpolieren. Handcreme wäre auch nicht so dumm. Sie hatte bisher nur farblosen Nagellack besessen, in ihrem ganzen Leben hatte sie noch keinen farbigen Nagellack gekauft.

Sie wurde schläfrig. Sie schaltete das Radio aus und schaute aus dem Fenster, während sie den letzten Rest Bier aus der Dose trank. Sie hielt Ausschau nach dem Fuchs und dachte, dass sie sich am Montag neue Schlaftabletten besorgen würde, ihr Vorrat ging zur Neige. Sie riss das Blatt mit *Ragnar* und *Umzug, Job, Trinken, Auto* ab und schrieb auf das nächste Blatt oben: ICH.

Darunter schrieb sie: *Haus verkaufen, Wohnung kaufen, neue Arbeit, Nagellack kaufen, Schlaftabletten, Keller und Abstellraum ausmisten und WEGWERFEN, Elektriker für den Kühlschrank, Schloss in der Hütte auswechseln, Saugglocke benutzen.*

Dann merkte sie, dass sie schlafen würde. Sie hätte noch *Ragnar rauswerfen* schreiben können, aber sie ging davon aus, dass das selbstverständlich war. Wenn sie das Haus verkaufte, würde er ganz einfach ausziehen müssen. In der neuen Wohnung wäre kein Platz für ihn. Sie war gespannt auf den Sonntag, wenn sie nach Hause käme, ob er sich aufgerafft und etwas unternommen hätte. Sie stand auf, blies Bojes Kerze aus und ging ins Bett.

In der Hütte

Sie schlief bis kurz nach zehn und wusste nicht sofort, wo sie war. Die Elstern krakeelten wieder herum, stritten und schwatzten, das machten sie sicher schon seit Stunden. Dann fiel ihr alles wieder ein. Boje war tot. Sie hatte ihn begraben. Und in der Nacht hatte sie eine Kerze für ihn angezündet.

Sie drehte sich auf die Seite und weinte, starrte in die Bettdecke, die oben ganz dünn war, weil die ganze Füllung in der Nacht nach unten rutschte, sie weinte und weinte und konnte fast durch den Bettbezug sehen. Sie stützte sich auf den Ellbogen, schniefte und sagte: »Reiß dich zusammen, Heulsuse.«

Wo waren ihre Pantoffeln abgeblieben? Und der Bademantel? Sie hatte beides getragen, seit sie zusammen mit Ragnar hergekommen war, aber nun war alles verschwunden. Sie ging nach oben und fand im Schrank die Pantoffeln, den Bademantel auf dem Boden, sie schloss einfach die Tür und wandte sich ab. Sollte es doch da liegen, was sollte sie damit, was sollte sie überhaupt mit dem oberen Stock, aus und vorbei.

Das Wasser im Kessel kochte, sie öffnete den Kühlschrank und fühlte sich ruhiger, obwohl sie gerade erst die Küchentür einen Spaltbreit geöffnet hatte, damit Boje zum Pissen nach draußen könnte. Aber sie ließ die Tür offen stehen. Es nieselte jetzt wieder, es sickerte und tropfte senkrecht nach unten, sie fand es schön, da zuzuhören, sie drehte das Radio nicht an.

Sie nahm Leberwurst und Butter aus den glänzenden Fächern, kippte Kaffeepulver in den Becher und goss Wasser darüber. Anschließend las sie, was sie nachts geschrieben hatte, nahm den Bleistift und strich *Schlaftabletten* durch. Der Rest konnte stehen bleiben.

Nach dem Frühstück zog sie sich an und ging hinaus in den Verschlag. Wo sie schon dabei war, warf sie auch einen Blick in den Holzschuppen. Eine Spinne huschte über die eine Ecke von Ragnars Bettdecke. Die Decke sah trocken aus, wahrscheinlich war nur die oberste Stoffschicht nass gewesen. Die Decke konnte hier nicht so einfach herumliegen. Entschlossen ging sie hinein und schüttelte Decke und Kissen, sie nahm dabei einen schwachen Kloakengeruch wahr, vielleicht hatte Sigvald doch recht gehabt, was ihren Geruchssinn anging, dann trug sie alles ins Haus und nach oben und knallte es auf die Matratzenauflage auf dem Bett. Ebenso rasch hatte sie das Zimmer wieder verlassen, stand abermals unten und lief zurück in den Verschlag. Dort stand die Farbe.

Sie schüttelte den einen Plastikeimer, hörte, wie es verheißungsvoll gluckste, das war keine alte, zähflüssige Farbe. Aber es regnete doch. Sie hatte Fernsehwerbung gesehen, wo jemand bei strömendem Regen gestrichen hatte, aber davon glaubte sie kein Wort.

Rollen fand sie auch. Breite und gute, ganz neue. Sie legte sie auf die beiden Eimer und stellte diese vor die Tür. Das hier durfte sie nicht vergessen. Aber jetzt wollte sie lieber Holz stapeln, damit das unter Dach und Fach wäre.

Sie würde Merethe Wigsø nicht anrufen. Sollte die das doch tun, wenn etwas anlag. Sie stemmte die Hände in die Seiten und starrte den Berg aus Holzstücken an. Der sah aus wie eine

Pyramide vor der fensterlosen Wand. Ragnar hatte schon vor zwei Jahren gehackt, oder noch ein Jahr davor, aber da sie fast nur im Sommerhalbjahr hier waren, verbrauchten sie nur wenig Holz.

Nun wurde es Zeit, dass sie auch einen Versuch unternahm, im Winterhalbjahr hier zu sein, vielleicht könnte sie die Langlaufskier unten an der Straße ablegen, sie zusammen mit einem Rodelbrett verstecken, das sie als Schlitten nehmen konnte, dann hätte sie alles zur Hand, wenn der Schnee einsetzte. Es war möglich, dass es einen warmen Herbst in der Stadt und Schnee hier oben gab, darauf waren sie schon früher hereingefallen. Sie waren mit Sommerreifen losgefahren und hatten die Abzweigung bei fast winterlichen Straßenverhältnissen erreicht, so hatten sie tatsächlich kehrtmachen müssen. Das war ein oder zwei Jahre, nachdem sie die Hütte gekauft hatte, gewesen. Niemand räumte den Weg zur Hütte für sie, sie hatte auch niemanden, den sie darum bitten konnte. Aber Skier und Rodelbrett unten bei der Straße zu verstecken, das wäre eine gute Idee.

Sie dachte daran, wie Ragnar damals Holz gehackt hatte. Er tat es nicht gern, aber er tat es. Vielleicht trank er auch damals schon. Sie hatte vom Mann einer Kollegin eine Motorsäge leihen können, ganz zufällig sprachen sie in der Mittagspause darüber, und schwupp, schon hatte sie sich eine Motorsäge geborgt. Ragnar fällte dann zwei Kiefern, ohne dass das die Aussicht verbessert hätte, sägte alle Zweige ab und zerteilte das Holz in kurze Stücke, die man mit der Axt spalten konnte.

Er hatte zwei, drei Tage gebraucht, um die Bäume abzusägen, sie von den Zweigen zu befreien und sie zu zerteilen. Danach wartete er über eine Woche, ehe er sich an den Berg vor der Wand machte, mit der Axt. Dann hatte er keine Lust mehr, sondern erledigte den Rest erst ein Jahr später, allerdings ohne dass sie ihn darum gebeten hätte. Sie glaubte, dass es ihm gefallen hatte. Oder dass er einfach gern allein hier stand.

Da es Kiefernholz war, sprühte es beim Verbrennen gewaltig Funken, und es verbrannte schnell. Aber nach sechs, sieben Scheiten war die Hütte warm.

Sie fegte das Holz auf der einen Seite weg, zog alles auf den Boden. Dicht vor der Wand sackte die Pyramide in sich zusammen, aber das spielte keine Rolle. Sie fing an, sie ordentlich aufzustapeln. Zwischen den Holzscheiten wimmelte es von Spinnen, die hatten wohl nie damit gerechnet, dass ihre Wohnverhältnisse sich ändern könnten. Aber vor Spinnen hatte sie keine Angst, sie wischte sie einfach aus dem Weg. Schlimmer war es mit ihrem Rücken, der brannte nach einer Viertelstunde, sie konnte sich nur mit Mühe aufrichten, musste sich auf den Hackklotz setzen. Ihr fiel ein, dass ihr Telefon im Haus lag, und sie ging es holen.

Merethe Wigsø hatte soeben angerufen. Schon wieder. Da musste sie eigentlich zurückrufen, da die andere es gerade zum zweiten Mal versucht hatte, und Merethe Wigsø meldete sich fast sofort.

Es gebe etwas, das sie einfach erzählen müsse, sagte sie, das habe sie auch der Polizei gesagt.

»Ach?«, sagte Jonetta.

Sie sei gestern Abend zur Bushaltestelle gefahren und habe die Kinder mitgenommen. Und da hätten sie Tonjes Fahrrad gefunden, es sei am Fahrradständer angeschlossen.

»Das Fahrrad? Ja, ich weiß ja noch, dass sie damit losgefahren ist, es war blau?«

Das stimme, ja. Aber es stehe also noch immer im Fahr-

269

radständer bei der Bushaltestelle, und das sei doch ziemlich auffällig.

Sie überlegte, sagte: »Dann ist sie wohl am Samstagmorgen oder -vormittag nicht mit dem Bus gekommen.«

Nein, das sei es ja gerade, sagte Merethe Wigsø. Und deshalb hätte sie nun gern die Mobilnummer von diesem Ragnar.

»Von Ragnar?«

Ja, sei das so schwer zu verstehen? Auch wenn die Polizei mit ihm gesprochen habe, wolle sie auch noch einmal selbst mit ihm reden. Es gehe hier schließlich um ihre Tochter. Inzwischen sei ja schon Mittwoch, falls ihr das nicht bewusst sein sollte, wo sie doch *Urlaub* habe.

Sie begriff nicht, warum Merethe Wigsø so wütend auf sie war, doch sie gab ihr die Nummer, sie hätte ihr am liebsten *viel Glück* gewünscht, das ließ sie aber. Er konnte sich anderen gegenüber höflich benehmen, das wusste sie, man hatte ihr gesagt, dass sie so einen höflichen Sohn habe. Darüber hatte sie sich natürlich gefreut, auch wenn sie es nicht nachvollziehen konnte.

Merethe Wigsø beendete das Gespräch. Jonetta blieb mit dem Telefon in der Hand stehen. Dass das Fahrrad an der Bushaltestelle stand, konnte doch nur bedeuten, dass sie nicht den Bus genommen hatte.

Sie musste per Anhalter gefahren sein.

In der Hütte

Sie kamen am Donnerstagvormittag, bei strahlendem Sonnenschein, ohne einen Wolkenfetzen am Himmel, während sie die Wand strich. Sie hatte gerade begonnen, hatte den Eimer ordentlich geschüttelt, ehe sie den Deckel heruntergerissen und sich die schäumende braune Farbe angesehen hatte. Als sie anfing, war sie überrascht darüber, wie gierig das Holz die Farbe aufsaugte, es schien jeden Tropfen zu schlürfen, den sie mit der fetten, dicken Rolle an die Wand hievte, es reichte nur für einen halben Meter, dann war die Farbe verbraucht.

»Bringen Sie die Bettwäsche?«, fragte sie.

Der eine schüttelte den Kopf.

»Das braucht wohl noch ein bisschen«, sagte er.

»Noch ein bisschen Zeit?«, fragte sie.

»Ja.«

Sie tunkte die Rolle in das Braun und strich weiter, mit dem Rücken zu den anderen.

»Wir haben versucht, Ragnar, Ihren Sohn, zu erreichen, aber er geht nicht ans Telefon und kommt nicht an die Tür. Und das auf Sie registrierte Auto steht vor dem Haus.«

»Er ist sicher zu Hause«, sagte sie.

»Oder ist er vielleicht mit dem Taxi irgendwohin gefahren?«, fragte der eine.

»Er ist sicher zu Hause«, sagte sie.

»Warum ist er eigentlich nach Hause gefahren?«

»Er hatte einiges zu erledigen«, antwortete sie.

»Sein Mobiltelefon ist ausgeschaltet«, sagte einer von ihnen.

Es war unmöglich zu wissen, wer redete, sie waren sich so ähnlich, so jung und so ähnlich.

Sie drehte sich zu ihnen um und holte Luft.

»Ich weiß wirklich nicht, warum Sie mich belästigen! Ich habe nichts damit zu tun! Ich habe von Freitag bis Sonntag auf die Kinder dieser Tonje aufgepasst, das ist alles. Und ja, ich weiß, dass Tonjes Rad noch immer an der Bushaltestelle steht, also hat sie am Samstag wohl doch nicht den Morgenbus genommen. Aber hier ist sie ganz sicher nicht.«

Sie tunkte die Rolle ein und strich weiter die Wand. Die Rolle war breit und dick, sie musste ordentlich drücken, damit das Holz alle Farbe aufnahm. Sie hatte bereits braune Streifen am Unterarm.

Sie legte die Rolle quer über den Plastikeimer und drehte sich erneut um.

»Was wollen Sie?«, fragte sie.

»Sie ist noch immer nicht nach Hause gekommen. Heute ist Mittwoch. Ihre Mutter hat eine Vermisstenmeldung aufgegeben. Und sie war zuletzt hier draußen.«

»Vielleicht war sie gar nicht hier. Vielleicht ist sie hier nie angekommen.«

»Ihr Sohn hat Sie also belogen? Als er gesagt hat, sie sei am Samstagmorgen gefahren?«

»Er war sicher betrunken«, sagte sie.

»Wir schauen uns mal ein bisschen um. Wo entsorgen Sie übrigens Ihren Müll?«

»Beim Laden.«

Da stand das blöde Auto der beiden. Dunkelblau. Hinter der Windschutzscheibe konnte sie große Scheinwerfer sehen, die sie einschalten konnten, sicher bei einem Einsatz. Sie hatte keine Lust, noch weiter zu streichen, erst sollten sie weg sein. Nun gingen sie den Weg zum Teich hinunter. Sollten sie nur. Da gab es nicht viel zu sehen.

Sie hatte keine Ahnung, wie oft der Container beim Laden geleert wurde. Hier gab es nicht viele Hütten, sie kannte keine einzige andere. Sicher wurden die Container nur selten ausgetauscht. Bodil konnte nicht wissen, dass sie ihren Abfall dort wegwarf. Als sie die teilweise zerbrochenen Wodkaflaschen entsorgt hatte, hatte Bodil nichts gesagt, als sie danach im Laden war. Oder zu dem Müllsack mit der Kloakenwäsche und den Müllsäcken vorgestern. Bodil bemerkte so etwas ganz einfach nicht.

Nach dem Abstecher zum Teich würden sie wohl zum Moor gehen. Wenn sie sahen, wohin der Weg führte. Den Weg zum Teich hatten sie ja entdeckt. Sie griff widerwillig wieder zur Rolle, das hier war wirklich schwere Arbeit. Die wenigen Latten, die sie angestrichen hatte, leuchteten dunkel und glänzend zwischen den grauen, rissigen.

»Da unten waren sehr viele Fußspuren«, sagte der eine.

Sie fuhr zusammen, sie hatte sie nicht zurückkommen hören.

»Natürlich«, sagte sie. »Da habe ich doch die Flickenteppiche gewaschen, das geht nicht in einer kleinen Bütte. Und ich bade außerdem jeden Tag im Teich. Fast jeden zumindest.«

Sie nickten. Also hatte keiner von ihnen die Matratzenauflage entdeckt. Es hätte auffällig und seltsam gewirkt, auch wenn es total harmlos war, dass Ragnars Matratzenauflage unten im Teich lag.

»Wo ist denn Ihr Hund?«

»Boje? Der ist vorgestern Nacht gestorben«, sagte sie.

Sie merkte, wie misstrauisch die beiden waren.

»Ihr Hund ist gestorben? Wie denn das?«

»Er ist einfach eingeschlafen, als ich geschlafen habe. Er kann kaum ein Geräusch gemacht haben, sonst wäre ich aufgewacht.«

»Wo ist er denn jetzt?«

»Ich habe ihn begraben«, sagte sie.

»Wo?«

Sie zeigte in Richtung Wald.

»Mir ist ein Kühlschrank geliefert wurden, und die haben mir geholfen, ihn zum Grab zu schaffen«, sagte sie. »Allein hätte ich das nicht geschafft. Sie haben ihn auf einem der Flickenteppiche getragen, und ich habe jedem zweihundert Kronen gegeben.«

»Können Sie uns hinführen?«

Sie ging vor ihnen her, hinein in den Wald. Erlebte wieder, wie es gewesen war, hier zu laufen, als sie Boje hinter ihr hergetragen hatten. Sie hörte ihre Schritte, den Atem. Der Boden war ein wenig eingesunken, der Hügel war nicht mehr ganz so groß.

Der eine ging davor in die Hocke.

»Wie hat Ihr Sohn darauf reagiert, dass der Hund tot ist?«

»Er weiß es nicht. Ich habe es noch nicht über mich gebracht, ihn anzurufen«, sagte sie.

»Ach was? Das ist aber interessant. Wenn der Hund dreizehn Jahre alt war, dann war er doch ein Teil seines Lebens, seit Ihr Sohn zwölf war.«

»Ja«, sagte sie beeindruckt, der Mann musste ein Elefantengedächtnis haben, oder vielleicht waren alle Polizisten so.

»Wir würden sehr gern mit ihm reden. Wenn er nüchtern und ansprechbar ist.«

»Ich fahre am Sonntag nach Hause«, sagte sie.

»Dann schauen wir mal bei dieser Adresse vorbei. Sonntag oder Montag. Falls Tonje noch immer nicht nach Hause gekommen ist.«

»Bei mir zu Hause in der Stadt?«, fragte sie.

»Natürlich. Um mit Ragnar zu sprechen.«

»Aber ich arbeite am Montag.«

»Dann kommen wir am Sonntag«, sagte er und richtete sich auf. Beide betrachteten den Erdhügel. Der eine zog eine Tabakdose hervor und schob sich einem Priem unter die Oberlippe.

»Wo haben Sie den Kühlschrank gekauft?«, fragte er.

»Ich weiß nicht mehr, wie die Firma heißt, aber das kann ich nachsehen, wenn ich wieder in der Hütte bin.«

In der Hütte

Sie konnte sich nicht dazu überwinden zu winken. Dann sollte sich die Polizei eben bei den Kühlschrankleuten erkundigen. Den Weg zum Moor hatten sie wegen Bojes Grab nicht entdeckt. Aber jetzt würden sie am Sonntag auch noch zu ihr nach Hause kommen.

»Scheiße!«

Sie überlegte, ob sie wohl beim Laden vorbeifahren und den Inhalt des Containers überprüfen würden. Sie hatten es nicht erwähnt. Aber sie waren Polizisten, und Polizisten sagten natürlich nicht, was sie vorhatten und wohin sie fahren wollten.

»SCHEISSE!«

Warum musste diese *verdammte* Göre ihr den ganzen Urlaub verderben? Sie mochte jetzt nicht mehr streichen. Sie suchte sich Plastikfolie und wickelte sie um die Rolle, obwohl sie wusste, dass die beim nächsten Mal so oder so steinhart sein würde. Dann stellte sie alles zurück in den Verschlag. Der braune, glänzende Fleck an der Wand sah total lächerlich aus. Sie ging ins Haus, riss die Kühlschranktür auf, nahm Eier und etwas Aufschnitt heraus, legte drei Eier in einen Kochtopf, stellte den auf die schnellste Platte, die doppelt so langsam war wie die langsamste zu Hause, und machte sich ein Bier auf. Als sich das in ihrem Magen zur Ruhe gelegt hatte, holte sie Luft und spürte, wie ihre Wut verflog, langsam, aber sie verflog.

Das war die Arbeit dieser Leute. Und Tonje war ja schließlich verschwunden, sie war nicht zu ihrem Fahrrad zurückgekehrt. Sie hatte zwei Kinder, die zu Hause auf sie warteten. Es war eigentlich seltsam, dass sie nicht zu Hause die Tür aufgebrochen und sich Ragnar geschnappt und ihn in eine Kahlzelle geworfen hatten, wo er ausnüchtern könnte, um ihn dann ausführlich zu vernehmen. Warum taten die das eigentlich nicht? Sicher mussten sie sich an irgendwelche Vorschriften halten, sie hatte keine Ahnung. Vielleicht dachten sie, Tonje mache einfach kurz Ferien.

Aber sie waren jetzt zweimal hier gewesen. Zweimal. Und die Fahrt von der Stadt hierher dauerte einige Stunden. Sie wünschte, sie hätte ihr Auto, dann hätte sie tun können, als ob sie etwas aus dem Laden brauchte, und hinfahren und nachsehen, ob sie den Container geöffnet und alles herausgekippt hatten. Sie wagte nicht, Bodil oder den Laden anzurufen, hatte keine Ahnung, wie sie die Frage formulieren sollte, ohne Verdacht zu erregen.

Und jetzt würde sie die Tage in der Hütte nicht mehr genießen können, weil die am Sonntag kommen würden. Alles war ruiniert. Sie hatten es ruiniert.

Bis die Eier kochten, ging sie mit der Saugglocke im Ausgussbecken in der Küche und im Waschbecken im Badezimmer ans Werk. Im Waschbecken klang es, als würde sich weiter unten in der Leitung etwas lockern, als sie lospumpte, reichlich hart. Aber das war ihr egal. Wenn sich etwas gelöst hatte, dann war es jetzt unter der Hütte, und da konnte es hängen, egal, was es war. Sie ging in die Küche und schreckte die Eier unter dem Wasserhahn ab, sie hatte nicht auf die Zeit geachtet, aber das hier beherrschte sie. Dann setzte sie sich auf den Hocker vor der Wand, der war unbequem, deshalb hatte sie sich dorthin gesetzt. Sie würden sicher anrufen, wenn sie im Container etwas gefunden hätten. Nein, natürlich würden sie

277

das nicht tun. Sollte sie einfach nach Hause fahren? Es war Donnerstag, und sie hatte Bier getrunken. Aber sie hatte ja ohnehin kein Auto.

Der Bus ging um Viertel nach acht, um Viertel nach zwölf, um Viertel nach vier und um Viertel nach acht.

Nein. Warum sollte sie nach Hause fahren? Bestimmt hatte Ragnar sich nicht einen Zentimeter bewegt. Er hatte sich weder Wohnung noch Arbeit gesucht. Aber war nicht genau das der Grund, warum sie nach Hause fahren müsste?

Die Eier waren perfekt. Innen weich, aber nicht flüssig. Große, glänzende Dotter, bei denen es eine Freude war, sie anzusehen, und eine Freude, sie in den Mund zu stecken und ihre Zähne und Zunge aufeinandertreffen zu lassen, sie fuhr sich mit der Zunge über den Gaumen, wie Boje, als er versucht hatte, den festgeklebten Ziegenkäse zu entfernen. Sie schluchzte sofort los, musste alles vor sich auf den Tisch spucken, sie traf den Teller nicht. Zum Glück hatte sie Wachstuch. Zerkaute Eier und Brot sahen unmöglich aus, sie lagen als Haufen auf dem Tisch, bei diesem Anblick weinte sie noch heftiger. Wie widerlich. Sie holte den Mülleimer und schob alles mit dem Messer hinein, legte die beiden anderen Eier beiseite. Dann füllte sie ein großes Glas mit Wasser und trank es auf einen Zug aus.

Sie wählte, ohne zu überlegen, Ragnars Nummer, sie dachte, es wäre dumm, wenn er das mit Boje von der Polizei erführe, falls sie ihn vor Sonntag erwischten, deshalb wollte sie eine Nachricht für ihn hinterlassen.

Sie landete sofort beim Anrufbeantworter und sagte: »Boje ist leider tot. Er war alt, aber … Er ist im Schlaf gestorben, er ist einfach gestorben. Ich habe ihn im Wald begraben, hab mir

278

von Leuten helfen lassen, die einen neuen Kühlschrank geliefert haben. Mach's gut.«

Dann weinte sie, während sie sich im Internet einen Elektriker suchte, sie fand eine Elektrikerin im nächstgelegenen Ort, sie erklärte ihr, worum es ging, die Frau konnte noch am selben Nachmittag kommen. Sie schaute auf ihre Liste, strich das mit der Saugglocke, die Saugglocke hatte sie jetzt ausgiebig benutzt, und das mit dem Schloss strich sie auch, einen Schlosser würde sie jetzt nicht auch noch ertragen, nicht gerade jetzt. Was, wenn sie die Müllsäcke durchsuchten und die halb volle Chanelflasche fanden, das würde doch verdächtig wirken. Niemand warf teures Parfüm weg, einfach so.

Sie feuchtete unter dem Wasserhahn ein Stück Küchenpapier an, fuhr sich damit über das Gesicht, es war so heiß, sie wollte baden.

In der Hütte

Sie war im Teich hin und her geschwommen und hatte sich darüber geärgert, dass sie die Seife und das frisch gekaufte Shampoo nicht mitgebracht hatte, dann klingelte ihr Telefon. Es steckte in der Tasche der Shorts, sie machte harte Brustzüge, merkte, wie schlecht dieses tote Wasser eigentlich trug, sie schwamm schwerfällig und dachte, das sei die Polizei, dass sie die Chanelflasche gefunden hätten, oder es war Merethe Wigsø, was war denn jetzt schon wieder? Sie konnte vom Wasser aus die Shorts erreichen und lag mit den Armen am Teichrand, als sie sich meldete. Es war Ragnar.

»Du bist das?«

Er weinte. Er hatte ihre Nachricht gehört. Er schluchzte so sehr, dass es im Telefon widerhallte. Sie starrte das Gras an, konnte allerlei Insekten sehen, ein Käfer war das größte, schwarz am Rücken, mit einem roten Fleck im Nacken. Ihre Zehen hatten seine Matratzenauflage gefunden, sie kratzte mit den Zehennägeln darüber. Es brauchte seine Zeit, bis er ein *Wie* stöhnen konnte. Sie merkte, dass auch ihre Tränen strömten, nicht dass sie geschluchzt hätte oder so, das Wasser floss ihr einfach aus den Augen.

»Er war alt, weißt du. Er ist gestorben, als ich geschlafen habe. Ich habe mir das Schlafzimmer unten genommen, also war ich gleich in der Nähe und wäre aufgewacht, wenn er irgendein Geräusch gemacht hätte oder so. Ich glaube also, es war nicht hart für ihn.«

Ob sie das wirklich getan habe? Sein Zimmer genommen? Warum denn?

»Weil es für mich angenehmer ist, dieses Zimmer zu haben, es ist näher an allem hier.«

Er legte auf. Und er hatte getrunken, daran konnte kein Zweifel bestehen. Ziemlich betrunken war er, glaubte sie. Sie legte das Telefon weg und tauchte mit dem Kopf unter, hielt lange den Atem an. Vielleicht würde er wieder anrufen. Vielleicht, wenn er mit dem Trinken aufhörte. Aber jetzt hatte er ja wirklich einen Grund, sich mit Wodka volllaufen zu lassen, wo der Familienhund tot und begraben war.

Sie glitt wieder ins Wasser hinaus, wollte sich nicht ans Ufer ziehen, wollte nur in dem dunklen Wasser liegen und langsam hin und her schwimmen, die Elektrikerin würde ja noch nicht so bald hier sein. Sie dachte an den Käfer, der drüben am Ufer herumlief, sie hatte gelesen, dass es unendlich viele Arten gab, es gab Leute, die *nur* Käfer sammelten, so viele gab es. Sie fragte sich, wie lange so ein Käfer wohl lebte, wie alt er wurde, dann registrierte sie, dass sie am anderen Ufer angekommen war, und drehte sich im Wasser um. Sie ruhte sich ein wenig aus, die Arme auf dem Rasen am Teichufer. Die Geräusche waren hier anders, etwas fremder, aber nun kam doch wirklich das übellaunige Elsternpaar angeflogen. Die eine Elster setzte sich in eine dichte Kiefer, die andere landete ein wenig weiter oben und keifte und schimpfte, mit vorgeschobenem Kopf und weit aufgerissenem Schnabel.

»Jetzt hört gefälligst auf!«, schrie sie.

Beide schauten sie an, legten die Köpfe schräg und verstummten.

»Das ist mein Ernst«, sagte sie mit normaler Stimme. »Sonst säge ich den Baum mit eurem Nest um.«

Die eine Elster stieß einen Kehllaut aus, gedehnt und leise.

»Fliegt lieber woanders hin«, sagte sie.

Und da flogen sie. Sie lächelte, legte sich auf den Rücken und schwamm zurück.

Die Elektrikerin sagte, die gesamte *Elektrik* in der Hütte sei alt.

»Wie lange haben Sie die eigentlich schon?«, fragte die Frau und richtete sich auf.

»Die Hütte?«

»Ja.«

»Erst neun Jahre. Aber ich glaube, vorher ist hier auch nicht viel gemacht worden.«

»Wo ist der Sicherungskasten?«

Sie zeigte ihn ihr, hinter der Küchentür. Sie hatte ihn wahrscheinlich noch nie geöffnet, konnte sich nicht richtig erinnern.

Die Elektrikerin überprüfte jede Sicherung und schaute sich im Kasten um, danach kam sie zurück und kniete sich vor den Kühlschrank.

»Der Stecker ist alt und rissig, und ich würde auch gern einen Blick auf den Herdstecker werfen. Der ist vermutlich genauso alt. Haben Sie Enkelkinder, die hier mit den Fingern herumbohren?«

»Nein, das habe ich nicht.«

Die Elektrikerin zog den Herd hervor, hob ihn an der einen Ecke und dann an der anderen an.

»Das ist nicht gerade eine Einbauküche«, sagte sie und lachte. »Der hier sieht auch nicht so richtig gut aus. Ich müsste eigentlich die ganze Anlage durchsehen, die ist ziemlich alt. Ich kann auch gleich den Herdstecker auswechseln, das ist Ihnen doch recht, wo ich ohnehin schon mal hier bin? Der ist reichlich fettverschmiert und rissig, und ich gehe davon aus, dass Sie den Herd benutzen?«

»Sicher, das tue ich. Und stellen Sie sich mal vor, hier bricht ein Brand aus«, sagte sie und setzte sich auf einen Küchenstuhl neben der Tür, die ganze Küche war durcheinander. Die Elektrikerin ging zum Auto und holte Stecker, allerlei Kabel und Leitungen, ehe sie sich am Sicherungskasten und den Leitungen zu schaffen machte, ihr Hintern füllte das ganze Blickfeld aus, eine Jeans mit einer gelben Unterhose, die über den Rand lugte. Da konnte sie sich nur noch zurückziehen. Sie wartete die ganze Zeit darauf, dass Ragnar anrief, er konnte doch wohl anrufen, auch wenn er getrunken hatte, sie hatte ihn zum Magenauspumpen gefahren, wie schwer war es denn eigentlich, ihre Nummer zu wählen? Sie würde ihn in der Sekunde anrufen, in der die Elektrikerin unten auf dem Weg verschwunden wäre.

Sie setzte sich draußen an den Tisch, musste wie immer darunter nachsehen, um sich davon zu überzeugen, dass Boje dort lag. Sie fragte sich, wie lange es wohl noch dauern würde, wie lange sie noch erwartete, ihn in der Nähe zu haben. Er war ihr fast immer gefolgt, aber nicht mehr so oft, seit er nicht mehr gut gehört hatte.

Ihre Hände schoben sich übereinander, sie sah sie an. Sauber waren sie, auch wenn sie die Seife vergessen hatte, als sie zum See gegangen war. Aber wie alt und runzlig sie waren! Sie dachte daran, dass *Nagellack kaufen* auf ihrer Liste stand. Aus der Küche drang Lärm, sie konnte sich vorstellen, dass sie einen Mann hätte, einen Ehemann, der etwas reparierte, oder Ragnar, aber das gelang ihr nur für eine Sekunde, und froh wurde sie davon nicht.

»Ich wäre dann fertig. Oder … eigentlich nicht fertig, hier muss eine Menge gemacht werden, aber nun haben Sie ja meine Nummer«, sagte die Elektrikerin, Silje, so hieß sie wohl. »Wohin soll ich übrigens die Rechnung schicken?«

Sie stand in der Küchentür. Jonetta gab ihr ihre Adresse. Silje notierte diese in ihrem Smartphone, ehe sie den Herd wieder an Ort und Stelle schob. Sie war jung und reizend, niedlich fast, mit Löckchen in der Stirn und leuchtenden Augen. Witzig, dass sie Elektrikerin geworden war, dachte Jonetta, wusste, dass es absolut falsch war, so zu denken.

Das Auto ruckelte und huckelte von der Hütte weg, der Weg war voller Löcher, so war es eben. Sie hatte große Lust, noch einmal im Teich zu baden, aber stattdessen ging sie in die Küche und schaute in den Kühlschrank, der dort stand wie ein funkelnder Königshof, als sie die Tür öffnete. Auch der Herd war repariert worden. Alles war gut. Sie setzte sich an den Küchentisch und stützte den Kopf in die Hände. Konnte er nicht einfach anrufen? Sie riss das Telefon an sich und rief selber an.

284

In der Hütte

Er meldete sich auch jetzt nicht. Sie hinterließ die Mitteilung, sie sei es nur und sie mache sich Sorgen um ihn.

Dann blieb sie sitzen und sah ihr Telefon an. Der Schreibblock lag da, und auch das Kreuzworträtsel, der Bleistift schräg darüber. Sie zog die Zeitschrift mit dem Kreuzworträtsel langsam zu sich heran. Starrte die Reihen kreuz und quer an, ohne einen einzigen Buchstaben zu lesen. Wo hatte sich diese Göre verkrochen? Hatte Ragnar ihr etwas getan? Sie irgendwo versteckt, wie die Polizisten offenbar glaubten? Sie hatten das ja nicht offen gesagt, aber sie hatte es gemerkt. Aber dann hätten sie doch mit der verschlossenen Tür zu Hause kurzen Prozess gemacht, hätten Ragnar an den Ohren herausgezerrt, was er ja auch verdient hätte, nur vielleicht heute nicht, wo er doch gerade das von Boje erfahren hatte. Aber das konnten die Polizisten ja nicht wissen.

Sie holte die Schlaftabletten und presste eine aus der Folie, teilte sie und legte die andere Hälfte in die Ecke des einen Küchenschranks. Sie verspürte Erleichterung beim Anblick des kleinen Halbmonds. *Ich bin bestimmt süchtig,* dachte sie, wusste aber, dass das nicht stimmte, es war nur, weil gerade so viel passierte, das hier waren ganz andere Tage, als sie in den letzten Jahren erlebt hatte. Die Arbeit, nachmittags müde nach Hause kommen, für sich und Ragnar kochen, mit Boje eine Runde drehen, sich hinlegen und ein wenig in einer Zeitschrift lesen, das Licht ausschalten und sofort einschlafen. Wann hatte sie sich diese Schlaftabletten besorgt?

Das musste in den Weihnachtsferien gewesen sein. Oder zu Ostern. Als sie leere Tage gehabt hatte, untätige Tage, wo sie niemals müde wurde. Sie steckte die halbe Tablette in den Mund und trank ein großes Glas Wasser.

Die Flickenteppiche waren fast trocken. Sie hängte sie über das Sofa, in lockeren Falten, damit die Feuchtigkeit nicht zu Schimmelpilzen führte, ehe sie die Teppiche wieder auf den Boden legte. Am Samstag könnte sie putzen und am Sonntag den Bus um Viertel nach zwölf nehmen. Dann würden die sauberen Teppiche auf dem Boden liegen, ohne von Hundehaaren berieselt zu werden. Sie konnte dort im Moment kein einziges Hundehaar erkennen, sie beugte sich weiter vor, nein, mit einem ganzen Teich zum Ausspülen waren sie sicher sauber geworden.

Sie schaltete den Fernseher ein, ließ sich in den Sessel sinken, da ja die Flickenteppiche das Sofa belegten. Sie konnte den Teich aus ihnen herausriechen, Moorgeruch, was, wenn Ragnar Tonje im Moor versenkt hatte? Aber wenn sie sich solche Mühe hatte geben müssen, um eine Toilettentasche zu versenken, wie hätte er da einen ganzen Körper in den Moormassen zum Sinken bringen sollen? Der Spaten, den sie im Schuppen gefunden hatte, war sehr schmutzig gewesen. Dann war da noch der kleine Spitzspaten am Moorufer. Sie versuchte, sich Ragnar mit einer Leiche vorzustellen, die er vergraben sollte. In einem Moor. Sie versuchte, ihn sich betrunken vorzustellen, *singend*. Dann hatte er viel Energie. Sehr viel. Sie verdrängte diesen Gedanken und die Erinnerung an Ragnar, wie er ihr in die Augen starrte und sang: »*Bäumchen, Bäumchen, wechsel dich. Die Glock hat zwölf geschlagen.*«

286

Sie sprang so heftig auf, dass der Sessel fast umgekippt wäre, schaute automatisch zu Boje in der Küche hinüber, ob er sich erschrocken habe, dann brach sie in heftiges Weinen aus. Sie wischte sich die Wangen ab und ging wieder ins Wohnzimmer, klickte sich zu den Nachrichten auf TV2 durch, wartete einen Augenblick auf ein Foto von Tonje mit einer Vermisstmeldung, und eins von Ragnar, nach dem gefahndet wurde. Aber es wurde von ganz anderen Dingen berichtet, Dingen, die sie nicht registrierte. Sie öffnete den Browser auf ihrem Telefon und klickte sich durch zu *NRK* und *Dagbladet* und *VG*, nichts. Jetzt musste die Schlaftablette doch bald wirken. Sie ging hinaus und setzte sich an den Tisch.

Die Wand aus Bäumen hatte die Sonne verschlungen, nur ab und zu war ein Aufleuchten zu sehen, wenn sich die Bäume bewegten. Morgen war Freitag. Sie musste ihn zu einem Geständnis bewegen, ihn dazu bringen, sich an das Geschehene zu erinnern. Zwischen den beiden musste etwas passiert sein, etwas Hasserfülltes. Er hatte nichts getrunken, als er mitten in der Nacht zur Hütte gekommen war und sie hier nackt gesessen hatte. Oder vielleicht doch, was wusste sie denn schon.

In diesem Moment rief er an.

»Ragnar, bist du das?«

Wer es denn sonst sein solle?

»Ich hab mich nur so gefreut, und dann sagt man so was, wie geht es dir?«

Er habe geschlafen. Lange. Und an Boje gedacht.

Er hat geschlafen und ist nüchtern, oder nüchterner, dachte sie.

»Dir ist doch sicher klar, dass es gut so war«, sagte sie. »Er ist im Schlaf gestorben, er brauchte nicht zu leiden, und er war fast dreizehn.«

Sicher, das sei ihm klar.

287

»Leg jetzt nicht auf. Hast du gehört, dass es an der Tür geklingelt hat?«

Er schwieg eine Weile, doch, das habe er, aber er habe sich nicht aufraffen können nachzusehen, er sei ja davon ausgegangen, dass jemand zu ihr wollte.

»Zu mir? Nein, das war schon für dich. Das war die Polizei. Es war auch einer da und hat mit dir geredet, am Montag, aber da warst du ziemlich blau, das weißt du sicher nicht mehr.«

Was um alles in der Welt denn die Polizei von ihm wolle?

»Es geht um Tonje. Sie war doch mit dir zusammen, als sie zuletzt gesehen worden ist, und sie ist noch immer nicht nach Hause gekommen.«

Sie sei noch immer nicht nach Hause gekommen? Es sei doch schon … Donnerstag. Aber das gehe ihn doch nichts an, sie hätten ja außerdem Schluss gemacht.

»Schluss?«

Ob es denn jemals einen *Anfang* gegeben habe, hätte sie gern gefragt.

Ja, sie sei nichts für ihn gewesen, sagte er.

Oder du warst nichts für sie, dachte sie.

»Die Polizei war zweimal hier, die haben auch deine Bettwäsche mitgenommen.«

Seine Bettwäsche? Was die denn damit wollten?

»Sie auf Haare und so was untersuchen, ich weiß doch nicht. Aber sie haben hier rumgeschnüffelt und waren unten beim Teich und …«

Er wurde still.

»Und am Moor«, sagte sie.

Er könne nicht begreifen, weshalb, aber nun müsse er los.

»Los? Wohin denn?«

Er müsse los, sagte er nur, und legte auf.

288

In der Hütte

Sie schaffte es, bis halb zehn durchzuhalten, dann nahm sie die andere halbe Schlaftablette, schloss die Küchentür ab und ging zu Bett. Sie lag auf der Seite und betrachtete die Vorhänge. Die hingen gerade nach unten, bewegungslos, sie konnte das Elsternpaar plaudern hören. Sie stritten sich nicht, das war ein Fortschritt. Sie wartete darauf, dass die Wirkung der Tablette einsetzte, dann hatte es keinen Sinn mehr, dagegen anzukämpfen, dann konnte sie sich nur noch mitnehmen lassen, willenlos. Das war das beste, das allerbeste Gefühl. Sie würde wieder *Schlaftabletten* auf ihre Liste setzen.

Es war fast zwei, als sie aufwachte, nichts hatte sie geweckt, nur ließ langsam die Wirkung der Tablette nach. Sie blieb mit geschlossenen Augen liegen, ohne sich zu bewegen, sie blieb liegen und spürte, dass ihre Glieder sich ausgeruht hatten. Sie war sich keiner Stelle an ihrem Körper bewusst, nichts tat weh, juckte oder machte sich sonst auf unangenehme Weise bemerkbar. Wie seltsam, dass der Körper im Schlaf die beste Haltung fand, ohne dass sie bewusst so liegen *wollte*.

Sie setzte sich auf die Bettkante, ehe sie die Augen öffnete. Sie hatte es Ragnar gesagt, er musste begriffen haben, was sie meinte, als sie erzählte, die Polizisten seien zum Teich hinuntergegangen, und danach hatte sie gelogen, als sie *zum Moor* hinzugefügt hatte. Dann musste er aufs Klo. Tonje lag im Moor.

Vielleicht würde er herkommen, hierherfahren, wenn er ausgenüchtert wäre, oder in angetrunkenem Zustand fahren. Vielleicht bringt er mich auch noch gleich um, dachte sie, er ist mein einziger Erbe. Sie hatte nicht gefragt, ob er eine Wohnung oder ein Zimmer gefunden hatte, sie kannte die Antwort.

Sie ging in die Küche, war wieder überrascht, dass Boje nicht da war, sie fragte sich, wie lange das wohl so bleiben würde, eine Arbeitskollegin hatte eine elf Jahre alte Katze verloren und hatte Monate gebraucht, um sich daran zu gewöhnen.

»Boje«, sagte sie. »Mein feiner, feiner Boje.«

Draußen war es ziemlich dunkel. Nicht stockfinster, aber ziemlich dunkel eben. Sie schloss die Küchentür ab und sah nicht nur einen, sondern zwei Fuchsschwänze, die sofort verschwanden. Diesmal drehte sie sich nicht um, um nachzuschauen, ob Boje Witterung genommen hatte. Weil sie gerade an ihn dachte, daran, dass er verschwunden war, dass er nie mehr um ihre Füße herumtrotten würde.

Das Elsternpaar schlief, es war ein Wunder, der Wald lag still. Hohe Bäume mit spitzen Wipfeln zeichneten sich vor einem blaublanken Himmel ab, sie ahnte, dass es beim Moor heller sein würde, aber sie wollte trotzdem eine Taschenlampe mitnehmen. Sie fand die Taschenlampe im ersten Anlauf in der Kommode auf dem Gang, sie nahm es als Omen, dass sie das Teil so schnell gefunden hatte.

In Nachthemd und Turnschuhen ging sie durch den Wald, ohne die Taschenlampe einzuschalten. Sie bewegte sich langsam, während sie auf Autogeräusche horchte, möglicherweise kam er ja. *Natürlich kommt er nicht,* dachte sie, *sei nicht so blöd.* Sie holte tief Luft, als sie zwischen den dichten Bäumen hervortrat, blieb stehen und schaute einfach nur. Sie war nachts noch nie hier gewesen.

Alle Wasserflächen lagen erdschwarz und blank wie Spiegel unter dem Himmel, der mit schwach leuchtenden Sternen besetzt war, es war noch zu hell für einen vollen Sternenhimmel, nur die stärksten waren zu sehen. Kein Mond in Sicht. Ihr graute davor, die Taschenlampe einzuschalten, dann würde alles außer dem Lichtkegel verschwinden. Sie folgte dem Weg, und nun stand sie vor dem kleinen Spitzspaten und dem Müllsack. Die konnte sie mit zurücknehmen, zusammen mit dem grünen Fäustling, sie hatte einen Kühlschrank. Sogar einen korrekt angeschlossenen. Sie beschloss, die Taschenlampe nicht einzuschalten, sie stand einfach da und schaute hinaus.

Ich trau mich nicht, dachte sie. *Ich trau mich da nicht rein.*

Sie suchte sich den Stock, mit dem sie sonst Lebensmittel ins Moor geschoben hatte, und fing an, mit ausgestreckten Armen in den Lachen herumzustochern. Sie zerstocherte die Bilder in der Wasseroberfläche, zerstörte alles, aber sie kam nicht tief genug, nicht richtig. Sie starrte vor sich hin in die blaue Dunkelheit, auf dieses erste Grasbüschel könnte sie sich hinauswagen, sie machte einen vorsichtigen Sprung.

Es wogte. So musste es sich bei einem Erdbeben anfühlen, dachte sie, wenn die Erde schwankte. Sie stand mäuschenstill, bis der Boden unter ihren Füßen ihr ruhig vorkam, aber das reichte nicht. Wenn sie sich bewegte, bewegte sich auch alles unter ihr. Sie stellte sich eine hohe, verfaulte Palme vor, auf deren Wipfel sie hin und her schwankte, dann stocherte sie mit dem Stock, sie kam jetzt tiefer, sah auch ein neues Grasbüschel, das sie erreichen konnte, und sprang.

Dieses hier war schwächer, sie geriet mit dem linken Fuß ins Moor, konnte sich aber wieder auf das Grasbüschel ziehen, von dem sie losgesprungen war. Sie schaute sich um. Es war unmöglich zu erkennen, wie sie hergekommen war, großer Gott, wie sollte sie zurückgelangen, sie drehte sich mit Mäuseschrittchen auf dem kleinen Büschel um und fing an zu weinen, sie fuchtelte mit dem Stock in den Lachen in ihrer Nähe herum und holte die Kulturtasche hoch, die am Rand der nächstgelegenen Pfütze liegen blieb.

Sie starrte die Tasche an. Sollte sie die mitnehmen? Sollte sie die Tasche mitnehmen oder sie tiefer schieben, weiter ins Moor hinein? Sie stand da und betrachtete die Tasche. Die war nicht mehr lachsrosa, nicht in der nächtlichen Dunkelheit, aber sie war leicht an der Glasperle am Reißverschluss zu erkennen, daran war kein Moorwasser hängen geblieben, die Perle funkelte.

Sie stieß die Tasche wieder ins Wasser, glitt mit dem Fuß ab und landete in einer Lache, ließ den Stock los und spürte den Sog des Moores unter sich, ehe sie sich an ein Grasbüschel klammerte, die Taschenlampe war nun auch verschwunden. Sie versuchte, das eine Bein zu bewegen, wurde aber tiefer gesogen, sie hielt sich mit aller Kraft am Grasbüschel fest und zog sich mit dem Oberkörper darauf, konnte die Knie so weit beugen, dass der Sog des Moores nachließ, und kämpfte sich immer weiter hinauf. Am Ende lag sie mit dem Bauch auf dem Büschel, ihre Beine waren frei, und sie schaute sich um.

Dort war die Wand aus Bäumen, dann musste sie in diese Richtung. Aber nie im Leben würde sie wagen, sich aufzurichten, sie kroch langsam in Richtung Land, krümmte das Bein, wenn sie ins Wasser rutschte, damit das Moor sie nicht packen konnte. Am Ende lag sie bei dem kleinen Spaten und dem Müllsack und weinte. Sie schluchzte ins Gras, merkte, dass ihr die Halme in den Mund stachen, aber das spielte keine Rolle, sie lebte. Was hatte sie sich gedacht, als sie in der Dunkelheit umhergeirrt war, die Kulturtasche hatte sie herausfischen können, sie hoffte, dass die jetzt noch tiefer versunken war.

Sie kam mühsam auf die Beine, ihre Knie zitterten. Sie vermochte alles zu sehen, ihre Augen hatten sich an die Dunkelheit gewöhnt, es war nicht mehr so dunkel, jetzt konnte sie zur Hütte zurückgehen und sich unter dem Duschtank abspülen. Sie hatte keine Angst mehr, dass er kommen würde. Sie hatte überlebt.

In der Hütte

Es war kurz nach acht, als sie erwachte. Sie merkte, dass ihr die Haare nach allen Seiten abstanden, da sie sich mit frisch gewaschenem Haar und dem Handtuch auf dem Kopfkissen hingelegt hatte. Das ganze Futter war nach unten in die Bettdecke gerutscht, sie drehte die Decke um. Sie nahm immer eine Daunendecke, sie fror im Schlaf, sogar bei warmem Wetter. Sie schaute zur Küchentür hinüber, drehte sich auf den Rücken, krümmte sich zusammen, spürte das im Rücken und schloss die Augen. Es wäre so schön, Simen neben sich im Bett zu haben. Das leise Glucksen, das er machte, wenn er am Daumen lutschte. Sie hatte sicher von dem Jungen geträumt, nachdem sie mitten in der Nacht im Moor mit Stöcken um sich geworfen hatte, es war unwirklich, und das mitten in einer Schlaftablette.

Sie stand wieder auf Los. Es war Freitagmorgen, und sie stand wieder auf Los. Tonje Wigsø lag im Moor, zu Hause lag Ragnar im Wodkarausch, ohne sich Arbeit oder Wohnung gesucht zu haben, in drei Tagen würde sie ihre zwanzig Liter braune Soße kochen. Sie dachte an ihre Liste. *Nagellack kaufen, Wohnung kaufen,* es kam ihr so weit weg vor. Wenn sie jetzt zu Hause wäre, könnte sie wenigstens die Zeitung hereinholen, darin blättern und ein bisschen lesen, sie musste nach Hause.

Dann würde sie hinter ihm herräumen müssen, ihm zuhören, auf ihn warten, auf jede kleinste Bewegung von ihm

294

reagieren, es gab einen Grund, warum sie in den Sommerferien Schlaftabletten brauchte, und zu Weihnachten und in den Osterferien. Aber sie hatte es ernst gemeint, als sie gesagt hatte, er solle sofort ausziehen. Sie kniff die Augen fest zusammen, kniff sie noch fester zusammen. Es war dumm, dass Boje gerade jetzt gestorben war. Vielleicht würde Ragnar das ausnutzen. Natürlich würde er das ausnutzen. Nein, sie würde noch nicht nach Hause fahren.

Im Grunde war es seltsam, dass sie nichts von der Polizei hörte. Die konnten die Chanelflasche nicht gefunden haben. Und jedenfalls hatten sie Ragnar nicht an den Ohren aus dem Reihenhaus geschleift. Merethe Wigsø hatte auch nichts mehr von sich hören lassen, sie fragte sich plötzlich, ob Ragnar einen Anruf von ihr bekommen hatte.

Natürlich würde Ragnar das mit Boje nach Strich und Faden ausnutzen. Er glaubte bestimmt, alles sei jetzt wieder beim Alten, jetzt, da Boje tot war. Dass sie nicht mehr wütend auf ihn sei. Und er glaubte sicher, sie wäre total aufgelöst und würde sich von ihrem Sohn alles Mögliche gefallen lassen, genau wie in den vergangenen Jahren.

Sie öffnete die Augen und machte den Rücken gerade. Sie war nicht total aufgelöst, sie hatte ein vollständig geklärtes Verhältnis zu Bojes Tod. Sie glaubte die ganze Zeit, ihn zu sehen und zu hören, aber ihr war klar, dass er nicht mehr da war. Sie hatte es akzeptiert. Da irrte Ragnar sich also. Irrte sich aufs Schändlichste. Außerdem war es ja wohl schlimmer, dass Tonje tot war. *Nicht für mich,* dachte sie, *denn Boje habe ich fast dreizehn Jahre lang gekannt, und Tonje hatte ich gerade erst kennengelernt.* Sicher, sicher, die eine war ein Mensch und das andere ein Hund, und Tonje hatte zwei Kinder, aber Bojes Tod war zu erwarten gewesen, der von Tonje nicht. Was fand sie

295

eigentlich schlimmer? Sie war über ihre eigene Argumentation gestolpert. Jedenfalls war niemand an Bojes Tod schuld. Ganz anders war das bei Tonje.

Sie öffnete die Augen und ging hinaus in die Küche, griff nach dem Telefon, niemand hatte angerufen, sie rief Ragnar an, landete beim Anrufbeantworter, sagte: »Aber vergiss bloß nicht, was ich gesagt habe, dass du ausgezogen sein musst, wenn ich am Sonntag nach Hause komme.«

Sie legte auf und fand das ziemlich hart, aber er würde verstehen, wie sie es eigentlich meinte, nämlich, dass es eilte. Was es wirklich tat. Sie war bereit, ihre Arbeit zu kündigen und hier draußen zu wohnen, wenn er nicht aus ihrem Haus verschwand. Sie konnte ihn nicht mehr zu Hause haben. Nicht eine Sekunde.

Nein. Sie würde heute nicht nach Hause fahren, nicht an einem Freitag, sondern an dem Sonntag, den sie angekündigt hatte.

Sie ließ den Finger über ihre Telefonliste gleiten und hielt inne bei *Job, Ingrid,* spürte, dass ihr Herz einen Schlag aussetzte, um dann drei ganz rasche Sprünge zu machen, wählte die Nummer und wartete.

»Kann ich bitte mit Ingrid sprechen?«

Sie hörte nicht, wen sie am Apparat hatte, nur das kleine Geräusch, als das Telefon auf eine polierte Stahlplatte gelegt wurde, dann war Ingrid da.

»Hier ist Jonetta«, sagte sie, »ich bin in der Hütte, und mir ist so schlecht ...«

Sie stützte sich auf den Küchentisch, schloss die Augen und spürte, wie das Schwindelgefühl aus ihrem Magen nach oben aufstieg.

Ob sie mit einem Arzt gesprochen habe.

»Ich hab noch keinen erreicht, ich versuch es weiter …«

Dann müsse sie versuchen, zu einem zu fahren, sagte Ingrid.

»Ich hab kein Auto, das habe ich verliehen, und zu Fuß ist es zu weit.«

Ob es ihr so schlecht gehe, dass sie einen Rettungswagen brauche? Solle Ingrid einen verständigen oder sich selbst auf den Weg machen, aber dann brauche sie eine gründliche Wegbeschreibung.

»Nein, nein, keinen Rettungswagen, nein! So lange dauert es bestimmt nicht, und dann rufe ich selbst an. Aber … danke dafür, dass du an mich denkst.«

Das wäre ja noch schöner, aber habe Jonetta nicht einen Sohn? Könne der ihr nicht helfen?

»Der ist verreist, in Urlaub, das geht also nicht. Jedenfalls glaube ich nicht, dass ich am Montag zur Arbeit kommen kann …«

Nein, daran solle sie überhaupt nicht denken, sie würden es schon schaffen, aber sie brauche eine Krankschreibung, wenn sie …

»Ich komme am Mittwoch, bis dahin muss es mir doch besser gehen.«

Sie blieb stehen und räusperte die leidende Stimme weg, die sie benutzt hatte, sie sang ein bisschen und pfiff, sie hatte sich wirklich elend gefühlt, als sie mit Ingrid gesprochen hatte, aber jetzt ging es ihr wieder gut. Sie hatte Aufschub bis Mittwoch. Wofür?

Sie ließ sich an den Küchentisch sinken.

In der Hütte

Es war seltsam, dass sie nichts von Merethe Wigsø hörte. Bestimmt hatte auch die Ragnar angerufen und eine Nachricht hinterlassen, ebenso wie die Polizei.

Jonetta erhob sich mühsam und ließ Wasser in den Kessel laufen. Er würde sicher nur auf ihre Mitteilungen antworten. Vor kurzer Zeit war sie sich vorgekommen wie eine Auserwählte. Jetzt kam sie sich vor wie eine Null.

Nachdem sie eine Tasse Kaffee getrunken hatte, füllte sie eine Flasche mit Wasser und zog die Turnschuhe an. Sie nahm weder Sack noch Tüten mit, wenn sie Moltebeeren sähe, sollten die einfach stehen bleiben. Sie ging vorbei an Langbuåsen in Richtung Moor, stieg den Hang auf der anderen Seite hoch und lief weiter über die Felsebene, sie hatte keine Ahnung, wie sie hieß, die früheren Besitzer hatten einen ganzen Karton voller Landkarten in der Hütte hinterlassen, sie hatte sich nie auch nur eine einzige davon angesehen.

Sie lief sich warm, setzte sich dann auf einen flachen Stein, es war ein Aussichtsstein, sie konnte weit sehen, aber stattdessen blickte sie nach unten, auf die Stelle vor ihren Füßen. Sie spürte, wie die Sonne auf ihren Nacken brannte. Sie war so froh gewesen. Über alles.

Sie fing an zu weinen, sie schluchzte, wer sollte sie schon hören, kein Schwein war hier oben unterwegs. Sie hatte nicht die Spur eines Weges gesehen. Das Telefon hatte sie in der Hütte gelassen. Und dabei hatte immer sie Angst gehabt, kein Netz zu finden, falls sie sich einen Fuß bräche. Jetzt sollte er eben brechen, und wenn sie sich beide Füße bräche, es war ihr egal. Sie setzte sich gerade, sagte laut: »Aber ich habe doch nichts verbrochen.«

Das hatte sie nicht. Sie hatte die Kulturtasche ins Moor geschleudert, damit die Polizei nicht zu viel herumschnüffelte, das war alles. Sie wusste nicht einmal, was die machten, wenn sie *schnüffelten*. Sie hatten mit ihr gesprochen, hatten sich ein wenig umgeschaut, hatten die Matratzenauflage im Teich nicht entdeckt.

»Scheiße!«

Sie hatte das alles dermaßen satt.

Jetzt hatte sie frei bis Mittwoch und würde bis Sonntag in der Hütte bleiben. Dann müsste sie es sich an ihren beiden letzten Tagen hier doch *gemütlich machen*.

Einige lange Halme mit witzigen Kolben oben standen gleich neben einem kleinen Abgrund, sie pflückte sie, wollte sie mit dem Kopf nach unten im Verschlag zum Trocknen aufhängen, im Wohnzimmer würden sie sich gut machen. So musste sie denken. Ja, genau so. Die Dinge in ihrer Nähe sehen und sich darüber freuen, da sie nun endlich allein war.

Die Stängel stachen ihr ein bisschen in die Hände, es tat gut, das zu spüren, das lenkte ihre Gedanken auf das Handfeste und Begreifbare. Sie hatte es so satt, sich gedanklich immer wieder um dasselbe zu drehen, wo sie doch rein gar keine Ahnung von irgendetwas hatte. Sie spürte, wie die Sonne ihr auf Gesicht und Hals brannte, sie zog die Wasserflasche aus der Tasche und leerte sie zur Hälfte, sie hatten schon recht, es war wichtig, hinauszukommen und sich zu bewegen, wenn man deprimiert war. Außer natürlich in dieser Nacht, großer Gott, sie hätte im Moor feststecken können, bis es hell wurde, und wenn Tonje dort lag, dann lag sie gut, in Moorwasser war keine Luft, dann verweste sie nicht, daran erinnerte sie sich immerhin, das hatte sie gelesen. Dann pfiff sie ein munteres Trödeldö. *Im Frühtau zu Berge wir ziehn, fallera, es grünen die Berge und Höhn, fallera,* sang sie in Gedanken, während sie im Takt ihrer Schritte den Berghang hinabpfiff.

Unten in der Hütte war sie wieder verdutzt, dass Boje nicht da war. Sie lief zum Verschlag, um die langen Halme aufzuhängen, musste aber in die Küche, um Bindfaden und Schere zu holen, und danach blieb sie stehen und stapelte Holz, bis ihr Rücken wieder brannte. Dann schleppte sie sich hinaus in die Sonne. Sie war benommen, sie hatte an diesem Tag noch nichts gegessen. Sie ging in die Küche, knallte die Bratpfanne auf den Herd und öffnete die Büchse mit dem Kabeljaurogen an beiden Enden. Zuerst mit dem Dosenöffner am geschlossenen Ende, dann riss sie den Deckel am selbstöffnenden Ende auf. Das hatte sie von ihrer Mutter gelernt. Komisch, dass sie noch keine Nachricht bekommen hatte, dass sie von dem Gerüst gefallen sei. Sie schob die gesamte Kabeljaurogenwurst auf einen Teller, schnitt drei Scheiben ab, die sie in die Bratpfanne warf, danach wickelte sie den Rest in Plastikfolie, dann ging es in den Kühlschrank mit dem Teller. Es war wunderbar einfach. Sie säbelte sich eine Scheibe Brot ab, schnitt die Ecken der Remouladentüte ab und spritzte sich Remoulade auf den Teller, dann stand sie vor der Bratpfanne und drehte und verschob die Scheiben, während sie nachdachte.

Nein, das wollte sie doch gerade nicht, nachdenken.

Sie nahm den Teller und ein großes Glas Wasser mit hinaus in die Sonne, nachdem sie das Fenster geöffnet hatte, damit sie draußen Radio hören könnte. Sie schloss die Augen, als sie den ersten Bissen in den Mund schob, es schmeckte so gut. Als sie sie wieder öffnete, hatte sich eine Wespe auf der Remoulade niedergelassen, sie wanderte im Kreis darauf herum. Sie schob die Wespe samt der Remoulade auf dem Tisch ganz weit weg, da kamen noch zwei Wespen und tauchten in die Herrlichkeit ein. Und sie hatte geglaubt, dass Wespen nur Zucker und Honig wollten.

Sie leerte das Wasserglas und dachte daran, dass Freitag war, aber heute brauchte sie das scheußliche Wochenendgefühl nicht zu bekommen, das sich immer einstellte, wenn alle anderen darüber redeten, wie schön es war, dass Freitag war, und sich über ihre Wochenendpläne verbreiteten. Wochenende bedeutete für sie Tag und Nacht mit Ragnar, ewig besorgt, niemals ging sie irgendwohin, und er auch nicht. Wann hatte er eigentlich mit dem Trinken angefangen? Zu Hause hatte sie niemals Flaschen gesehen, das musste doch auch ungeheuer viel kosten, sie würde nachschauen, wie teuer so eine Flasche war. Nein, nicht an so etwas denken.

»Es ist Wochenende!«, sagte sie und hob wie zum Prosten das Glas, es war außen beschlagen, die Wasserleitung musste sehr tief liegen, sonst könnte es nicht so kalt sein. Und wenn sie im Winter hier gewesen waren, war es auch nicht gefroren. War das überhaupt im Winter gewesen? Eher zeitiger Frühling. Sie leerte das Glas und verzehrte das Essen auf ihrem Teller bis zum letzten Krümel, dann ging sie wieder hinein, schaltete das Radio aus, öffnete ein Fenster und ließ sich auf das Sofa sinken. Duschen könnte sie, wenn sie aufwachte, dann wäre das Wasser sicher auch schön warm von der Sonne.

In der Hütte

Das Telefon bewegte sich einige Millimeter über den Küchentisch, davon war sie geweckt worden, denn es stieß gegen die leere Petroleumlampe, die dort stand, ohne Petroleum, nie benutzt, nie wahrgenommen, sie stand nur ganz still dicht vor der Fensterbank. Das Telefon machte pling und rutschte weiter, und sie riss die Augen auf. Jemand rief an.

Jemand hatte angerufen, ehe sie sich vom Sofa hochgekämpft hatte und in die Küche gelaufen war. Dass sie nie lernte, das Telefon laut zu stellen, wenn sie wach oder wieder in der Hütte war. Sie schaute auf die Armbanduhr, sie hatte über eine Stunde geschlafen, aber warum tat sie das eigentlich, warum überprüfte sie, wie lange sie geschlafen hatte, warum war das wichtig? Sie stampfte mit dem Fuß auf, sie hatte es satt, immer an diesem verdammten *Uhrenriemen* zu hängen. Jetzt war Freitag und Wochenende, und sie hatte frei. Und die Sonne schien. Und da war sie zu besonderem Frohsinn verpflichtet.

Sie griff nach dem Telefon. Ragnar hatte angerufen. War die Polizei bei ihm zu Hause gewesen, und hatte er aufgemacht? War das dieser einzige Anruf, den man tätigen durfte, wenn man festgenommen wurde? Aber dann verständigte man doch einen Anwalt. Doch, ganz bestimmt. Und dann benutzte man im Übrigen auch nicht das eigene Handy.

Sie ging zum Wasserhahn, drehte ihn auf und hielt das

ganze Gesicht unter den Strahl, es verschlug ihr zuerst fast den Atem, so kalt war es. Und das Wasser spritzte auf den Boden. Aber das spielte keine Rolle, sie würde die Flickenteppiche ja erst am Sonntag auslegen. Sie blieb mit triefendem Gesicht vor dem Ausgussbecken stehen, dachte an den Wassertank. Ja, sie würde duschen, ehe sie ihn zurückrief. So berechenbar wollte sie nun wirklich nicht sein, dass sie ihn sofort zurückrief. Ein bisschen zu warten würde ihm nur guttun.

Sie sang himmelhoch: »Im Frühtau zu Berge wir ziehn, fallera, es grünen die Wälder und Höhn, fallera.« Dann wusste sie nicht, wie es weiterging, und sie summte und trällerte nur. Sie seifte sich gerade ein und hatte nur ganz wenig Wasser genommen, um genug zum Duschen zu haben, es summte und brummte auch um sie herum, die Sonne lugte über das Hüttendach und beschien sie, und sie musste die Augen zukneifen, wenn sie sich vom Tank wegdrehte. Sie zögerte es noch ein wenig hinaus, sich sauber und seifenfrei zu spülen, betrachtete die Insekten um sich und über sich, und tatsächlich, da kam eine gewaltige Libelle, sie schimmerte blau und grün und änderte ihren Kurs, als sie auf sie zukam, flog haarscharf seitlich an ihr vorbei, großer Gott, was war die riesig, und jetzt wollte sie sich abspülen. Sich abspülen lassen. Wie die Königsfamilie das machte. Sie hatte alle Zeit der Welt, es war Freitag.

Sie öffnete den Wassertank und ließ sich überall berieseln, abgesehen von den Haaren, die Haare hatte sie mit einer Spange oben im Nacken festgesteckt.

Sie wickelte sich das Handtuch um den Oberkörper und ging langsam in die Küche und musterte das Telefon. Dann rief sie Ragnar an. Er meldete sich sofort und fragte, wo sie gewesen sei.

303

»Ich war unterwegs, und dann habe ich geduscht, wieso willst du das wissen?«

Weil er ausziehen würde, und er wolle wissen, ob er mehr mitnehmen dürfe als nur sein Bett und den Schreibtisch, er würde morgen ausziehen, am Samstag.

»Wohin ziehst du denn?«

Sie ließ sich auf einen Küchenstuhl sinken, das Handtuch öffnete sich vorn.

Er habe bei der mit dem gelben Mantel ein Zimmer gefunden.

»Die, von der ich dir erzählt habe? Die damals im Laden gestohlen hat? Aber die wohnt doch nur …«

Zwei Häuserreihen weiter, ja, genau. Sie habe die Sorte Reihenhaus, die sich über drei Ebenen erstrecke, mit vier Schlafzimmern, davon liege eines im Erdgeschoss und habe ein eigenes kleines Badezimmer, zum Vermieten wie geschaffen. Sie habe das schon früher vermietet, aber der letzte Mieter sei ausgezogen, und sie habe seinen Zettel im Laden entdeckt.

»Du hast im Laden einen Zettel ausgehängt?«

Ja, er habe das für eine gute Idee gehalten, für den Anfang. Und das habe sich ja auch bewahrheitet.

»Hast du denn Geld?«

Er habe gespart und genug für die Kaution und die Miete für die ersten Monate.

»Denn ich werde das Reihenhaus verkaufen und mir eine kleine Wohnung zulegen«, sagte sie, aber das hatte er offenbar nicht gehört, denn er sagte, er brauche einen kleinen Tisch und zwei Sessel, und er hätte gern die, die in der Wohnzimmerecke standen, wo nie jemand saß.

»Ja, nimm die nur.«

Das sei gut! Dann werde er morgen ausziehen, gut, dass er das Auto habe und dass da eine Anhängerkupplung dran sei.

Diese Vorrichtung hatte sie nie benutzt, sie hatte vergessen, dass die überhaupt vorhanden war.

Aber dann sei der Umzug im Nu erledigt, er würde sich den Anhänger bei der Tankstelle an der Ecke mieten und den Wagen danach vor das Haus stellen. Aber nun müsse er los.

Sie holte tief Luft, hielt sie so lange an, wie sie nur konnte, schloss die Augen und ließ die Luft langsam hinaussickern. Ohne die Augen zu öffnen, dachte sie: Wo wird er nun kochen? Wo wird er seine Kleider waschen lassen? Er würde zum Essen nach Hause kommen, und um zu waschen, er würde auf dem Sofa liegen, wenn sie von der Arbeit kam, sie musste jetzt schnell verkaufen, bevor er es satthätte, bei der gelben Diebin zu wohnen. Was hatte die noch gleich gestohlen? Eine Tüte Schmalzkringel, bei denen das Verfallsdatum schon überschritten war, das hatte sie bei der Arbeit gehört, und dass sie eine echte Kleptomanin sei, das war jetzt mehrere Jahre her, aber Kleptomanie verging ja nicht so einfach, es war ein dauerhaftes und lebenslanges Leiden, glaubte sie.

Sie öffnete die Augen und dachte über einen Makler nach, da fiel ihr die Firma *A-megleren* ein, von der sie viele Anzeigen gesehen hatte, sie suchte sofort die Nummer heraus und rief an und wurde mit einem Makler verbunden.

Er könne am Montag um zwölf kommen.

»Das ist fein«, sagte sie.

Fein, dachte sie und starrte vor sich hin. Morgen würde er ausziehen. Sie rieb sich mit den Händen über die Oberschenkel, das Handtuch fiel zu Boden. Morgen würde er ausziehen. Er hatte froh und eifrig geklungen, unternehmungslustig, hatte versprochen, ihr Auto danach vor das Haus zu stellen. Sie fragte sich, was er getan hatte. *Aber er hat sich eigentlich nicht angehört wie ein Mörder,* dachte sie.

305

In der Hütte

Natürlich war es nur eine Frage der Zeit, bis er wieder bei ihr vor der Tür stehen würde. Sie musste das Haus blitzschnell verkaufen. Und sie würde nicht vorher schon eine Wohnung kaufen, wie alle ihr rieten, dazu hatte sie keine Zeit. Sie wollte doch ohnehin etwas Kleineres suchen, da spielte es wohl keine Rolle, ob sie zuerst verkaufte. Eigentlich müsste sie morgen nach Hause fahren, aber da er sich an die Abmachung gehalten hatte, würde sie das ebenfalls tun. Dann sollte das Reihenhaus lieber einen Tag lang leer stehen.

Sie wiegte sich im Sessel vor und zurück, nahm einen Geruch von ihrem Unterleib wahr, obwohl sie eben erst geduscht hatte, deshalb holte sie sich die Packung mit den Feuchttüchern. Sie verbrauchte viele, eines nach dem anderen, ehe sie BH und Unterhose anzog und ratlos mitten im Raum stand und sich fragte, wie sie den Rest des Tages verbringen sollte. Sie ging hinaus und fing an, auf dem Hofplatz aufzuräumen, allen alten Schrott und Müll, die von Gras überwuchert waren. Sie riss den Kram von den Grasbüscheln los, sodass Fliegen und Maden und Käfer und andere Insekten aufgeschreckt wurden, und warf alles in das tiefe Gras hinter dem Holzschuppen. Sie gab sich Mühe, nicht den Hang über dem Auslauf vom Plumpsklo zu treffen, der war so tief, dass sie ihn nie zu leeren brauchte.

Das war das Geheimnis eines guten Plumpsklos, wenn man es tief genug anlegte, wurden die Exkremente zu Erde, ganz von selbst. Und in einer Hütte war das kein Problem, denn dort dauerte es besonders lange, ehe von oben her Nachschub kam.

Als sie nichts mehr fand, das sie hinter den Holzschuppen werfen konnte, stapelte sie weiter Holz. Was sie bisher gestapelt hatte, war kaum zu sehen, und es war genug Platz für das Holz, das dort herumlag. Es war eine sinnlose Anstrengung, wer würde denn hierherkommen und ihre Arbeit loben, und sie kam selbst auch nie her, außer eben, um Holz zu holen.

Sie wischte Spinnen weg und stapelte Holzscheite, den flachen Teil unten, die lotrechten Balken der Wände bildeten dabei einen natürlichen Schlusspunkt. Sie hätte gern gewusst, ob Ragnar die lachsrosa Kulturtasche entdeckt hatte. Und ob er mit der Großmutter gesprochen hatte. Sie ging hinein und setzte sich an den Küchentisch, stand auf und füllte das Glas mit Wasser, vage konnte sie den Geschmack von Kabeljaurogen registrieren. Sie rief Ragnar an, der meldete sich sofort.

»Bist du schon mitten im Umzug?«

Was sie wolle, er habe es eilig, sie hätten doch gerade erst telefoniert.

Da konnte sie ihn nicht nach der Kulturtasche fragen, dachte sie, zu so einem Gespräch gehörten zwei.

»Soll ich morgen nach Hause kommen, vielleicht, um dir zu helfen?«

Nein, absolut nicht, er habe alles im Griff, aber er müsse jetzt …

»Hat Tonjes Mutter dich angerufen?«

Was sei das für eine Frage, nein, natürlich nicht.

»Hast du denn auf deinem Anrufbeantworter nachgesehen?«

Ja, das habe er, aber nur in aller Eile, was denn das Problem sei, was sie denn *eigentlich* wissen wolle?

307

»Na ja, ich denke eben an diese Tonje, wo die Polizei doch ...«

Tonje sei gestern Abend nach Hause gekommen, sagte er, sie habe ihm heute eine SMS geschickt, eine blödsinnige SMS, als ob er noch etwas mit ihr zu tun haben wolle, aber jetzt müsse er seine Sachen zum Auto bringen, also ...

»Bis später«, sagte sie.

Sie glitt am Schrank nach unten, blieb auf dem Bauch liegen, es war hart am Bauch, sie lag auf irgendetwas, vermutlich einem Schuh. Sie jagte in ihren Gedanken auf und ab, sie würgte etwas aus sich heraus, das nach Fischresten roch, sie blieb liegen und leckte sich die Lippen, zog den Schuh hervor, aber es war eine Kabeljaurogenbüchse, jetzt rochen auch ihre Finger danach, und sie schnitt sich, das Blut wurde lautlos aus ihrem rechten Ringfinger gepumpt, genau das hatte ihr noch gefehlt, der Anblick von Blut, dessen Farbe, sie setzte sich auf.

Sie saugte am Finger, schloss die Augen und dachte daran, wie glücklich sie sein müsste. Ihr Kleiner, ihr bester Kleiner, der nun umziehen würde, hatte niemanden umgebracht. Dann konnte ihr sein Trinken auch egal sein, er fiel ihr sowieso gleich ins Wort, wenn sie sich eine kritische Bemerkung erlaubte, es war ihr unmöglich, ihm zu vermitteln, dass es ungesund sei, puren Wodka zu trinken, eine Flasche nach der anderen. Das wusste er sicher selbst, nahm sie an. Es musste doch auch teuer sein, und er bekam ja nur ... Arbeit, er musste sich jetzt Arbeit suchen. Er hatte den Hauptschulabschluss, ganz hoffnungslos war es also nicht. Und es würde langweilig für ihn sein, nur den Fernseher anzuglotzen, bei der mit dem gelben Mantel.

Sie stand auf und suchte sich ein Pflaster, holte sich auch

308

den Cognac. Jetzt müsste Boje hier sein, zum Feiern, zum Anstoßen. Mit dem Pflaster wie einen Trauring um den Finger gewickelt, goss sie einen Schluck Cognac in ein Wasserglas, gefolgt von einem Schuss eiskalten Wassers, dann ging sie mit dem Glas hinaus in die Sonne.

Eine kleine Ecke vom Tisch, auf der gegenüberliegenden Seite, lag im Schatten, dort setzte sie sich und schaute den dunklen Fleck an, den die Remoulade hinterlassen hatte. Von der war jetzt nichts mehr übrig, sie beugte sich vor, in dem Fleck waren dünne Streifen, offenbar hatten die Wespen hier gekratzt, so etwas hatte sie noch nie gesehen. Geschweige dann gewusst, dass Wespen scharf auf Remoulade waren.

Sie trank in winzigen Schlucken, wollte nur das träge Gefühl auskosten, dass sie davon bekam. Tonje war am Leben. Tonje hatte sich gemeldet, um Ragnar zu nerven, aber er wollte nichts davon wissen, nein danke. Das Ganze war unbegreiflich. Wo war sie denn gewesen, bis zum Donnerstag? Jetzt würde sie wohl auch ihre Bettwäsche zurückbekommen. Die würden sie ihr nach Hause bringen müssen, nach Hause ins Reihenhaus. Sie holte tief Luft. Nein, er hatte sicher nicht gehört, wie sie gesagt hatte, dass sie das Haus verkaufen wollte.

In der Hütte

Dann würde die Polizei am Sonntag ja doch nicht kommen. Alles war abgesagt. Sie fand eigentlich, Merethe Wigsø hätte sie anrufen und ihr erzählen müssen, dass Tonje am Vortag zurückgekommen war. Ihr sozusagen eine Erklärung geben. Sie sah auf dem Telefon die Nachrichten an, aber da ging es um zehntausend andere Dinge, von denen sie keine Ahnung hatte, nur nicht um eine verschwundene Mutter kleiner Kinder, die nach vier Tagen wiederaufgetaucht war. Nicht einmal Ragnar hatte daran gedacht, ihr zu sagen, dass Tonje sich wieder eingefunden hatte, während sie hier vor Sorge fast den Verstand verloren hätte, nachts im Moor umhergeirrt war, auf der Suche nach Tonjes sterblichen Überresten. Er hatte nicht im Entferntesten daran gedacht, es ihr zu sagen.

»Scheiße. SCHEISSE!«

Niemand hatte so viel Respekt vor ihr. Zumindest die Polizei hätte doch Bescheid geben müssen? Sie griff zu ihrem Telefon. Sie wurde nicht gerade mit Anrufen überschüttet, es war ganz einfach, in der Liste zurückzugehen. Unter *neueste Anrufe* fand sie Polizist Vika, und da war auch Tonjes Nummer, ja. Und die der Großmutter. Sie konnte sich immer an die letzten drei Ziffern erinnern, das reichte.

Sie drückte Vikas Nummer.

»Hier ist Jonetta Hågsnes.«

Er brauchte einige Sekunden, um sie einzuordnen, das konnte sie deutlich hören.

»Die Mutter von Ragnar Hågsnes, von dem ihr geglaubt habt, er habe Tonje Wigsø umgebracht«, fügte sie hinzu.

Ja, er räusperte sich, Tonje Wigsø sei zurück, er sei nur noch nicht dazu gekommen, sie darüber zu informieren.

»Hatten Sie denn vor, mich darüber zu informieren, dass sie wieder zu Hause ist?«

»Natürlich hatten wir das«, sagte er. Da war wieder dieses *wir*, bei der Polizei gab es nie etwas Persönliches.

»Gibt es denn eine Erklärung dafür, warum sie tagelang verschwunden war?«

Eigentlich nicht, aber es sei wohl nicht das erste Mal gewesen, habe die Mutter gesagt, dass sie für zwei Tage verschwunden sei, wenn auch nicht für vier oder fünf, das habe sie wohl noch nie gemacht.

»Dann steht meine Bettwäsche sicher nicht mehr unter Verdacht?«

»Bettwäsche unter Verdacht?«

»Die, die ihr hier bei der Hütte von der Leine genommen habt«, sagte sie.

»Ach ja, die. Ja, *das* …«

»*Das* könnt ihr zu mir nach Hause bringen, ihr habt ja die Adresse. Bis dann.«

Sie drückte das Gespräch weg. Und bereute, dass sie nicht gesagt hatte, sie sollten die Bettwäsche mit der Post schicken. Sie wollte sie einfach nicht sehen. *Sie.*

Er hatte nicht vorgehabt, ihr Bescheid zu sagen, ganz sicher nicht. Weder die Polizei noch Ragnar noch Merethe Wigsø oder Tonje selbst. Tonje hätte anrufen und dafür um Entschuldigung bitten können, dass sie einfach verschwunden war, das hätte sie wirklich tun können.

Sie blieb sitzen und atmete und starrte die Nummern von

311

Merethe Wigsø und Tonje an. Es hatte keinen Zweck, anzurufen und sie herunterzuputzen, das ging nicht. Außerdem kam es ihr jetzt siedend heiß: die Kulturtasche, großer Gott, die Kulturtasche, natürlich würde Tonje die zurückhaben wollen. Die musste doch Dinge für Tausende von Kronen enthalten, jedes Teil kostete sicher vier-, fünfhundert Kronen. Aber warum sollte sie ein schlechtes Gewissen haben, wo sie doch so respektlos behandelt worden war?

Nachdem sie eine Weile nachgedacht hatte, stand sie auf und ging barfuß zum Moor. Es tat gut, aus den Bäumen hervorzukommen und einfach hier zu stehen. Da lag das Moor, endlos flach, die kleinen Lachen zwischen den Grasbüscheln wirkten seicht und unschuldig. Sie holte sich den Stock und stocherte in dem Loch, in das sie die verdammte Kulturtasche geworfen zu haben glaubte, aber sie merkte, dass der Stock nur auf Wasser traf. Sie kam nicht tief genug, und sie würde sich nicht einen Zentimeter weiter hinauswagen. Sie warf den Stock weg und setzte sich auf den Boden. Hier gab es Ameisen, aber sie glaubte nicht, dass es welche waren, die bissen, wie hießen die noch? Pissameisen, drei Stück saßen auf ihrem einen Fuß, sie wischte sie behutsam weg. Ein großer Vogel mit langen Beinen flog lautlos über das Moor, sie hatte keine Ahnung, wie er hieß. *Aber das weiß er sicher selbst nicht,* dachte sie.

Es lag eine Ruhe darin, hier zu sitzen. Freitagnachmittag, allein an einem Moor. Sie fing an zu weinen, dachte an Boje, hatte noch nicht richtig an ihn denken können, weil sie so schrecklich viel an Ragnar gedacht hatte. Sie glaubte, es lag wohl daran, dass sie nur aus einem Grund auf einmal trauern konnte. Und sie hatte ihn selbst beerdigt. Er war jetzt sicher wieder weich, sie dachte an Fliegenlarven und an alle möglichen anderen Larven. Sie war froh darüber, dass er nicht im

312

Moor lag, oder im Teich, sie war stolz darauf, dass sie die Mühe auf sich genommen hatte, ihn richtig zu begraben.

Sie stand auf, ihre Muskeln waren steif geworden, und sie blieb ein wenig vornübergebeugt stehen und fuhr sich über die Oberschenkel. Sie war nicht mehr die Jüngste. Es rächte sich, auf dem Boden zu sitzen. Sie musste plötzlich an ihre Mutter denken, die sagte, dass man *tiefe* Kälte in den Körper bekam und sehr krank werden konnte, wenn man auf der bloßen Erde saß. Besser sei Sand oder ein Baumstamm oder Steine, behauptete sie. Wo hatte sie diesen Unsinn aufgeschnappt?

Jonetta ging langsam zurück zur Hütte, merkte es sofort, als sich die Wand aus Bäumen hinter ihrem Rücken schloss und die Sonne verschwand. Nun konnte sie nur die Daumen drücken und hoffen, dass Tonje sich so sehr wegen ihres Verschwindens schämte, dass sie nicht nach der Kulturtasche fragte.

Sie nahm eine halbe Schlaftablette, stellte ihr Telefon lautlos und ging hinaus. Sie hatte niemanden zum Anstoßen. Sie stellte sich mitten auf den Hofplatz, stemmte die Hände in die Seiten, die Haut an ihrem Bauch war weich und nachgiebig, alt. Es sah ordentlich hier aus, sie hatte gute Arbeit geleistet.

»Du hast gute Arbeit geleistet«, sagte sie.

Großes Pfadfinderehrenwort. Zehn Messer ins Herz.

Als sie schlafen gehen wollte, war es nicht dunkel genug. Sie hängte eine Wolldecke vor das Fenster, und am Ende band sie sich ein Tuch um die Augen. Noch immer meinte sie Licht erahnen zu können.

In der Hütte

Es war Nacht, glaubte sie, als sie erwachte. Es war eine Nacht, in der es gut war, einfach zu sein, ganz ohne Gedanken, sie segelte behutsam weiter, widerstandslos, ihre Glieder bewegten sich um ihren Körper, ohne etwas zu berühren, die ewigkeitslangen Sekunden, die es dauerte, ehe sie wusste, wo sie sich befand, waren unschuldsblau und leer.

Und dann war es wie ein Faustschlag mitten ins Gesicht, sie riss sich das Tuch von den Augen. Noch immer war es dunkel, vor dem Fenster hing eine Decke, jetzt fiel ihr alles wieder ein, und sie sprang aus dem Bett und riss die Decke weg, und plötzlich wurde das Zimmer von grellem Sonnenlicht überflutet. Sie stand mit fest zusammengekniffenen Augen vor dem Fenster und keuchte, wie nach einem langen Lauf. Aber wovor fürchtete sie sich eigentlich?

Ja, wovor fürchtete sie sich eigentlich?

Tonje war zu Hause, Ragnar war ausgezogen, ihr Leben war so leer wie immer, leerer sogar, ohne Boje, aber nicht leerer ohne Ragnar, denn der war nicht verschwunden. Sie hätte am liebsten den Namen der Frau im gelben Mantel ausfindig gemacht und angerufen und ihr verboten, an Ragnar zu vermieten. Nur zwei Hausreihen weiter, er würde ungefähr eine Minute brauchen, um nach Hause zu kommen. Aber welches Argument sollte sie anführen? Und wenn er herausfände, dass sie das getan hatte …

Langsam öffnete sie die Augen einen schmalen Spalt breit, sie trafen draußen auf grünes Sonnenlicht, und die Hitze brach durch das offene Fenster herein. Sie wich zurück, sank aufs Bett und schloss die Augen wieder. *Ich gebe auf,* dachte sie, *ich kann verdammt noch mal nicht mehr.*

So blieb sie einige Sekunden sitzen, dann machte sie die Augen wieder auf, ging in die Küche, wo die Sonnenstrahlen nicht hingelangten, zog die Schlafzimmertür fest hinter sich zu und ließ den Kessel unter dem Hahn mit Wasser vollaufen. Es würde guttun, nach Hause zu kommen, allein, jeden Morgen die Zeitung auf der Matte liegen zu haben, was für ein Luxus. Sie gab Kaffeepulver in den schmutzigen Becher, der innen Kaffeeringe aufwies, und dachte zerstreut, sie müsste Tassen spülen. Sie schaute aus dem Küchenfenster und sah die Löcher im Gras, wo sie Gegenstände herausgerissen und hinter den Holzschuppen geworfen hatte. Die Löcher waren gelb und hässlich, aber im Frühling würde alles wieder gut sein. Sie würde morgen den Kühlschrank nicht ausschalten, sie würde vor dem Winter noch mehrere Male herkommen, sie hatte doch Moltebeeren im Laden, die nach Hause mussten. Und sie würde Skier unten an der Straße verstecken, zusammen mit einem Rodelbrett. Und heute Nachmittag würde sie die Fußböden putzen, ehe sie die sauberen Flickenteppiche auslegte. Sie freute sich darauf, sie auf die reinen Böden zu legen, sie auseinanderzufalten, mit ihren starken, klaren Farben. Sie goss kochendes Wasser in den Kaffeebecher.

Das Wasser löste das Pulver zischend auf. Der Dampf schlug ihr ins Gesicht. Sie dachte an niemanden im Besonderen, nur an alles, was sie zu tun hatte.

ANNE B. RAGDE

Die Lügenhaus-Serie bei btb

Drei Generationen, ein verfallener Bauernhof
und ein Familiengeheimnis.

Das Lügenhaus

Einsiedlerkrebse

Hitzewelle

Sonntags in Trondheim

Die Liebhaber

Rückkehr

»Nach dem Rezept für einen Bestseller gefragt, hat die
Norwegerin Anne B. Ragde gesagt: ›Du darfst auf keinen
Fall über drei Brüder auf einem Schweinzüchterhof in
einem Kaff bei Trondheim schreiben.‹ Sie hat gelogen.«
Brigitte

**Die furiose Bestsellerserie der norwegischen
Bestsellerautorin**

btb

Sue Monk Kidd

Die Erfindung der Flügel
Roman

496 Seiten, btb 71467
Aus dem Englischen von Astrid Mania

Zwei Frauen, die die Welt verändern

Die elfjährige Sarah, wohlbehütete Tochter reicher
Gutsbesitzer, erhält in Charleston ein ungewöhnliches
Geburtstagsgeschenk – die zehnjährige Hetty »Handful«, die
ihr als Dienstmädchen zur Seite stehen soll. Dass Sarah dem
schwarzen Mädchen allerdings das Lesen beibringt, hatten ihre
Eltern nicht erwartet. Und dass sowohl Sarah als auch Hetty
sich befreien wollen aus den Zwängen ihrer Zeit, natürlich
auch nicht. Doch Sarah ahnt: Auf sie wartet eine besondere
Aufgabe im Leben. Obwohl sie eine Frau ist. Handful ihrerseits
sehnt sich nach einem Stück Freiheit. Denn sie weiß aus den
märchenhaften Geschichten ihrer Mutter: Einst haben alle
Menschen Flügel gehabt …

»Ein wunderbarer Roman für jeden, der je seine eigene
Stimme finden wollte. Es ist unmöglich, dieses Buch zu lesen,
ohne danach anders über sich selbst und die eigene Rolle in
der Welt zu denken.«
Oprah Winfrey

»Ein Meisterwerk darüber, wie es Frauen gelingen kann, die
Welt zu verändern.«
The Chicago Tribune

btb